KB102006

도검 新무협 판타지 소설

FANTASTIC ORIENTAL HEROES

新刀無魂

패도무혼

패도무혼 7

도검 新무협 판타지 소설

초판 1쇄 찍은 날 § 2014년 5월 19일
초판 1쇄 펴낸 날 § 2014년 5월 26일

지은이 § 도검
펴낸이 § 서경석

편집부장 § 권태완
편집책임 § 박가연

펴낸곳 § 도서출판 청어람
등록번호 § 제387-1999-000006호
등록일자 § 1999. 5. 31
어람번호 § 제2-2497호

주소 § 경기도 부천시 원미구 부일로 483번길 40 서경B/D 3F (우) 420-822
전화 § 032-656-4452팩스 § 032-656-4453
http://www.chungeoram.com
E-mail § chungeorambook@daum.net

ⓒ 도검, 2013

ISBN 979-11-316-9032-1 04810
ISBN 978-89-251-3578-6 (세트)

[완결] 7

패도무혼

도검 新무협 판타지 소설

FANTASTIC ORIENTAL HEROES

패 도무 혼

目次

제1장   흑영대의 무서움을 보여줄 시간이야 | 7

제2장   신공은 원래 대자연의 것이다 | 37

제3장   인간은 입신의 경지에 들어도 결국엔 인간일 뿐이지 | 65

제4장   이제는 우리와 함께할 준비가 되었나? | 95

제5장   사도천이 두렵나? | 127

제6장   혈마룡 척군명 | 159

제7장   작금의 천하는 누구의 것입니까? | 187

제8장   그래. 무작정 쳐들어갈 거야 | 217

제9장   천뢰신공 앞에 흑뢰공은 아무것도 아님을 보여주겠소 | 247

제10장 우리의 천하는 더불어 살아가는 세상이오 | 275

1장

흑영대의 무서움을 보여줄 시간이야

　"우린… 흑영대다! 네놈이 몸서리치도록 두려워하는 흑수라가 우리들의 대주님이다! 알았냐? 알아들었냐고, 이 족제비 같은 놈아!"

　궁초아가 피를 토하기 직전에 사력을 다해 외친 말이다.

　그 말이 온 하늘을 뒤흔들자 그에 화답이라도 하듯이 서쪽 하늘에서 새까만 점 하나가 빛살처럼 쏘아져 왔다.

　"흑수라……!"

　양교초의 신음 같은 중얼거림이 모두를 놀라게 만들었다.

　천하영웅맹의 무리가 특히 더 놀랐다.

　모두들 흑수라가 천하영웅맹을 나가기 전에 어떠한 신위를 보여주었는지 똑똑히 기억하고 있었다.

　천하영웅맹 정문에서 천뢰장을 펼쳐 벽력광도(霹靂狂刀) 화벽강을 일장에 죽여 버린 건 모두의 뇌리에 뚜렷이 각인되어 있었다.

'지금은 더 강해졌으니……'

감찰부주의 얼굴이 무겁게 굳었다.

그동안 모두가 힘을 합친다면 능히 잡을 수 있을 거라며 크게 개의치 않는 모습을 보여왔으나 그건 자신을 속이는 짓이었다.

이렇게 대면하게 되니 자꾸만 움츠러드는 자신을 발견할 수 있었다.

'하늘이 지나치게 맑아……'

감찰부주의 상념은 더 이상 이어지지 못했다.

몇 번 땅을 박차고 크게 도약한 흑수라가 어느새 코앞까지 날아왔다. 차갑게 가라앉은 분노가 거대한 해일처럼 덮쳐왔다. 그 기세가 어찌나 대단했는지 모두를 휩쓸어 버릴 것 같았다.

모두들 양교초를 돌아봤다.

어찌할 바를 몰라 혼란한 모습들이었다.

이때 흑수라를 향해 일직선으로 튀어 나간 인물이 있었다.

"흑수라! 기다리고 있었다!"

장강구룡왕이 야수의 포효를 터뜨리며 흑수라를 향해 달려들었다.

대지를 짓밟으며 탄환처럼 튀어 나가더니 곧장 허공으로 날아올랐다.

장강구룡왕의 거대한 체구가 대붕처럼 날아오름과 동시에 천둥 같은 굉음이 허공을 갈랐다.

부가아아아악!

거대한 힘이 공간을 통째로 쪼개 버리는 소리였다.

그 소리가 어찌나 위맹했는지 모두가 아연 긴장한 순간, 천지가 개벽하는 듯한 굉음과 함께 장강구룡왕이 쪼개진 장작처럼 튕겨져 날아갔다.

모두의 눈에 놀람이 떠오를 찰나, 두 발로 대지를 쓸어 찬 양교초가 돌풍을 일으키며 두 손을 번갈아 뻗었다.

콰아아아!

번천장의 가공할 힘이 땅거죽을 찢어발기며 막 땅으로 내려서는 흑수라를 덮쳤다.

쾅!

번천장이 갈라졌다.

그 사이로 흑수라, 철혼의 차가운 얼굴이 급속도로 커졌다.

양교초가 이격을 준비하는 사이에 집법부주와 밀첩부주 그리고 감찰부주가 철혼을 향해 동시에 달려들었다.

그러나 천지사방을 난도질해 버리는 패왕굉뢰도의 절초 패왕굉천(覇王宏天)에 누구 한 사람 예외 없이 모조리 나가떨어져 버렸다.

"죽여 버리겠다!"

장강구룡왕이 성난 불곰처럼 달려들었다.

자신의 생사를 염두에 두지 않는 듯 구룡철력기(九龍鐵力氣)의 공력을 모조리 두 주먹에 싣고 있었다.

콰아아아!

동시의 순간 양교초의 번천장이 다시 한 번 땅거죽을 찢어발겼다.

절대에 근접한 두 고수의 무지막지한 합격이었다.

척!

오른발로 땅을 찍은 철혼.

사납게 가라앉은 눈으로 사위를 한 번에 쓸어 보며 뒤로 늘어뜨리고 있던 대도를 단숨에 휘둘렀다.

부아아아아악!

절대에 근접한 두 고수와 절대고수의 격돌.

모두들 아연 긴장한 얼굴로 지켜봤다.

그러나 결과는 너무도 극명했다.

콰앙!

두 사람이 철벽에 부딪친 돌멩이처럼 튕겨졌다.

얼굴에는 믿을 수 없다는 불신의 빛이 가득했다.

이때 철혼이 하늘을 찌를 듯 대도를 치켜들었다.

그런 철혼을 향해 세 명의 고수가 득달같이 달려들었다. 감찰부주와 집법부주 그리고 밀첩부주였다.

좀 전의 격돌로 철혼과 자신들의 격차를 뼈저리게 통감한 듯 이번엔 자신의 역량을 모조리 쏟아붓고 있었다.

찰칵!

갑자기 기관이 작동하는 소리가 터지더니 철혼의 대도에서 칼이 분리되어 허공으로 쏘아졌다.

'무슨 짓을……!'

달려드는 감찰부주의 눈에 경계의 빛이 완연해진 순간, 철혼이 두 자루의 철곤을 분리하여 양손에 나누어 쥐었다.

'분쇄곤(分碎棍)? 감히 분쇄곤 따위로……!'

분쇄곤은 전임맹주 백학무군(白鶴武君)이 섬뢰보(閃雷步)와 함께 흑영대에 하사한 무공이었다.

 철혼의 천뢰장이나 패왕굉뢰도 그리고 양교초의 번천장과 비교하여 격이 떨어질 수밖에 없는 무공이었다.

 감찰부주가 감히 분쇄곤 따위라고 생각할 만했다.

 하지만 분쇄곤 따위가 아니었다.

 절대고수가 펼치면 삼류무공도 절대신공과 같은 위력을 발휘하는 법.

 철혼이 두 자루의 철곤을 휘두르기 시작하자 감찰부주와 집법부주 그리고 밀첩부주가 생사를 도외시하고 쏟아낸 가공할 무학들이 무차별적으로 난타당했다.

 대기가 터져 나가고, 공간이 마구 뭉개지며 그 충격의 파장들이 수 장을 휩쓸었다.

 궁초아를 비롯한 신입 흑영대원들은 자신들이 익히고 있는 분쇄곤이 이토록 가공할 힘을 발휘할 줄은 꿈에도 몰랐다.

 한편으로는 자신들의 무공이 하늘같은 고수들을 무참히 박살내고 있는 광경에 어깨에 절로 힘이 들어갔다.

 '우리한테 보여주고 있는 거야!'

 궁초아는 철혼의 의도를 알아차렸다.

 굳이 분쇄곤을 펼침으로써 자신들을 가르쳐 주려는 철혼의 배려를 직감적으로 알아보았다.

 울컥하는 심정을 억누른 궁초아는 두 눈을 힘주어 뜨며 철혼이 세 명의 고수를 파상적으로 몰아붙이는 광경을 머릿속에 각인하였다.

"큭!"

"크음!"

세 명의 고수가 동시에 물러났다.

두 자루의 철곤이 쏟아내는 파괴력을 감당 못한 것이다.

양교초와 장강구룡왕은 두 눈을 크게 뜨며 다시 달려들 준비를 했다.

그런 두 사람의 눈에 오연히 서 있는 철혼과 그의 발치로 하늘에서 뚝 떨어져 지상에 틀어박히는 칼이 보였다.

찰칵!

철혼이 두 자루의 철곤을 하나로 결합한 후 땅에 박혀 있는 칼마저 결합하여 단호히 뽑아 들었다.

여섯 자에 이르는 대도.

철혼이 대도를 쥐었다는 건 무적패왕의 굉뢰도를 펼치겠다는 뜻이다.

앞을 막고 있는 건 모조리 갈라 버리는 극패의 도법.

거기에 천뢰의 신공이 융합하여 무적패왕과는 전혀 다른 성질의 파괴력을 과시했다.

"……."

양교초는 입을 굳게 다물었다.

세상을 내려다보던 오만함 같은 건 찾아볼 수가 없었다. 천하를 거머쥘 수 있다는 자신감도 사라져 버렸다.

막연히 상상하던 것과 실제의 차이가 얼마나 큰지 이번 대결로 뼈저리게 통감했기 때문이다.

양교초가 입을 다문 채 자리를 지키자 장강구룡왕 역시 태산처럼 자리만 지켰다.

다시 한 번 무공의 격차만 깨달은 감찰부주 등도 마찬가지였다.

의아한건 압도적인 실력을 가지고도 철혼 역시 더 이상 움직이지 않는다는 것이다.

싸움이 멈추자 침묵이 이어졌다.

그리고 그 침묵을 깨뜨린 건 전장의 지배자인 흑수라 철혼이었다.

"천하영웅맹은 없다."

"뭐?"

"가라."

"……!"

눈을 흠칫 뜨는 양교초.

그는 철혼의 말뜻을 알아들었다.

자신과는 싸울 이유가 없다는 뜻이다.

'아니면 싸울 가치도 없다는 뜻이든가.'

어느 쪽이든 철혼은 자신들이 천하영웅맹에서 쫓겨난 사실을 알고 있다.

어떻게 알았는지는 중요치 않다.

중요한 건 유구무언일 수밖에 없다는 것이고, 둘 중 하나를 택해야 한다는 것이다.

끝까지 싸우든지 아니면 수치심을 씹어 먹든지.

양교초는 후자를 택했다.

무의미한 죽음은 그 어떤 미사여구를 갖다 붙여도 결국엔 개

죽음일 뿐이다.

"또 보지."

양교초가 등을 돌렸다.

"또 한 번의 죽음이 날 일깨우게 되면 다시 보게 될 게다."

장강구룡왕이 살기를 남기고 양교초의 뒤를 따랐다. 감찰부주를 비롯한 세 사람은 말없이 돌아섰다.

흑수라 단 한 사람을 어쩌지 못한 채 일천에 가까운 무리가 그렇게 떠나갔다.

싸움은 이렇게 끝난 듯 보였다.

그러나 멀어져 가는 무리를 바라보는 철혼의 눈빛은 얼음보다 차가웠다.

'내가 여기에 있으니 네놈들의 죽음 또한 여기에 있다.'

저들을 보내주는 이유는 단 하나다.

신입들에게 보여주기 위해서다. 자신이 아닌 흑영대의 강함을 제대로 보여주기 위해서다.

철혼은 천천히 돌아섰다.

궁초아를 비롯한 신입대원들이 숨죽인 채 바라보고 있었다.

철혼은 모두의 얼굴을 일일이 바라보았다.

양교초 등을 몰아붙이던 패도적인 살기가 요동치고 있는 눈길이었다.

대부분 버티지 못하고 눈을 돌렸다.

마지막으로 철혼의 눈길이 닿은 이는 궁초아였다.

궁초아는 두 눈을 힘주어 뜨며 똑바로 쳐다보았다. 무인의 당당한 기개가 엿보였다.

철혼은 말없이 바라보았고, 그 시간이 길어지자 궁초아는 숨이 막혀오는 것을 느꼈다.

"궁 조장은 운기부터 해야겠군."

철혼이 질식할 것 같은 침묵을 깼다.

무슨 말인지 몰라 잠시 멍청한 표정을 짓던 궁초아는 이내 철혼이 자신을 인정해 주었음을 깨달았다.

"감사합니다."

궁초아의 눈가로 눈물이 흘러내렸다.

워낙 당차던 그녀였기에 얼마 만에 흘려보는 눈물인지 모른다.

곁에 있던 문세명 역시 감격한 표정이었다.

다른 동료들도 들뜬 기색이 역력했다.

대주의 인정을 받는 것.

그것이 지난 몇 달간 이들이 바라고 바라던 간절한 열망이었다.

"그 모습으로 선배들을 만날 건가?"

철혼이 물었다.

모두들 화들짝 정신을 차렸고, 문세명이 대표로 소리쳐 대답했다.

"아닙니다."

문세명이 그 자리에 털썩 주저앉아 가부좌를 틀자 다른 동료들도 그 자리에 앉았다.

궁초아는 그런 동료들을 둘러본 후 마지막으로 가부좌를 틀었다.

궁초아 역시 내상을 다스린 후 씩씩한 모습으로 선배들과 만나고 싶었다.

'이제부턴 우리도 흑영대야. 천하를 맘껏 질주할 거야! 흑영대의 이름으로!'

궁초아는 흥분을 애써 억누르며 자신의 내력을 다스리기 시작했다.

철혼은 홀로 우뚝 서서 모두가 안전하게 운기조식을 마칠 수 있도록 오랫동안 자리를 지켜주었다.

한 식경이 흘렀다.

궁초아는 한결 개운해진 것을 느끼며 내력을 단전으로 돌려보냈다.

내력이 하단전에 단단히 안착하는 것을 느낀 궁초아는 서서히 의식을 외부로 돌렸다.

고요하게 잠겨 있던 의식이 일제히 깨어나며 외부의 어수선함과 맞닿았다.

잔잔한 바람과 어디서 우는지 모를 산새 소리가 전부임에도 그 소리들이 요란하게 느껴졌다.

매번 느끼는 거지만, 사람은 적응의 동물인 모양이다.

운기조식에서 막 벗어날 때는 이렇게 시끄럽게 느껴지지만, 약간의 시간이 흐르면 언제 그랬냐는 듯이 아무렇지도 않게 느껴진다.

지금도 그렇다.

점점 평소와 다름없이 조용하고 호젓하게 느껴지기 시작했다.

마치 인적이 드문 산중에서 요란한 꿈이 막 깬 것 같은 느낌이었다.

'동료들은? 대주님……!'

궁초아의 의식이 거기까지 미치고 있을 때 두런거리는 말소리가 들려왔다.

"감찰부와 집법부 그리고 밀첩부까지 완전히 들어냈다고 합니다. 이참에 조직을 완전히 갈아엎으려는 모양입니다."

"감찰부와 집법부야 그렇다 치더라도 밀첩부까지 건드리는 건 쉽지 않을 텐데?"

"제일 쉬울 수도 있습니다. 밀첩부 모르게 이중 삼중으로 첩영들을 깔아두었다면 오히려 쉽게 물갈이할 수 있으니까요."

"이런 날을 대비했다?"

"권력을 지키기 위해서는 돈과 사람이 많이 필요한 법입니다."

"그냥 많은 정도가 아니겠는데? 사조장 말대로 미리미리 준비해 두려면… 허! 상상도 안 된다. 대체 얼마나 많은 돈과 사람이 있어야 하는 거야?"

담담한 사조장의 목소리와 걸걸한 이조장의 목소리가 번갈아 들려왔다.

궁초아는 자신이 흑영대 한가운데에 있다는 걸 깨달았다.

그 때문인지 왠지 모르게 안심이 되었다.

"깨어났으면 이리 오도록 해."

언제 들어도 위엄이 느껴지는 대주의 목소리가 들려왔다.

선배들은 편하게 대하는데 자신은 대주만 보면 주눅이 들었다. 어쩌면 첫인상 때문인지도 모르겠지만 꼭 나쁘게 생각되지는 않았다.

궁초아가 눈을 떠보니 조장들이 한자리에 모여 있었다.

대주는 등을 돌리고 앉아 있었다.

그리 넓지 않은 등이지만 세상 그 어떤 벽보다 단단하게 느껴졌다.

궁초아는 심호흡한 후 자리에서 일어나 공손히 포권했다.

"궁초아가 선배님들을 뵙니다."

그러나 누구 한 사람 대꾸하지 않는다.

별다른 감흥이 없는 얼굴로 물끄러미 바라볼 뿐이다.

궁초아는 내심 실망했다.

환대는 아니더라도 말 한마디쯤은 건네줄 줄 알았다.

"아직 흑영대에 대한 환상이 남아 있군."

일조장 섭위문이 사무적인 투로 말했다.

궁초아가 뭐라고 대꾸하기도 전에 시선을 돌려 버렸다.

"와서 앉아."

철혼이 말했다.

궁초아는 어깨가 처진 모습으로 다가와 철혼 옆의 빈자리에 앉았다.

"허리 세우고, 가슴 펴."

탁일도가 제법 큰소리로 말했다.

궁초아는 화들짝 놀라 자세를 고쳤다.

"일조장 말대로 아직 흑영대에 대한 환상이 남아 있는 모양이야. 강호에 대한 환상 역시 남아 있는지도 모르겠고. 그래도 지금까지 포기하지 않고 여기까지 온 점을 높이 샀으니까 모두들 지켜보도록 해."

지켜보라는 건 조장으로 대우해 주라는 뜻이다.

철혼의 말이 끝나자마자 탁일도가 씩 웃더니 큰 소리로 말했다.

"축하한다, 궁 조장!"

"한 가지만 명심해 둬. 우린 결코 협의지사나 영웅이 아니라는 사실을. 그럼 본 대에 대해 실망할 일은 없을 거다."

탁일도에 이어 지장명이 말했다.

궁초아는 고개를 끄덕이며 섭위문을 돌아봤다. 시선을 느꼈음인가, 섭위문이 입을 열었다.

"지켜보겠다."

그것으로 끝이었다.

자신의 감정을 잘 드러내지 않는 섭위문다웠다.

"팔조장 운남천이다. 흉보고 싶은 사람이 있으면 나한테 와. 선배들 흉보는 게 내 특기니까 함께 씹어보자."

운남천이 사람 좋아 보이는 미소를 지어 보이며 한쪽 눈을 찡긋했다.

"너 이 새끼, 아직도 인향루의 일을 떠들어댄다며? 그땐 갑자기 배가 아파서 측간에 간 거라고 몇 번을 말했어?"

오조장 백운산이 버럭 소리치며 끼어들었다.

그러자 운남천이 피식 웃으며 궁초아를 향해 말했다.

"말이 나왔으니 말인데, 본 대의 수컷 중 유일하게 여자를 무서워하는 사람이 바로 저 백운산 선배다. 아주 예전에 인향루라고……."

"그만! 거기까지만 해라."

백운산이 눈을 부릅뜨고 말했다.

운남천은 알았다는 듯이 손을 들어 보이며 입을 다물었다. 그리고는 백운산이 팔짱을 끼며 시선을 돌리기가 무섭게 궁초아를 향해 나직이 말했다.

"나머진 너랑 둘이 있을 때 까발려 줄게."

궁초아는 어색한 표정을 지으며 알겠다는 의사표시도 못했다.

"삼조장도 한마디 하지?"

다른 조장들도 짤막하게 인사를 건넸으나 사홍이 무슨 생각을 하는지 우두커니 자리만 차지하고 앉아 있자 탁일도가 일깨워 주었다.

"……!"

흠칫 고개를 든 사홍은 이내 궁초아를 보고는 눈만 깜박이더니 정말 짧은 한마디를 꺼내놓았다.

"잘해."

"예."

궁초아가 얼떨결에 대답했다.

공기가 서먹해졌다.

사홍은 자신이 실수를 한 것 같다는 생각에 뭐라고 입을 열려다가 그만두었다. 딱히 떠오른 말도 없었을뿐더러 나중에 기회가 있을 거라 여겼다.

"좋아. 인사는 이 정도면 됐고, 하던 이야기나 마저 하지."

철혼이 공기를 일신시켰다.

모두들 궁초아에게서 시선을 돌리며 심각한 표정을 짓기 시작했다.

'천하영웅맹에 대해 이야기하고 있었던 것 같은데…….'

궁초아가 운기행공을 마치자마자 들었던 내용을 상기하고 있을 때였다.

"와룡부주가 전하라는 말은 없었나?"

"예?"

"십전철가를 위기에서 구하라고 할 때 날 만나면 전하라고 한 말이 없었어?"

철혼이 거듭 물었다.

궁초아는 잊고 있었다는 듯 깜짝 놀라는 표정을 지으며 서둘러 말했다.

"천하영웅맹이 조직을 정비하고 나면 가장 먼저 대주님을 처리하려고 들 거라고 했습니다."

"그거야 우리도 예상하고 있던 바고, 문제는 어떤 방법이냐는 거지. 지금 천하영웅맹에서 움직일 수 있는 고수는 흑뢰신(黑雷神)과 금강철패(金剛鐵覇) 그리고 쌍검왕(雙劍王) 정도야. 그 세 사람이 한꺼번에 나선다면 대주님도 도리가 없을 테니까. 하지만 이건 극히 내 개인적인 생각이지만, 대주가 철궁왕(鐵弓王)을 쓰러뜨릴 정도로 강하다는 걸 알았으니 세 사람만 움직이지는 않을 거야. 혹시라도 셋 중 둘이 당하게 되면 사도천과의 비교우위가 깨질 수도 있거든. 내가 이제(二帝)라면 결코 그런 위험을 무릅쓰지 않을 거야."

지장명이 장황하게 떠들며 끼어들었다.

궁초아는 와룡부주 공손비연에게 들었던 내용과 크게 다르지 않다는 사실에 놀라며 곧바로 대꾸했다.

"부주께서도 그리 말씀하셨습니다."

"역시."

지장명이 자신의 생각이 틀리지 않았음에 기꺼워하며 곧바로 물었다.

"사도천이지?"

"예."

"그래. 내 생각도 그래. 암만 생각해 봐도 잃던 이는 혼자 빼는 게 쉽지 않거든."

"그게 다 무슨 말이야? 둘만 이야기하지 말고, 우리도 알아듣게 말해봐."

답답했는지 탁일도가 한마디 했다.

그러자 지장명이 궁초아에게 눈짓하며 말했다.

"부주가 한 말이 더 있으면 궁 조장이 말해봐."

"예."

"사도천을 움직일 거라고 하셨습니다. 사도천이 대주님과 본대를 상대하도록 하고, 싸움이 끝나갈 때쯤 끼어들어 사도천과의 싸움이라는 명분을 얻고, 그 와중에 대주님과 흑영대가 전멸한 것이니 천하의 지탄을 미리 방지할 수 있어서 반드시 그리할 거라고 하셨습니다."

"천하영웅맹이 위험하다 여긴다면 사도천도 마찬가지 아닌가?"

탁일도가 제법 날카롭게 물었다.

궁초아는 의외라는 표정을 지었다가 이내 감추며 대답했다.

"거부할 수 없는 제안을 할 거라고 하셨습니다.".

"거부할 수 없는 제안? 그런 게 있을 수 있나? 사도천이야 명분에 신경 쓸 일은 없겠지만, 허투로 대주님을 상대하려고 했다간 피해가 이만저만한 게 아닐 텐데?"

"부주님께서 말씀하시길 귀주성과 광서성을 제안하면 사도천이 거부하지 못할 거라고……."

"귀주성과 광서성을 내준단 말인가?"

"예."

"그 정도로 사도천이 덥석 물을까?"

탁일도가 모르겠다는 듯 물었다.

귀주성과 광서성을 내준다는 게 작은 일은 아니지만, 이제는 삼존과 어깨를 나란히 하고 있는 대주를 상대하는 일에 그 정도로 넘어갈까 싶었다.

"물을 겁니다. 충분히 물고도 남습니다."

지장명이 뭔가 깨달은 표정으로 끼어들었다.

사도천을 움직일 거라는 것까지는 생각했지만, 어떤 미끼를 쓸지는 생각하지 못한 지장명은 공손비연의 앞을 내다보는 혜안에 혀를 내둘렀다.

"왜?"

"사도천이 귀주성과 광서성을 손에 넣으면 운남 역시 완전히 그들의 손에 넘어갑니다. 광서성과 운남, 그 두 개 성만으로도 사도천은 오랫동안 골치를 썩였던 자금의 압박에서 벗어나게 될 것이니 마다할 수가 없습니다. 그리고 한 가지 더 중요한 사실은 대주님과 본 대가 가만히 있을 수 없다는 겁니다."

"사도천의 자금이야 뭐 그런 게 있다고 치고, 우리가 가만히 있을 수 없다는 건 무슨 말이야?"

탁일도가 답답하다는 표정을 풀지 못하고 계속 물었다.

하나 이번 대답은 섭위문이 했다.

"광동성."

"뭐?"

"광서성이 사도천에 넘어가면 인접한 광동성이 위협받는다. 광동성의 상인들이 불안에 떨게 되면……."

"우리가 나설 수밖에 없겠군."

탁일도가 이제야 알겠다는 표정을 지었다.

다른 이들도 머릿속이 밝아진 듯 고개를 끄덕였다.

"하면 전장은 광서성이 되겠군."

철혼이 나직이 한마디 했다.

머릿속으로는 전장의 그림을 그리고 있는지 입가에 살소가 지어지고 있었다.

"죄송합니다만, 부주께서 말씀하시길 전장은 귀주성이어야 한다고 하셨습니다."

"왜지?"

묻는 철혼의 목소리가 딱딱했다.

이 자리에 없는 와룡부주 공손비연에게 따져 묻는 것 같았다.

궁초아는 한 차례 숨을 다스린 후 입을 열었다.

"그에 대한 대답은 귀주성으로 오신다면 알 수 있을 거라고 말씀하셨습니다."

궁초아가 전한 공손비연의 말에 철혼은 이맛살을 찌푸렸다.

궁초아와 신입들은 받아주었으나 아직 공손비연까지 인정한 것은 아니었기 때문이다.

궁초아가 합석하고 한 식경이 지났다.

철혼은 공손비연이 말한 대로 귀주성으로 가는 것으로 결론을 내렸다.

공손비연의 말을 따르는 게 탐탁지는 않지만, 천하 정세가 급변하게 되었으니 뭔가 돌파구를 찾아야 하는데 흑영대만으로는 부족하다는 판단이 들었다.

고집불통처럼 앞만 보고 가고 싶지만, 상황이 여의치 않으니 유연하게 움직여야겠다고 생각한 것이다.

"저것들은 어떻게 할까요?"

지장명이 물었다.

그의 얼굴에는 진한 호기심이 가득했다.

전마를 잃어버린 마차 한 대와 비폭총(飛爆銃)이라는 신병(神兵) 스물 세 자루 그리고 귀궁노 서른 자루.

십전철가가 보내온 선물이었다.

철혼은 마차를 향해 다가갔다.

지장명을 비롯한 조장들이 우르르 뒤를 따랐다.

"화력은 어느 정도지?"

철혼이 비폭총 한 자루를 집어 들며 물었다.

"장강구룡한테는 무용지물이었습니다."

문세명이 대답했다.

철혼은 비폭총을 살펴보더니 문세명에게 건넸다.

"문 부조장이 시범을 보여봐."

"예?"

문세명은 멍청히 눈만 깜박거렸다.

자신을 부조장이라고 칭할 줄은 꿈에도 몰랐던 것이다.

"아닌가?"

철혼이 궁초아를 돌아보며 물었다.

"맞습니다."

궁초아가 빙그레 웃으며 대답했다.

철혼은 멍청히 서 있는 문세명을 바라봤다.

"어느 정도 화력인지 감이 오지 않아서 그러니 쏘아보도록 해."

"알겠습니다."

그제야 신이 난 얼굴로 비폭총을 들고 사람들이 없는 쪽으로 겨냥했다.

"이쪽이야."

"……?"

"나한테 쏴보라고."

"……!"

"장강구룡왕한테 통하지 않았다며?"

"그건 그렇습니다만……."

"내가 그보다 약한가?"

"아닙니다."

문세명은 비폭총을 돌릴 수밖에 없었다.

삼십여 보 정도 떨어져 있는 철혼을 향해 비폭총을 겨누고 있자니 어찌 그리 긴장이 되는지 문세명은 식은땀을 흘렸다.

'설마 대주가 부상을 입는 건 아니겠지?'

장강구룡왕한테 통하지 않았다고 해서 대주한테도 통하지 말라는 법은 없다.

혹여 대주가 부상이라도 당한다면 날벼락도 이런 날벼락이 없다.

그 화를 어찌 다 감당한단 말인가.

'하지만 대주님의 명을 거부할 수도 없으니……'

잠시 머뭇거리던 문세명은 이내 마음을 정하고 손잡이에 있는 콩알만 한 돌출 부위를 눌렀다.

펑!

귀청을 울리는 폭음과 함께 오십 개의 쇠구슬이 쏟아졌다.

그저 호기심 정도로 바라보던 흑영대는 깜짝 놀라 철혼을 바라봤다.

다행히 철혼은 아무렇지도 않아 보였다.

두 자루의 철곤으로 막아낸 것이다.

"놀랍군."

철혼의 반응이었다.

문세명은 철혼이 멀쩡하자 안도로 가슴을 쓸어내리며 입을 열었다.

"장강구룡왕은 양팔로 막았습니다. 아, 죄송합니다. 그 자가 대주님보다 강하다는 뜻이 아닙니다."

"육신은 그가 더 단단할 거야. 그러니 틀린 말도 아니지."

철혼이 웃으며 말했다.

문세명의 말뜻은 장강구룡왕이 맨손으로 막을 정도이니 웬만한 고수들에게는 무용지물일 거라는 것임을 알아들었다.

"이건 고수들을 상대하기 위한 물건이 아니야."

"예?"

"가주님께서 신경을 많이 써주셨군."

철혼은 철중양의 마음 씀씀이를 읽고 기분 좋은 미소를 지었다.

흑영대의 숫자가 부족하다는 걸 알고 수천의 적에 대등하게 맞설 수 있는 신병을 제작해 준 것이 분명했다.

지금 흑영대에게 가장 필요한 건 극강의 고수 한 명을 죽일 수 있는 무기가 아니라 비폭총처럼 수백 명의 일반 무인을 단번에 쓸어버릴 수 있는 병기였다.

"아쉽지만 연사를 할 수 없습니다. 다시 철가로 보내 쇠구슬들을 장착해야 쓸 수 있습니다."

궁초아가 비폭총의 단점을 지적해 주었다.

"저것도 그런가?"

철혼의 시선이 마차를 향하고 있었다.

"아닙니다. 저건 이백 발의 강전을 연사로 발사한 후 반각이면 재장전할 수 있습니다. 참고로 가주님께서 말씀하시길 귀궁노 오십 개를 한데 뭉쳐놓은 것과 같다고 하셨습니다."

궁초아의 설명에 주위에서 듣고 있던 흑영대원들이 놀란 눈을 휘둥그레 떴다.

누구보다 귀궁노의 무서움을 잘 알고 있기에 귀궁노 오십 개를 한데 뭉쳐놓은 것과 같다는 말에 놀라지 않을 수가 없었다.

"괴물이군."

철혼이 놀랍다는 표현을 그리 말했다.

"괴물은 대주님이고, 이건 괴물의 발톱쯤 되겠군."

탁일도가 시선을 떼지 못한 채 중얼거렸다.

모두들 그 말에 수긍하는지 고개를 연신 끄덕였다.

옆에 철혼이 있다는 걸 알면서도 마차에서, 정확히는 활짝 열려 있는 마차의 뒷문 안으로 보이는 시커먼 철판에서 시선을 떼지 못했다.

숭숭 뚫려 있는 수십 개의 구멍을 통해 강전 수십 발이 한꺼번에 쏟아지는 걸 상상하니 적들이 와르르 무너지는 광경이 저절로 떠올랐다.

"이제 흑영대에 부족한 건 숫자가 아니군요."

지장명이 말했다.

일당천의 마차에 일당백의 비폭총 그리고 일당십의 귀궁노가 추가 되었으니 이삼천 정도의 숫자는 더 이상 위협이 되지 못할 것이다.

"배치는 어떻게 할까?"

잠깐의 여운을 둔 후 철혼이 물었다.

지장명은 벌써 생각해 둔 듯 지체 없이 대답했다.

"마차와 비폭총은 신입들이 맡고 우린 귀궁노를 가지면 될 것 같습니다."

지장명의 말에 궁초아를 비롯한 신입들은 놀라는 표정을 지었다.

가장 위력적이고 중요한 병기를 자신들에게 맡긴다는 말이
선뜻 이해가 가지 않을 정도였다.

　그런데 더 놀라운 건 다른 조장들의 반응이었다.

　누구 한 사람 예외 없이 그게 옳다는 듯 고개를 끄덕이고 있
었다.

　궁초아를 비롯한 신입들은 철혼을 돌아봤다.

　철혼은 조장들의 반응을 둘러본 후 곧 바로 입을 열었다.

　"이의가 없는 것 같으니 그렇게 해."

　"대주님!"

　그렇게 결정이 나려하자 궁초아가 얼른 철혼을 불렀다.

　철혼이 왜 그러냐는 표정으로 돌아보았다. 그러나 궁초아는
선뜻 입이 열리지가 않았다.

　자신들이 맡을 수 없다고 말해야 할지, 아니면 그래도 되는
거냐고 물어야 할지 쉬이 입이 열리지 않았다.

　"부담이 되나?"

　"예?"

　"감당 못하겠다면……."

　"아닙니다. 감당할 수 있습니다."

　궁초아가 씩씩하게 말했다.

　하나 그건 일종의 반발이었다.

　철혼의 감당 못하겠느냐는 말에 발끈한 것이다.

　어쩌면 이젠 자신들도 어엿한 흑영대이니 무엇이든 할 수 있
고, 해내야 한다는 스스로에 대한 독려일지도 모른다.

　그러한 마음가짐을 알아본 것일까?

철혼이 부드럽게 웃었다.

"신입들은 숫자가 일백 정도라고 했으니 다섯 개 조로 나눌 생각이다. 그중 본 대의 아홉 번째 조는 여기에 있는 신입들이다. 잘하도록 해."

"알겠습니다."

궁초아가 씩씩하게 대답했다.

그러나 철혼이 방금 한 말이 무슨 의미인지 아직 깨닫지 못하고 있었다.

"본 대의 일조와 이조가 돌격조라는 건 알고 있나?"

지장명이 물었다.

궁초아 역시 잘 알고 있는 바였다.

"예."

"본 대는 항상 일조와 이조를 중심으로 작전이 시작된다. 그만큼 본 대의 핵심이라는 뜻이다. 대주님의 말씀은 궁 조장이 맡고 있는 구 조가 신입대원들 사이에서 그 같은 역할을 하게 될 거라는 뜻이다. 이제 알겠나?"

"아!"

"'아!' 는 무슨……! 죽을 자리는 가장 먼저 뛰어들어야 하고, 살길을 뚫을 때도 가장 먼저 날뛰어야 한다는 뜻인데, 알기나 하는 거냐?"

탁일도가 타박하듯 소리쳤다.

그러나 궁초아는 기가 죽지 않았다.

"저와 동료들은 기꺼이 그렇게 하겠습니다. 그런데 탁 조장님께서는 사지로 가장 먼저 뛰어드는 게 싫은 모양입니다?"

"뭐?"

"죄송합니다. 탁 조장님과 가까워지고 싶어서 농 한번 해봤습니다."

탁일도는 생긋 웃는 궁초아를 멍청히 바라보다 이내 피식 웃었다.

주눅이 들어 우물쩍거리는 것보다 배는 더 마음에 드는 탁일도였다.

그러나 모두가 그렇게 여기는 건 아닌 모양이다.

"흥분하지 마라. 흥분하면 실수하게 된다."

섭위문이 특유의 서늘한 목소리로 말했다.

"예."

대답하는 궁초아의 흥분이 씻은 듯이 사라졌다.

이때 탁일도가 궁초아의 어깨에 자신의 손을 척 올렸다.

"야야, 기죽지 마라. 조장은 절대 기분에 취해서는 안 된다는 건 일조장의 신념일 뿐이니까, 굳이 그것까지 따라할 필요는 없다."

"이조장님의 신념은 뭡니까?"

"나?"

"예."

"난 조원들과 함께 웃고 함께 떠들어야 한다는 주의다. 어때? 멋지지 않아?"

탁일도가 으스대며 물을 때였다.

"조원들과 함께 술 마시고, 함께 계집질해야 한다는 주의겠지요."

소귀가 툭 내뱉었다.

그 말에 궁초아가 자신의 어깨에 올리고 있는 탁일도의 손을 떼어내며 한 걸음 물러났다.

"야, 일조장! 저 새끼 좀 이조로 보내달라니까!"

탁일도가 도망치듯 물러가는 소귀를 손가락질하며 길길이 날 뛰었다.

그러나 섭위문은 시선을 힐끔 던지더니 무덤덤하게 말할 뿐 이었다.

"내 신념은 조원들과 끝까지 함께한다는 거다."

"뭐?"

탁일도의 얼굴이 와락 일그러졌다.

화를 낼 수도 없어 괜히 섭위문만 쏘아봤다.

그때였다.

조용히 지켜보던 철혼이 자리에서 일어났다.

모두들 웃고 떠들던 것을 멈추고 철혼을 바라봤다.

"이제 쉴 만큼 쉰 것 같으니 흑영대의 무서움을 보여줄 시간 이야. 지름길로 달린다면 앞서 도착할 수 있을 테니까 서두르 지."

철혼의 입가에 차가운 살기가 매달렸다.

2장

신공은 원래 대자연의 것이다

타는 듯 붉은 머리칼이 세차게 흩날렸다.

협곡을 타고 솟구친 강풍이 사납게 할퀴고 있지만, 사내는 요지부동이었다.

머리칼만큼이나 붉은 무복을 갖춰 입은 청년은 천 장 낭떠러지 위에 우뚝 서서는 눈 아래 펼쳐진 짙푸른 세상을 오연히 내려다보고 있었다.

천하를 오시하고 만인을 내려다보는 위엄.

청년은 사도천하(邪道天下)의 원대한 꿈을 짊어지고 있는 사도천의 유일무이한 후계자였다.

사도천 삼존의 공동제자.

혈마룡(血魔龍) 척군명.

혈발 청년의 정체였다.

"이룡은 날아오르려면 멀었고, 이무기 하나가 창천에 날아올 랐으나 한 차례 폭풍에 날개가 꺾여 버렸으니, 결국 남은 건 흑 수라뿐인가?"

"만금가의 백면살수가 남았습니다."

혈마룡의 중얼거림을 늙수그레한 음성이 받았다.

이룡(二龍)은 이제(二帝)의 뒤를 이을 백검룡(白劍龍)과 적도 룡(赤刀龍)을 의미했고, 창천에 날아올랐다가 날개가 꺾여 버린 이무기는 창천비룡 양교초를 지칭하고 있었다.

그리고 만금가는 만금종가를 가리켰다.

"살수들의 무공으로는 절대의 벽을 넘지 못해!"

"불패만강(不敗卍罡), 유명혈마기(幽冥血魔氣), 그리고 혼천광 마력(混天狂魔力)을 두루 섭렵하신 분께나 그렇지요. 소인들에 게는 이룡과 창천비룡 그리고 백면살수 모두 까마득할 뿐입니 다."

"혈강시(血殭屍)를 완성한 시귀(屍鬼)가 할 소리는 아닌 것 같 군."

"단단한 건 혈강시이지 소인이 아니지 않습니까?"

"고루강시(骷髏殭屍)보다 배는 더 단단한 괴물들이 누구 명만 따르지?"

"소인은 백골만 남을 때까지 주군의 손발일 것이니 결국 소 군의 명을 따르는 것입니다."

왜소한 체구의 노인이 혈마룡의 뒤에서 허리를 숙였다.

혈마룡은 입가에 알 수 없는 미소를 지은 채 뒤도 돌아보지 않았다.

"그나저나 귀주와 광서를 넘겨주겠다는 속내를 모르겠군. 흑수라가 그렇게 골칫거리인가?"

"하늘 위에 있다 자부하는 이들이 이 땅에 쉬이 내려오려고 하겠습니까?"

"힘은 있으나 경망되게 움직일 수 없다 이건가?"

"말하자면 그런 것입죠."

"웃기는군."

"맞습니다. 웃기는 일입니다. 하지만 천하를 지배하는 이라면 그렇게 해야 합니다. 위엄만으로 천하를 다스려야 진정한 군림이라 할 수 있습니다. 무력은 권좌에 오르기 위한 도구이지 군림하기 위한 도구가 아님을 알아야 합니다."

시귀의 말이 의외였던 것일까?

혈마룡이 뒤를 돌아봤다.

"주제넘었다면 죄송합니다."

"훌륭한 말이었어. 계속 주제넘을 짓을 해도 좋다."

"송구합니다."

"하면 이건 어떻게 생각하지?"

혈마룡이 손에 쥐고 있던 서찰을 날렸다.

나비처럼 너울거리며 날아간 서찰이 시귀의 코앞에서 멈추었다.

시귀는 두 손으로 공손히 받아 든 다음 빠르게 읽었다.

두 눈이 커진 것으로 보아 꽤 놀랄 만한 내용인 모양이다.

"여인의 필체로군요."

"머리 좋은 서생일 줄 알았는데 의외로군."

"차분하나 중심에 힘이 있으니 고약한 성질을 부릴 줄도 아는 모양입니다."

"마음에 드는군."

"원하신다면 잡아오겠습니다."

"내 여인에게 손을 대겠다는 건가?"

"그런 뜻이… 죄송합니다."

"이 여인에 대해 알아봐."

"그 말씀은?"

"내 여인이 될 만하다면 그 서찰대로 움직일 것이다."

"존명!"

시귀가 읍하고 조용히 사라졌다.

혈마룡은 고개를 돌려 천 장 아래에 펼쳐진 천하를 굽어보았다.

바람이 불었다.

옷자락을 펄럭일 정도로 강한 바람이 피 냄새를 실어갈 준비를 했다.

*　　*　　*

"어디로 갑니까?"

감찰부주가 흔들리는 시선으로 물었다.

흑수라에게 된통 당한 후로 갈팡질팡 어찌할 바를 모르고 있다.

양교초는 그 모습이 우스웠다.

"뭐가 달라졌지요?"

"예?"

"흑수라가 얼마나 강한지 몸소 겪어본 거 외에 뭐가 또 달라졌느냐는 말입니다."

"그게 무슨 말입니까? 알아듣게 설명해 보십시오."

되묻는 감찰부주의 목소리에 날이 섰다.

제법 날카로운 것으로 보아 상황을 이 지경으로 몰고 온 것에 대해 양교초를 추궁하려는 모양이다.

하나 양교초는 태연했다.

마치 아무런 일도 겪지 않은 사람 같았다.

"흑수라가 강한 건 처음부터 알고 있었던 일이잖습니까. 그리고 제가 언제 그놈을 이길 수 있다고 했습니까?"

"하면 그자를 왜 건드린 것이오?"

"십전철가를 손에 넣고 흑수라와 담판을 짓기로 한 것에 동조해 놓고 이제와 그 무슨 말입니까?"

"그, 그건……."

"달라진 건 아무것도 없습니다. 하늘이 무너진 것처럼 비관하고 있는 부주님의 모습 외에 뭐가 달라졌습니까? 흑수라는 저쪽에 있고, 그와 담판을 지을 수 있는 십전철가는 여전히 광주에 있습니다."

"그 말씀은?"

"예정대로 십전철가를 손에 넣고 흑수라와 담판을 지으면 됩니다. 한 십 년 정도 광동성에 발을 디디지 못하도록 약속을 받아두면 광동성의 미래는 우리의 것입니다. 아니 그렇습니까?"

맞는 말이다.

중요한 건 광동성을 손에 넣는 것이지 흑수라를 죽이는 것이 아니다. 그런 의미에서 보자면 이번 싸움은 승자도 패자도 없는 무의미한 격전이었을 뿐이다.

그러니 애초 계획대로 십전철가 사람들의 신병을 확보하는 게 급선무다.

양교초의 말뜻을 알아들은 모두의 얼굴에 화색이 돌았다.

진창에 빠져 허우적거리다 동아줄을 발견한 사람들처럼 희망에 부풀었다.

"밀첩부주께서는 첩영들을 있는 대로 동원해서 광주를 샅샅이 뒤지라고 하십시오. 그들은 분명 광주에 있습니다."

"존명!"

"집법부주께서는 십전철가 외에 흑수라와 가까운 사람들을 수소문해 보십시오. 어렸을 적에 살았으니 친분이 두터운 자들이 있을 겁니다."

"존명!"

"감찰부주께서는 광주로 들어서는 입구를 지켜주십시오. 혹여라도 흑수라와 흑영대가 오는 게 발견되면 신속하게 알려주셔야 합니다."

"존, 존명!"

"전 구룡왕과 함께 십전철가에 머물고 있겠습니다."

양교초의 명령이 떨어지자 각 부주들이 수하들을 대동하고 일사불란하게 움직였다.

양교초는 빠르게 사라지는 이들을 바라보며 광주의 중심으로 이어지는 대로로 발을 들였다.

"천하영웅맹에서 가만히 있겠습니까?"

장강구룡왕이 물었다.

자신들이 광주에 자리를 잡고 광동성을 집어삼키는 것을 천하영웅맹이 방관만 하겠느냐는 것이다.

"그들에게는 명분이 없습니다. 우리가 사도의 무리도 아니니 대놓고 공격을 할 수가 없습니다. 그래도 손을 쓰겠다면 없는 죄를 만들어 뒤집어씌우거나 우리 두 사람을 암살하는 정도겠지요."

"흥! 암살 따위에 당할 노부가 아닙니다."

"그러니 이렇게 드러내 놓고 일을 벌이는 것입니다."

양교초의 얼굴에 자신만만한 미소가 그려지고 있었다.

＊　　　＊　　　＊

화평객잔.

십여 명의 무인이 찾는다는 점소이의 말에 양우천은 식사를 중단하고 서둘러 나가보았다.

"양우천, 맞나?"

생면부지인 얼굴들이다.

어느 한 사람 구면이 없다.

게다가 무인들과는 어울려 본 적이 없으니, 이들이 찾는 사람은 객잔의 소주인인 양우천이 아니라 철혼의 친구인 양우천일 것이다.

"내가 양우천이오. 철혼 때문에 찾아온 것이라면 제대로 찾아오셨소."

양우천은 어깨를 펴고 당당히 말했다.

철혼과 헤어진 날 다시는 비겁하지 않겠다고 스스로에게 다짐한 것을 실천하고 있었다.

"함께 가주어야겠다."

"물론이오. 어디든 가봅시다. 미리 말해두지만, 내 목숨을 가지고 철혼, 그 친구를 협박하려든다면 혀를 깨물어서라도 죽어버릴 테니까, 알아서들 하시오."

"닥치고 따라오기나 해!"

양우천이 기세등등한 것이 못 마땅한 듯 수장으로 여겨지는 텁석부리 장한이 성을 내며 주먹으로 후려쳤다.

양우천은 부러진 이를 뱉어내며 성큼 따라갔다.

점소이들은 상대가 십여 명이나 되는 무인인지라 막지도 못하고 발만 동동 굴렀다.

그런데 막 객잔 문 밖으로 나가려던 텁석부리 장한이 걸음을 우뚝 멈추었다.

그리고는 미동도 않고 서 있었다.

"왜 그럽니까?"

수하가 이유를 묻자 텁석부리 장한이 나무토막처럼 뒤로 쓰러졌고, 그가 쓰러지자 정문 앞을 막고 서 있는 시커먼 흑의인이 보였다.

"흑, 흑영대?"

"영웅맹의 밥을 먹던 놈들이 하는 짓이 겨우 이거냐?"

싸늘한 말과 함께 흑영대 팔조장 운남천이 번개같이 들이닥쳤다.

삐이걱! 삐이걱!

짐수레가 요란하게 삐걱거렸다.

그러나 모중위는 그 소리에 맞춰 열심히 수레를 끌었다.

십 년 가까이 들어온 것이라 이 소리가 없으면 왠지 허전할 것 같아 일부러 고치지 않았다.

멀리 정가장의 담벼락 모퉁이가 보였다.

마지막으로 정가장에 모태주 열 병을 배달하면 오늘 일은 끝이었다.

"……!"

모중위는 갑자기 앞을 막고 선 그림자에 깜짝 놀라 걸음을 멈추었다.

병기를 휴대한 십여 명의 무인이었다.

푸른 무복을 갖춰 입은 사내들이었는데, 얼굴 표정이 싸늘했다.

"누구십니까?"

"모중위 맞나?"

순간 모중위는 올 것이 왔다는 걸 직감했다.

"수레에 있는 게 마지막 배달이오. 저기 모퉁이에 보이는 곳까지만 가면 되니……."

모중위는 양해를 구했다.

잠깐이면 되니 그 정도는 들어줄 것이라 여겼다.

그러나 푸른 무복의 무인들은 그럴 생각이 없었다.

사각턱의 사내가 수레를 번쩍 들더니 땅바닥에 내동댕이치려고 했다.

바로 그 순간.

퍽!

둔탁한 소리와 함께 사각턱의 사내가 우뚝 멈추었다.

놀랍게도 그의 이마 한가운데에 손가락 굵기의 구멍이 뻥 뚫려 있었다.

들고 있던 수레의 무게로 인해 기우뚱 넘어가는 사각턱의 사내.

"적이다!"

"조심해라!"

사각턱 사내의 동료들이 주변을 경계하는 중에 모중위는 서둘러 수레를 움켜잡았다.

그러나 힘이 모자라 쓰러지는 사각턱 사내와 함께 수레가 땅바닥으로 떨어지려고 했다.

그때였다.

한 차례 경풍이 휘몰아치더니 수레가 허공에 우뚝 멈추었다.

"까딱했으면 아까운 술을 전부 버릴 뻔했네."

"누구냐?"

"헉?"

"누구긴? 흑영대 일조 소귀님이시지."

푸른 무복의 무인들이 놀라 무기들을 겨누자 바람과 함께 나타난 소귀가 히죽 웃으며 번개같이 덮쳐갔다.

*   *   *

"여깁니다."

"전부 있더냐?"

"예. 십전철가의 철쟁이들이 분명합니다."

광주 외곽에 위치한 빈민가.

움막집과 판잣집이 더덕더덕 붙어 있는 곳으로 병자들과 아이들을 돌보기 위해 철화옥이 하루도 거르지 않고 들르는 곳이다.

"흥! 이런 곳에 숨어 있으면 못 찾을 줄 알았더냐?"

밀첩부주는 콧방귀를 뀌며 성큼성큼 앞서 걸었다.

비좁은 골목을 통해 한참 걷다 보니 제법 널찍한 공터가 나왔다.

그러나 오십여 명의 무인이 들어서자 꽉 차버렸다.

밀첩부주는 공터 한쪽에 빈민가의 회관이라도 되는 양 큼지막하게 지어져 있는 판잣집을 바라보았다.

그 앞에 복장으로 보아 철쟁이가 분명해 보이는 늙은이들이 옹기종기 모여 있었다.

"십전철가의 철쟁이들이 맞느냐?"

"영웅이 어쩌고 하는 곳에서 나왔다는 작자들이 어찌 이리 흉악무도한 짓을 한단 말이냐!"

한 손에 식칼을 든 중노인이 버럭 호통을 쳤다.

그러나 무공을 모르는 노인의 호통이 통할 리가 없다.

"늙은이, 흉악한 꼴을 당할 걸 알고 있는 모양이지?"

"저런 말하는 싸가지 보소. 저러니 영웅도 협객도 되지 못하고 쫓겨나지. 수십 년 동안 배우고 익힌 무공이 아깝다, 이놈들아!"

"닥쳐라! 우리가 영웅맹에서 나온 사실을 어찌 아는 것이냐? 늙은 주둥이를 찢어버리기 전에 대답하는 것이 좋을 것이다."

"정말 알고 싶으냐?"

"대답 대신 한마디만 더 나불거리면 목을 잘라 버리겠다."

밀첩부주가 칼을 뽑으며 소리쳤다.

살기가 폭풍처럼 휘몰아치자 식칼을 든 노인이 흠칫 놀라는 반응을 보였다.

밀첩부주의 입가에 진한 조소가 떠올랐다.

그러면 그렇지 하는 표정이었다.

그때였다.

끼이이익!

낡은 경첩이 울부짖는 소리와 함께 판잣집의 문이 활짝 열렸다.

그리고 시커면 복장의 사내가 성큼 걸어 나왔다.

철그럭! 철그럭!

순간 밀첩부주는 물론이고 오십여 명의 무인 전부가 염왕이라도 본 듯 사색이 되었다.

"흑, 흑수라……!"

철혼은 싸늘한 모습으로 성큼 걸었다.

그가 걸을 때마다 흑수라의 강림을 알리는 쇳소리가 무겁게 울려 퍼졌다.

오십여 명이나 있었지만 모두 두려움에 떨었다.

자신들 모두가 달려들어도 흑수라의 옷자락 하나 건들지 못한다는 사실을 너무나 잘 알기에 싸울 엄두조차 내지 못했다.

그건 무공이 강할수록 더 심했다.

무공의 격차가 얼마나 큰지 다른 이들보다 더욱더 잘 알기 때문이다.

밀첩부주의 손이 덜덜 떨렸다.

수중에 칼이 있지만, 휘두를 생각조차 하지 못하고 있었다.

"분명 살 수 있는 기회를 주었다."

철혼이 걸음을 멈추고 나지막하게 말했다.

담담한 목소리였지만, 그 어떤 말보다 무서웠다.

죽이겠다는 뜻이 역력했기 때문이다.

"난……."

말을 못하는 밀첩부주.

그는 철혼의 손바닥을 보았다.

자신을 향해 똑바로 뻗고 있는 왼손의 손바닥에서 시퍼런 벼락이 튀어나오는 광경을 두 눈 똑똑히 보았다.

'천뢰장!'

그것이 밀첩부주가 한 생의 마지막 생각이었다.

쾅! 하는 굉음과 함께 밀첩부주의 몸이 벼락을 맞은 듯 터져 버렸다.

사람이 한순간에 터져 사라져 버리는 잔혹한 광경에 십전철가의 노인들은 고개를 돌려 버렸다.

식칼을 들고 호통을 치던 왕 노인만이 시원하다는 표정을 지었다.

철혼은 두려움에 떨고 있는 오십여 명을 바라보았다.

주박에라도 걸린 듯 도망칠 생각도 못하고 있었다.

"그만하거라."

뒤에서 들려오는 소리에 철혼은 칼을 뽑으려던 것을 멈추었다.

판잣집에서 철중양과 철화옥, 그리고 철화옥의 스승인 노비구니가 모습을 드러냈다.

"이들을 살려준다고 하여 달라지는 게 있느냐?"

철중양이 물었다.

철혼은 그렇지 않다고 대답할 수밖에 없었다.

"아닙니다."

"하면 굳이 살생의 업을 더 쌓을 이유가 없지 않느냐?"

철중양의 얼굴에 가득한 건 안타까움이었다.

자식을 염려하는 아비의 마음.

제자의 앞날을 걱정하는 스승의 마음.

그와 비슷한 종류의 안쓰러움이 철중양의 얼굴에 가득했다.

철혼은 오십여 명의 얼굴을 하나하나 둘러보았다.

시선이 마주치자 하나같이 독사 앞의 쥐처럼 고개를 떨구었다.

"네놈들의 얼굴을 모조리 기억했다. 다시 적이 되어 내 앞에 나타난다면 더 이상의 기회는 없다."

살았다는 안도일까? 아니면 살기에 짓눌린 공포 때문일까?

모두들 사색이 된 얼굴로 숨조차 제대로 쉬지 못했다.

"꺼져라."

철혼의 말에도 움직일 줄을 몰랐다.

보다 못한 철화옥이 다가와 철혼의 옷자락을 잡아끌어 돌려 세우자 그제야 하나둘 움직이기 시작하더니 꼬리를 만 개처럼 미친 듯이 도망쳤다.

"오빠, 잘 참았어."

"너도 무공을 익혔으니 차차 알게 될 거다만, 참는 것만이 능사는 아니다."

"무공? 난 사람 죽이는 거 안 배웠어."

철화옥의 말에 철혼은 노비구니를 쳐다봤다.

"화를 피할 수 있는 걸음 정도는 가르쳐 주었으니 제 몸 정도는 간수할 겁니다. 그보다 시주께서는 부처의 자비심에는 한계가 없다는 걸 아십니까?"

"모릅니다. 아니, 저와는 상관이 없을 것 같습니다."

더 듣고 싶지 않다는 내색을 내보이는 철혼.

노비구니는 따스한 미소를 잃지 않은 채 다시 입을 열었다.

"빈니의 선사(先師)께서 일찍이 이런 말씀을 하셨지요. '네가 가진 그릇에 연연하면 그 그릇밖에 채우지 못한다. 그저 채우고 또 채우다 보면 그릇 너머에 또 다른 그릇이 있음을 알게 될 게다!' 자비도 그와 같답니다. 베풀고 베풀다 보면 더 커다란 자비를 베풀 수 있다는 걸 스스로 깨닫게 된답니다."

노비구니는 자비를 이야기했다.

하나 철혼의 머릿속에는 또 다른 이야기로 천둥처럼 울려 퍼졌다.

―자신이 가진 한계에 연연하면 그 한계를 넘지 못한다. 더 큰 세상이 있음을 깨닫고 큰 걸음을 내딛다 보면 언젠가는 그곳에 다다라 있는 자신을 보게 될 게다.

철혼은 자신의 주먹을 들어보았다.

만인(萬人)을 부숴 버릴 천뢰의 신공이 주먹 안에 가득했다.

이것이 자신이 생각한 한계다.

천하를 부숴야 하는데, 만인을 부수는 데 그치고 만다.

주먹을 펴며 천뢰의 기운을 잔뜩 머금은 장공을 허공을 향해 힘차게 뻗어보았다.

파아아악!

공간이 우그러드는 듯한 기현상과 함께 천뢰의 기운이 수 장을 뻗어나갔다.

벼락이 치는 듯 주위의 공기가 뜨겁게 이글거리자 철화옥이 흠칫 놀라 물러났다.

"모두 물러나세요. 철시주께서는 지금 각득(覺得)을 얻기 위해 무아지경에 들려고 합니다."

노비구니가 조심스레 말하며 사람들을 멀찍이 물러나게 이끌었다.

철혼은 그 자리에 우뚝 서서 허공을 응시하고 있었다.

천뢰장의 기운이 사그라지자 밀려났던 공기가 세찬 바람이 되어 확 밀려들었다.

바람은 잠시 밀려났을 뿐이다.

결코 멈추는 법이 없다. 밀면 밀리고 비워지면 다시 채운다.

대자연의 위대함은 거기에서 기인한다.

멈추지 않는 흐름.

그 장엄하고 도도한 흐름 속에 천지간의 만물을 기꺼이 포용하고 있다.

몸 안의 공력 역시 그와 같아야 한다.

여기까지는 매번 생각하고 고민하던 바다.

하나 오늘은 한발 더 나아간다.

쌓고 쏟아내고.

그렇게 나누는 것 역시 자신의 한계라는 걸 깨달았다.

장엄하고 도도한 자연의 흐름처럼 하나이어야 한다.

천뢰의 신공을 자신의 안에 가두면 안 된다.

자신 안에는 공(功)이 아닌 법(法)만 존재해야 한다.

그것이 더 큰 세상으로 나아가는 길이다.

'내 안에는 법(法)과 길(道)만이 존재한다. 신공은 원래 대자연의 것이다.'

철혼은 땅을 박차고 허공으로 도약했다.

바람이 일어나 그의 신형을 허공으로 밀쳐주었다.

까마득한 높이까지 솟구친 철혼은 전신의 팔만사천 모공을 활짝 열었다.

자신의 하단전에 가득한 천뢰의 신공을 모조리 개방했다.

절대에 가까운 공력을 대자연의 품으로 흘려보냄과 동시에 자신의 몸에 각인되어 있는 천뢰신공의 법(法)과 길(道)을 굳건히 세웠다.

우르르르룽!

갑자기 쏟아져 나온 천뢰의 신공이 대기를 마구 두들기며 천둥을 일으켰다.

마른날에 날벼락이 마구 울렸다.

번쩍번쩍 빛나는 뇌전이 천지사방을 때렸다.

철혼은 팔만사천 모공을 두들기는 뇌기를 천뢰신공의 법(法)과 길(道)을 통해 맘껏 받아들임과 동시에 이번엔 활짝 편 양손을 통해 장공을 폭발시켜 보았다.

콰르릉!

뇌룡의 모습이 이러할까?

뇌기가 거대한 줄기가 되어 빛살처럼 튀어 나가 천지간을 맘껏 요동치다 사라졌다.

철혼은 몸 안의 모든 게 쏟아지는 걸 느낌과 동시에 천지사방의 뇌기가 물밀듯이 밀려들어 오는 것을 느끼며 벅찬 희열을 느꼈다.

'이것이었어. 내가 원하던 건 바로 이것이었어!'

철혼은 뇌공(雷功)이 가진 극한의 파괴력을 얻었다는 것을 깨닫고 환한 미소를 지었다.

"오빠, 어떻게 된 거야?"

철화옥이 가장 먼저 달려와 물었다.

철혼은 밝은 미소로 입을 열었다.

"네 스승님 덕분에 잘못된 길을 바로잡은 것 같구나."

그렇게 말한 철혼은 철중양과 함께 있는 노비구니를 향해 정중히 합장했다.

"지금까지 제가 원하던 건 적을 더 많이 죽이기 위한 것이었습니다. 그래서 제가 가진 힘을 세심하게 다스릴 수 있기를 바랐는데, 스님 덕분에 그것이 잘못되었음을 깨달았습니다. 애초부터 제 것이 아니었으니 제 것처럼 다스릴 수 없었던 거지요."

"하면 죽이지 않을 생각입니까?"

"제가 걷고 있는 길이 지옥이거늘 어찌 그럴 수 있겠습니까. 다만 하나만 죽여도 충분하지 않을까 하는 생각이 듭니다."

"자비를 베풀겠다니 참으로 다행한 일입니다."

노비구니가 흐뭇한 얼굴로 말했다.

마치 제자의 깨달음을 축하해 주는 것 같았다.

철혼은 웃으며 다시 한 번 합장했다.

노비구니가 석가와 관세음보살의 가르침을 앞세우지 않으니 참으로 마음에 들었다.

철화옥이 좋은 스승을 만난 것 같아 이제야 안도가 되었다.

"스승님 잘 모시거라."

"오빠……."

철혼은 걱정하는 철화옥의 어깨를 살짝 두들겨 주며 철중양을 돌아봤다.

넘쳐나던 살집은 온데간데없고 탄탄한 근육이 대신 자리를 차지하고 있었다.

처음엔 그 모습이 어찌나 놀랍던지.

자신을 위해 불철주야로 망치질을 했다는 사실이 참으로 감사했다.

"보기 좋아 보입니다."

"내가 원래 미남 축에 끼었었다."

"그 정도까지는 아닙니다."

"그래도 너보단 낫다."

"그건 인정합니다."

두 사람은 웃었다.

여유가 넘쳐나는 웃음이었다.

"십전철가의 대를 제가 이어도 되겠습니까?"

"기다리마."

두 사람의 인사는 그것으로 끝이었다.

나머지는 웃음으로 대신했다.

철혼은 왕 노인을 위시한 철가의 사람들을 둘러보았다.

이제는 편한 웃음으로 대할 수 있었다.

"다녀오겠습니다."

"제절초(弟切草)로 담근 술은 버렸다. 돌아오면 왕가의 수륙진미(水陸珍味)를 맛보여주마."

왕 노인은 철혼이 돌아오면 주려고 복수라는 꽃말을 가진 제절초로 술을 담가두었다. 그만큼 석 노인의 죽음에 대해 가슴 아파하고 분노했었다.

하나 지금은 철혼의 무사만을 빌었다.

"몸 성히 돌아오거라."

"정가 놈이 삼지구엽초를 캤다는구나. 음양곽(淫羊藿)이라 불리는 놈인데 자손 보는 데는 이만한 것이 없으니 돌아올 때는 계집 하나 차고 돌아오너라."

"계집이 무슨 물건인가? 차고 돌아오게?"

"말이 그렇다는 거지. 뭘 따지고 그래? 여튼 사위 놈이 바지 런을 떨더니 제법 쓸 만한 것을 캔 모양이다. 네놈 몫으로 남겨 둘 터이니, 꼭 돌아오거라."

고 노인과 감 노인이었다.

철혼은 두 노인에게 웃는 얼굴로 고개를 숙였다.

"노력해 보겠습니다."

철혼은 사람들의 얼굴을 한 차례 더 둘러보고는 등을 돌렸다.

걸음이 무거웠다.

자신이 돌아올 곳은 여기였고, 반겨줄 사람도 이곳에 있다.

이곳을 지키기 위해서라도 천하영웅맹과 사도천의 아성을 무 너뜨려야 한다.

어려운 일이다.

누구도 시도해 보지 못한 일이다.

하지만 해낼 것이다.

반드시 해내고야 말겠다.

자신이 상상하던 이상의 힘을 얻었으니 이제는 해볼 만하다.

자신감이 생긴다.

그래서일까?

무거울지언정 걸음에 여유가 있었다.

* * *

구름이 걷히고 있었다.

다시 한 번 쏟아질 듯 몰려오더니 큰 바람이라도 만난 듯 이리저리 흩어져 버렸다.

"이제야 서광이 비추려는 것인가?"

양교초는 하늘을 바라보며 씩 웃었다.

맑은 하늘 아래 자신이 서 있으니, 이곳이 자신의 땅이다.

이제 이곳에서 새로 도약하는 것이다.

'숭검제(崇劍帝)… 당신의 대단함을 인정하겠소. 하지만 당신은 이미 지는 해요. 붉은 노을이 잔뜩 낀 하늘이 당신의 하늘이고, 저렇듯 맑은 하늘이 나의 하늘이오.'

세상의 이치는 참으로 단순하다.

위에서 아래로 흐르고, 차면 넘친다.

부딪치면 부서지고, 버티면 이기는 법이다.

높이 올라야 많은 것을 볼 수 있고, 많이 보아야 큰 것을 얻을 수 있다.

천하영웅맹의 맹주 자리에 올라보았고, 그곳에 앉아 많은 것을 보았다.

천하가 어떻게 이등분 되었는지 어렴풋이 알았고, 그 생각이 틀리지 않았음을 숭검제가 알려주었다.

천하는 홀로 지배할 수 없다.

패도가 아닌 정도를 걷는 천하영웅맹 입장에서는 더더욱 그렇다.

위협을 받아야 튼튼한 울타리를 찾는 법, 사도천과 양립해야 이쪽의 자리도 굳건하다.

'훌륭한 선택이었소. 천하를 홀로 지배할 욕심을 버렸다니, 확실히 대단하오. 하지만 말이오. 난 다를 것이오. 난 정도가 아닌 패도를 걸을 것이기 때문이오. 누구의 눈치도 보지 않고 천하 위에 홀로 군림할 것이오. 그 누구와도 천하를 나눠 가질 생각은 눈곱만큼도 없소. 고금을 통틀어 유일무이한 절대 군림자. 그게 나요. 반드시 그렇게 될 것이오. 후후후!'

양교초는 웃었다.

패기만만한 웃음이었다.

십 년 전에 번천장을 얻었고, 천하영웅맹에 들어가 무서각에서 온갖 무서를 두루 섭렵했다. 그간 충분한 시간이 없어 번천장 외에는 깊이 탐구해 보지 않았으나 앞으로는 다를 것이다.

광동을 얻고 나면 지키는 건 장강구룡왕에게 맡겨두고, 자신은 절대의 반열에 오르기 위한 시간을 가질 생각이다.

오래 걸리지 않을 것이다.

십 년이면 충분하다.

오 년이면 흑수라와 어깨를 나란히 할 것이고, 십 년이면 숭검제와 대등해질 것이다.

'먼저 죽지나 마시오.'

십 년이면 강산도 변한다는데 숭검제가 그때까지 이 땅에 남아 있을지 의문이다.

'남아 있어야 할 거요. 그래야 당신의 후손을 지킬 것이 아니겠소? 하하하하!'

양교초는 속으로 웃음을 터뜨렸다.

자신의 위대한 앞날을 생각하니 입가에서 미소가 떠날 줄을 몰랐다.

지금은 십전철가에서 보고를 기다리지만, 훗날에는 거대한 마천루에서 만인을 굽어볼 것이다.

"뭐가 그리 기쁘십니까?"

"전화위복."

"예?"

"천하영웅맹에서 쫓겨난 게 전화위복이라는 뜻입니다."

"그렇습니까? 소신은 그런 거 잘 모르겠고, 숭검제가 공자님을 쫓아냈다는 생각에 피가 거꾸로 솟구칩니다. 당장에라도 그 늙은이의 머리통을 뽑아버렸으면 원이 없겠습니다."

"십 년만 참으십시오."

"예?"

"십 년이 지나면 그렇게 할 수 있을 겁니다. 그때가 되면 구룡왕께서 숭검제의 목을 직접 뽑을 수 있도록 해드릴 테니 누구한테도 양보하지 마십시오."

양교초의 확신에 찬 말에 구룡왕은 그저 흐뭇한 미소만 지었다.

자신의 주인이자 스승이었던 전임 방주의 유일한 후계자가 이토록 당당한 장부가 되었으니 그저 감개무량할 뿐이었다.

이때였다.

십전철가의 정문이 활짝 열리며 십여 명이 뛸 듯이 들어왔다.

"큰일 났습니다."

감찰부주가 사색이 되어 소리쳤다.

양교초는 이맛살을 찌푸렸다.

"흑수라의 친구라는 작자들은 어찌하고 이토록 경솔하게……."

"흑영대가 나타났습니다."

"뭐요?"

양교초가 놀란 눈을 크게 떴다.

"광주 입구를 지키는 수하들에게서 보고가 없었질 않습니까?"

"모두 죽었든지 다른 길로 온 모양입니다."

양교초의 얼굴에 당황의 기색이 번졌다.

분명 자신이 발 빠르게 움직이고 있다 여겼는데, 자신의 이런 행보조차 그가 알고 있었던 것일까?

"그래서 흑수라의 친구라는 놈들은 잡았습니까? 밀첩부주께서는 어디에 계십니까? 철쟁이들의 신병을 확보했다고 합니까?"

"수하들이 흑영대에게 당했습니다. 밀첩부주 쪽은 아직 모르겠습니다."

"여봐라! 이곳에 밀첩부 소속 중 남아 있는 자가 있느냐?"

양교초가 큰 소리로 외쳐 물었다.

그러나 철가의 안쪽에 대기 중인 수하 중 그 누구도 나서지 않았고, 철가의 앞을 지키고 있는 이들 중에서도 나서는 이가 없었다.

"감찰부주님, 수하 몇몇을……!"

양교초가 갑자기 말을 멈추고 정문 쪽을 빠르게 돌아봤다.

그와 동시에 정문 쪽에서 놀람에 찬 음성이 쏟아졌고, 활짝 열린 정문 밖으로 이곳을 향해 다가오고 있은 검은 물결이 보였다.

"흑, 흑영대다!"

"저, 저들이 어떻게……?"

흑영대를 보자마자 수하들의 전의가 땅으로 떨어졌다.

그뿐이 아니었다.

흑영대가 십전철가 안으로 들어올 때까지 수하 중 한 사람도 그들을 막지 않았다.

꼬리를 만 개처럼 잔뜩 위축된 모습으로 멍청히 지켜보고만 있었다.

양교초는 분노와 함께 짜증이 확 솟구쳤으나 함부로 폭발시킬 수가 없었다.

흑수라!

아직은 흑수라를 상대할 수 없기 때문이다.

'네놈을… 네놈을 반드시 죽여 버리고야 말겠다!'

양교초의 가슴이 살의로 가득 차올랐다.

3장

인간은 입신의 경지에 들어도 결국엔 인간일 뿐이지

　궁초아를 비롯한 신입대원들은 흑영대 후미에 붙어 십전철가 안으로 들어갔다.

　그들은 선배들이 당당히 들어가는 모습에 상당히 놀라고 있었다.

　'대주도 없이 적의 소굴이랄 수 있는 곳으로 들어간단 말이야?'

　호기를 부리고 배짱을 내보이는 것이라면 차라리 이해할 수 있다.

　하지만 지금 선배들의 모습은 그런 게 아니었다.

　잔뜩 독이 올라 상대가 누구라도 사납게 물어뜯을 기세였다.

　'대주 없이 한바탕할 생각인가?'

　궁초아는 아닐 것이라 생각하면서도 설마 하는 생각을 떨칠 수가 없었다.

그런데 그 설마대로 하려는 모양이다.

"천하영웅맹 맹주씩이나 된 사람이 까마득한 후배들을 공격한 것도 모자라 기껏 살려주었더니 뒤에서 하오잡배들이나 하는 짓을 해? 양교초, 정말 많이 타락했구나!"

탁일도가 제법 큰 소리로 외쳤다.

눈앞에 오십 가량의 숫자가 있었고, 방금 지나온 정문 밖에도 그만큼의 숫자가 있었지만 거리낌이 없었다.

"이놈! 뚫린 주둥이라고 함부로 내뱉지 마라. 한주먹에 머리통이 부서지는 수가 있다."

장강구룡왕이 호통을 지르며 나섰다.

내력을 실은 것이기에 십전철가 안의 공기가 웅웅거릴 정도로 요동쳤다.

"장강의 구룡방이 하는 짓은 수적질이지만, 그래도 제법 뱃사람다운 기질이 있다고 들었는데, 소문이 잘못 퍼진 모양이오?"

"이, 이놈이!"

장강구룡왕이 이를 갈았다.

탁일도는 그런 장강구룡왕을 내버려 두고 이번에는 감찰부주를 향해 사나운 입을 열었다.

"사람의 마음이라는 게 참 우습단 말이오. 천하영웅맹이라면 치가 떨리는데도 마음 한편으로는 그래도 천하영웅맹이지 않을까 하는 기대감 같은 게 남아 있으니 말이오. 고맙소, 그런 마음을 완전히 털어낼 수 있게 해줘서."

탁일도의 세 치 혀가 송곳처럼 찔렀지만, 감찰부주는 떨떠름한 표정만 지은 채 정문 너머를 살피기에 바빴다.

'흑수라는 어디에 있지?'

감찰부주는 상당한 고수이기에 그가 두려운 건 흑수라이지 흑영대가 아니었다.

하지만 그는 생각을 바꿔야 했다.

지금 눈앞에 있는 흑영대는 그가 알고 있는 천하영웅맹의 흑영대가 아니었다.

철혼과 함께 힘겨운 수련을 한 덕분에 단 몇 달의 시간에도 한층 더 강해질 수 있었다.

원래부터 천하영웅맹 각부 요처의 수장들을 우습게 보던 탁일도와 섭위문이었다.

그들보다 강하지는 않지만, 온갖 혈전을 치러온 덕분에 생사가 눈앞에서 왔다 갔다 하는 처절한 사투를 벌인다면 쉽게 지지 않을 거라 자신했다. 하물며 한층 더 강해진 지금에야 무슨 말을 더할까.

"마지막 기회요. 천하영웅맹과 여기 있는 양교초 무리, 그럴 리야 없겠지만 사도천 역시 마찬가지요. 그런 강성한 세력과 두 번 다시 결탁하지 않겠다면 지금 당장 이곳을 나가도 좋소. 참고로 말하자면 밀첩부주는 지금쯤 지옥 염라왕 앞에서 무릎을 꿇고 있을 거요."

감찰부주는 흠칫 놀랐다.

밀첩부주가 죽었다는 말이 충격으로 다가왔고, 자신을 보내준다는 말에 눈이 번쩍 떠졌다.

"이놈! 어디서 이간질이냐!"

"이간질? 구룡왕이 있고, 천하영웅맹 맹주가 있는데 감찰부주 한 사람 떼어낸다고 뭐가 달라지오?"

"뭐?"

"저자의 말이 맞습니다."

양교초가 탁일도의 말을 인정하자 장강구룡왕이 입을 다물었다.

"그의 지시겠지?"

"그렇다."

"흑수라가 자비를 베푼다라… 변했군."

"사람은 누구나 변하게 마련이다."

"아니, 그냥 변한 게 아니야. 내가 아는 흑수라라면 적에게 자비를 베풀 위인이 아니거든. 뭔가 크게 변했어. 감찰부주님을 비롯하여 모두를 살려줄 정도라면… 더 강해진 모양이지?"

양교초의 물음에 탁일도는 상당히 놀랐다.

눈앞의 상황만으로 보이지도 않는 대주의 상태를 파악해 내는 걸 보니 양교초 역시 대단한 인물이라는 생각이 들었다.

"귀도림으로 가라. 대주께서 기다리고 있을 거다."

귀도림으로 가라는 말에 양교초가 피식 웃었다.

집법부주로 하여금 귀도림을 접수해 두라고 미리 보내두었기 때문이다.

"나에 대해 손바닥 들여다보듯 잘 아는군. 그런데 말이야, 내가 여기서 네놈들을 모조리 죽여 버리고 달아날 것이라는 생각은 하지 못한 모양이지?"

"한 식경."

"뭐?"

"네놈과 구룡왕이라도 한 식경 정도는 상대할 수 있다."

"과연 그럴까?"

양교초가 입가에 잔혹한 비웃음을 떠올리자 섭위문이 칼을 뽑았고, 탁일도 역시 두 자루의 철곤을 뽑아 들며 한 걸음 옆으로 벌렸다.

그와 동시에 뒤쪽의 흑영대원들이 병기들을 뽑아 들며 순식간에 전투대형을 만들었다.

과연 흑영대라 할 만큼 재빠른 행동이었고, 지옥이라도 뛰어들 정도로 대담무쌍한 투기가 활화산처럼 뿜어졌다.

양교초는 입가에 쓴웃음을 지었다.

그가 늘 생각하던 수하들의 모습이 눈앞의 흑영대였기 때문이다.

자신의 명이라면 지옥 염왕에게도 달려들 정도로 기백이 우직하기를 바랐는데, 흑영대가 딱 그런 모습을 보여주고 있었다.

"후후후! 저 하늘은 날 위한 것이 아니었던 것이군."

양교초는 하늘을 올려다보며 자조적인 웃음을 흘리더니 이내 걸음을 옮기기 시작했다.

애초 싸울 생각도 없었고, 도주할 생각도 없었다.

여기서 더 도망친다는 건 그의 마지막 자존심마저 버리는 것이었다.

죽을지언정 장강의 후예로서 마지막 자존심만은 지켜야 했다.

양교초는 탁일도와 섭위문이 철곤들과 칼을 집어넣고 옆으로 비켜서자 그 사이로 성큼성큼 걸었다.

그 뒤를 장강구룡왕만이 홀로 따랐다.

*　　　*　　　*

온통 금으로 도배되다시피 한 화려함의 극치를 보여주는 대전.

대전을 받치고 있는 아홉 개의 기둥을 싯누런 황금으로 만들어진 정교한 금룡이 생동감 있게 휘감고 있다.

벽에는 황금과 백은으로 만들어진 벽화가 천지개벽 때 처음으로 세상에 나왔다고 하는 태초의 천자 반고에 대한 전설을 담고 있었다.

"어떻더냐?"

늙은 목소리가 대전을 울렸다.

천하상계의 삼 할을 거머쥐고 있는 만금종가의 주인이라고 하기에는 너무나 평범해 보이는 노인이 황금으로 치장된 태사의에 앉아 아무도 없는 대전을 굽어보고 있었다.

"강합니다."

감정이 느껴지지 않는 삭막한 목소리가 대전 어디선가 흘러나오자 만금종가의 주인 종무해가 한숨을 쉬며 말했다.

"할애비 앞에서조차 모습을 감출 필요는 없지 않느냐!"

"죄송합니다."

아무것도 보이지 않는 허공에서 새하얀 인영이 갑자기 튀어

나와 대전 바닥으로 조용히 내려앉았다.

얼굴에 아무런 그림도 없이 두 개의 눈구멍만 독사의 눈처럼 날카롭게 뚫려 있는 새하얀 백색의 가면을 쓰고 있는 여인이었다.

"얼굴 본 지가 몇 년은 된 것 같구나. 가면을 벗으면 안 되겠느냐?"

"죄송합니다."

"네가 죄송할 게 무에 있을까. 이 할애비가 널 그리 만들어놓은 것을."

"……!"

종무해가 탄식한 순간이었다.

대전을 받치고 있는 아홉 개의 기둥 중 백면여인의 바로 뒤에 있는 기둥의 그림자 속에서 돌연 시커먼 손 하나가 불쑥 나와 백면여인의 발목을 움켜잡았다.

순간 놀랍게도 백면여인의 신형이 새하얀 안개처럼 부서져 사라져 버렸다.

스윽!

기둥의 그림자 속에서 시커먼 인영이 몸을 일으켰다.

흡사 대전 바닥을 뚫고 올라오는 것처럼 보여 놀랍기 짝이 없었다.

머리부터 발끝까지 흑색 일색인 괴인은 종무해 앞으로 걸어 나왔다. 시커먼 복면을 하고 있어 얼굴을 확인할 수는 없었지만, 체형으로 보아 사내라는 걸 알 수 있었다.

걸음을 멈춘 복면인은 종무해의 바로 앞에 서 있는 백면여인을 빤히 바라보았다.

백면여인 역시 복면인을 응시했다.

"너희 쌍둥이가 이제야 함께할 수 있게 되었구나."

종무해가 기쁨 반, 안타까움 반인 얼굴로 말했다.

그러나 백면여인과 복면인은 말이 없었다.

"운강이는 암향총에서 네 흔적을 깨끗이 지웠느냐?"

"예."

흑의 복면인의 정체는 암향총의 암향일호였다.

암향총의 살공을 빼내기 위해 종무해가 암향총에 심어두었었다.

"고생했다. 이제 운설이와 함께 암향총과 적사묘(赤邪廟)의 살공을 하나로 융합하는 일만 남았구나."

백여 년 전 살문(殺門) 최강이던 적사묘.

암향총에 의해 하루아침에 쑥대밭이 되었지만, 그건 살공이 약해서가 아니었다. 내부의 배신자 때문에 묘주를 비롯한 고수들이 암향천사(暗香天使)라는 독향에 중독된 탓이었다.

"스스로 자멸한 꼴이지만 어쨌거나 암향총이 사라졌으니 이젠 천하대계를 시작해야겠다. 운강이는 만금종가의 대공자 신분으로 백검룡에게 접근하도록 하고, 운설이는 수단 방법을 가리지 말고 흑수라를 네 남자로 취하거라. 원래는 혈마룡을 생각했었다만, 흑수라와 흑영대가 더 탐이 나는구나."

종무해의 말에 흑의 복면인과 백면여인이 동시에 허리를 숙여 보이고는 연기처럼 사라졌다.

핏줄 간의 따뜻함 같은 건 눈곱만큼도 찾아 볼 수 없는 광경이었다.

"아무래도 나에 대한 원망이 큰 모양이구나. 하나 이 모두가 가문을 위한 것이고, 결국엔 너희의 자손을 위한 것이 될 터이니, 언젠간 이 할애비의 고충을 이해할 날이 올 게다."

만금을 거머쥔 종무해가 씁쓸히 중얼거렸다.

＊　　　　＊　　　　＊

"할아버님은?"

"벌써 열흘이 지났네. 돌아오실 거였으면 진즉 오셨겠지."

백검룡 하후천강이 묻자 적도룡 구양무린이 무겁게 고개를 저었다.

"천하를 굽어보는 분이네. 무슨 일이야 있겠는가?"

"응? 자넨 내가 할아버님을 염려한다고 여긴 겐가?"

"그럴 리야 없겠지만, 자네 표정이 하도 어두워 보여 그러는 것이네."

"자네 말대로 천하를 굽어보는 분인데, 나 따위가 무얼 걱정하겠는가?"

"그럼 표정이 왜 그러는가?"

"부러워서 그러네."

"……?"

"칼 한 자루 달랑 들고 세상으로 뛰쳐나간 게 부럽단 말이네."

"자네……!"

"천하를 두고 다툴 자는 자네뿐이라고 여겼네. 자네를 누르고 맹주 자리에 올라 세상을 내려다볼 생각뿐이었네."

"나 역시 자네만이 적수라고 생각하네."

"아니, 틀렸네."

"뭐?"

"난 자네의 적수가 되지 못하네."

"일도구주종횡섬(一刀九州縱橫閃)이라 불리는 구양적패도를 팔성까지 익힌 자네가……."

"무공이 부족하다는 말이 아니네. 물어봄세. 자네 나랑 겨룰 때 여기가 미친 듯이 뛴 적이 있나?"

구양무린이 자신의 심장을 가리키며 물었다.

하후천강은 대답을 하지 못했다.

지고 싶지 않다는 승부욕은 있었어도 심장이 미친듯이 뛴 적은 단 한 번도 없었기 때문이다.

"버러지라고 업신여겼던 자만이 내 심장을 요동치게 만들더군. 창천비룡 양가놈에게 수치를 당했을 때도 당황스럽고 놀라긴 했어도 심장이 뛰지는 않았는데."

모두가 알고 있다 하더라도 대놓고 할 수 없는 말을 아무렇지도 않게 꺼내고 있다.

뭔가 심경이 크게 변했음이다.

하후천강은 구양무린의 표정을 유심히 살폈다.

지금 이 순간에도 뭔가를 고민하고 있음이 역력하다.

"자네 설마?"

"할아버님께서 맹을 나가신 게 어쩌면 같은 이유가 아닐까 싶어."

"안 되네."

"내가 사라지면 맹주 자리는 자네 것이지 않은가?"

"그딴 건……."

하후천강은 급히 입을 다물었다.

그 모습에 구양무린이 피식 웃었다.

"그럴 줄 알았네. 자네 역시 피 끓는 무인이거늘 어찌 다를까? 자네 역시 흑수라와 부딪칠 때를 잊지 못하겠지?"

"나는… 더 이상 말하고 싶지 않네."

"천강!"

구양무린이 힘주어 부르자 하후천강이 똑바로 쳐다봤다.

구양무린은 흔들리는 하후천강의 두 눈을 들여다보며 말했다.

"이젠 우리도 벗어날 때가 되지 않았을까?"

"자네 정말……!"

"어쩌면 할아버님께서는 내 길을 열어주시고자 몸소 보여주신 게 아닌지 그런 생각이 드네."

"아닐 것이네."

"그래도 상관없네. 난 내 길을 가야겠네."

구양무린의 고민이 끝났다.

동시에 하후천강의 고민이 시작된 순간이기도 했다.

"창천비룡 양가놈이 맹주가 되는 걸 보니 맹주직이 한없이 초라해 보이더군. 그때 내 눈에 들어온 건 자네였네. 그제야 내게 천하를 함께할 벗이 있음을 깨달았다네. 지금은 혼자 가지만 언젠가 자네와 함께 강호를 종횡할 날을 기대하겠네."

"정말 가려는가?"

"앞서 가서 기다리겠네."

활짝 웃어준 구양무린이 등을 돌렸다.

지금까지 단 한 번도 본 적이 없는 홍분이 구양무린의 어깨를 들썩이고 있었다.

구양무린이 시선에서 사라질 때까지 멍청히 바라보고만 있던 하후천강.

그는 힘없이 중얼거렸다.

"나 역시 늘 벗어나고 싶었다네. 하지만……."

하후천강의 뇌리에 얼음 같은 숭검제의 모습이 떠오르고 있었다.

*   *   *

귀양(貴陽).

귀주성의 한복판에 위치한 성도다.

교통의 요지답게 귀주성과 인접한 사천, 호남, 운남, 광서에서 출발한 대로가 모두 귀양으로 모여든다.

대로가 발달하니 귀주성을 차지하려는 세력들 역시 귀양에 자리를 잡았다.

그야말로 용담호혈(龍潭虎穴)의 대지였다.

천하영웅맹 십대문파와 같은 거대 문파가 존재하지 않다 보니 더욱 시끄럽고 요란한 곳이었다.

그러나 피가 흐르다 보니 모두 나가떨어지고 결국 두 개의 문파가 크게 세를 일으켜 귀주의 패권을 두고 다투게 되니 암향총과 만도탑(萬刀塔)이었다.

만도탑은 수백 년을 이어온 귀주성의 터줏대감 같은 곳이었고, 암향총은 백여 년 전부터 두각을 드러낸 살문이었다.

만도탑은 정사지간으로 칼에 집착하는 자신들만의 지향하는 바가 확실한 도문(刀門)이었고, 암향총은 어둠에 기생하는 살수들의 문파였다.

그러나 시간이 흐르자 천하영웅맹과 사도천에 두 손을 담근 암향총이 주도권을 쥐기 시작했고, 십여 년 전부터는 만도탑의 도객들이 뿔뿔이 흩어질 정도로 세력이 급속도로 기울어 버렸다.

이대로 암향총의 세상이 될 것 같았다.

그런데 어느 날 갑자기 암향총이 거대한 폭발과 함께 사라져 버렸다.

불과 며칠 전의 일이었다.

만도탑의 탑주 갈중악은 천재일우의 기회가 왔음을 깨달았다.

하지만 한 가지 문제가 있었다.

"탑주님, 백리검가와 참백문(斬魄門), 남태극문(南太極門), 태룡문(太龍門) 그리고 악가보(岳家堡)가 함께하기로 약조하였으니 그 정도면 능히 철마갱(鐵魔坑)을 몰아낼 수 있습니다."

여인의 말에 갈중악은 이맛살을 찌푸렸다.

얼굴은 아름다우나 하는 말이 마음에 들지 않아서다.

"철마갱주는 사도천의 오흉(五凶) 중 하나였던 흉불악(凶佛惡)과 호형호제하는 사이인데, 누가 그를 상대한단 말인가?"

"흑수라가 상대할 거라고 누누이 말씀드렸지 않습니까."

"바로 그거네. 흑수라! 흑수라 정도는 되어야 철마갱주를 날려 버릴 수 있을 건데, 그가 올 거라고 어찌 장담한단 말인가?"

"지금 그 말씀은 절 믿지 못한다는 뜻입니까?"

"믿음을 먼저 깬 건 부주이네."

"예?"

"처음에 뭐라고 했는가? 모두 힘을 합쳐 암향총을 몰아내자고 하지 않았던가? 흑수라와 흑영대가 함께 싸워줄 것이니 암향총주와 십대살수들에 대해서는 걱정하지 말라고 하지 않았던가? 근데 어떻게 되었나? 흑수라와 흑영대는 나타나지도 않았고, 암향총은 원인 모를 폭발과 함께 사라졌지 않은가."

"흑영대가 왔었습니다."

"어디에? 누가 봤다던가?"

흑영대는 분명 왔었다.

하지만 누구의 눈에도 드러나지 않았다. 암전을 벌였고, 소리소문 없이 사라졌다.

하지만 중요한 건 그게 아니다.

그걸 물고 늘어지는 이유가 문제다.

"귀양이 무주공산이 되니 발을 빼겠다는 겁니까?"

"무주공산이라니? 귀양은 원래 본 탑의 것이었네."

"강호무림은 약육강식입니다. 제이, 제삼의 암향총이 나타나면 그때는 어찌하실 겁니까? 철마갱이 운남에 웅크리고 있지만, 이곳까지 달려오는 데는 사흘이면 충분합니다. 만도탑은 홀로 철마갱에 맞설 힘이 있습니까? 그리고 사도천과 천하영웅맹이 귀주성을 이렇게 내버려 둘 것 같습니까? 흑수라와 흑영대, 거기에 운남성과 귀주성, 그리고 사천성이 하나가 되어야만 사도천과 천하영웅맹이 함부로 손을 뻗치지 못한다고 몇 번을 설명했습니까? 그런데도 귀양에 집착해서 탑주와 만도탑의 미래를 가지고 살얼음판 위를 걷겠다고 하시는 겁니까?"

"적어도 섶을 지고 불속으로 뛰어드는 것보다는 낫겠지. 그리고 내 누차 말하지만 내 앞에 흑수라와 흑영대를 데려오게. 그리만 하면 자네가 하자는 대로 따름세."

"정말……."

"그만 가보시게. 암향총이 사라지니 갑자기 할 일이 많아져서 이 몸이 무척 바쁘다네."

이제는 대놓고 말하는 만도탑주.

공손비연은 아랫입술을 깨문 채 등을 돌릴 수밖에 없었다.

"부주, 충고 하나 할까?"

"……."

"힘이 없는 머리는 미인의 몸뚱이만도 못한 법이네. 자네의 뜻을 펼치고 싶다면 차라리 미인계를 쓰시게. 자네 정도의 미모라면 지금보다 배는 더 많은 숫자가 모여들 거라고 내 장담하겠네."

"닥치세요! 초야에 묻혀 밭을 일구고 살지언정 몸뚱이를 굴릴 생각은 눈곱만큼도 없습니다!"

"그러든지. 하나 잊지 말게. 흑수라와 흑영대를 언급하였기에 자네의 몸뚱이가 지금까지 지켜지고 있다는 것을! 자네가 그들과 관련이 없다는 사실이 밝혀지는 순간 가장 먼저 자네 몸뚱이가 유린당할 것이네."

공손비연은 두 손을 움켜쥐었다.

힘이 없는 여인의 위치가 어떤 것인지 새삼 깨닫게 된 순간이었다.

머리만으로도 천하를 좌지우지할 수 있다고 믿은 자신이 얼마나 어리석었는지 뼈저리게 깨달았다.

'그는… 그는 처음부터 알고 있었던 걸까? 그가 하고 싶었던 말이 이것이었을까? 머리만 앞세운 계집도 결국엔 계집일 뿐이라는!'

공손비연은 전신이 부들부들 떨렸다.

수치심에 아무도 없는 곳으로 사라져 버리고 싶다는 생각이 들었다.

하지만 마지막 남은 자존심이 그걸 허락하지 않았다.

'안 돼! 이렇게 질 수는 없어! 해낼 거야. 반드시 그의 인정을 받고 말겠어!'

공손비연은 다시 힘차게 걸었다.

그러나 그녀는 알고 있을까?

천하를 자신의 뜻대로 움직이겠다는 원대한 계획이 지금은 누군가의 인정을 받는 것으로 바뀌어 버렸다는 사실을.

*   *   *

철혼과 흑영대가 귀주성에 들어선 건 광주를 출발한 지 이레가 지난 후였다.

철혼은 빠르지도 느리지도 않은 행보로 일행을 이끌었다.

흑영대원 중 일부는 여유가 느껴진다고 말했고, 일부는 자신감이 느껴진다고 말했다.

결국은 그것이 그것이었지만, 궁초아를 비롯한 신입들은 달랐다.

어서 빨리 동료들을 만나고 싶다는 생각에 마음만 저만큼 앞서 갈 정도로 답답했다.

"궁 조장이 지금 무슨 마음인지 조금은 알겠는데, 그러지 마. 조장은 항상 여유가 있어야 해. 한발 물러서서 눈앞을 어림할 수 있는 여지를 두고 있어야지 그렇지 않으면 실수를 하게 될 거다."

한참 전부터 어깨를 나란히 하고 있는 지장명의 말이었다.

궁초아는 자신의 실태를 깨달았다.

"죄송합니다."

"하루아침에 바뀌지는 않겠지만, 매 순간 한발 물러나서 생각하는 습관을 가져봐. 그러다 보면 여유가 몸에 밸 거다. 저기 이조장님을 봐. 항상 웃고 떠들고 하는 게 허술해 보이지?"

"허술해 보인다기보다는 너무……."

"허술해 보여. 근데 잘 봐봐. 이조장님의 시선이 어떻게 돌아가는지."

"시선이요?"

"그래. 일각 동안 이조장님의 시선을 살펴봐."

궁초아는 지장명의 말대로 소귀를 비롯한 대원들과 웃으며 떠들고 있는 탁일도의 시선을 살펴보았다.

그러나 지장명이 무엇 때문에 살펴보라고 하는 것인지 알 수가 없었다.

그런데 지장명이 말한 대로 일각이 지나갈 무렵이었다.

"……!"

탁일도의 시선이 뒤로 돌아 대주가 있는 곳으로 향했다가 제자리로 돌아갔다.

'세 번, 아니, 네 번이던가?'

일각 동안 대주를 돌아본 횟수다.

그러고 보니 탁일도의 고개가 과하게 움직였다.

좌에서 우로 그러다 가끔씩은 뒤쪽까지.

보통의 경우 동료들과 웃고 떠드는 사람이 그렇게 광범위하게 고개를 돌리지는 않는 법이다.

궁초아는 무언가에 끌리는 사람처럼 섭위문을 돌아봤다.

석상처럼 마상에 앉아 있었다.

그런데 그 역시 시선이 일정한 간격으로 좌우 심지어 뒤쪽까지 살피곤 했다.

궁초아는 다른 조장들을 살펴봤다.

그들도 마찬가지였다.

모든 조장은 조원들은 물론이고, 대주부터 시작해서 흑영대 전체를 돌아보곤 했다.

궁초아는 놀란 표정을 지은 채 지장명을 돌아봤다.

"조원들의 위치는 물론이고 다른 조의 위치와 대주님의 위치까지 염두에 두고 있어야 갑작스런 돌발 상황에도 신속히 대처할 수 있게 된다."

지장명이 웃으며 말했다.

궁초아는 자신의 조원들을 돌아본 후 흑영대 전부를 한 차례 둘러봤다. 마지막으로 철혼을 바라본 후 지장명에게로 시선을 돌렸다.

"어렵군요."

"그럼 쉬울 줄 알았어?"

"그건 아니지만."

"우리가 처음 합류하고 장강에서 구룡방의 공격을 받았을 때를 생각해 봐. 그때 궁 조장이 조장의 행동 지침을 알고 있었다면 그렇게 다짜고짜 공격하려고 날뛰지 않았을 거야."

"날뛰지는 않았어요. 그냥 제 능력을 보여주고 싶다는 생각에 먼저 움직이려다 선배님들께 질책을 받은 것이지."

"말이 그렇다는 거야. 어쨌거나 지금의 궁 조장이라면 그렇게 행동하지 않았을 거야. 미리 일조와 이조의 위치를 염두에 두고 있었을 테니까, 갑판으로 난입한 적들은 그쪽에 맡겨두고 갈고리가 걸려 있는 난간 쪽으로 조원들을 데리고 신속하게 움직였을 거야."

"예, 지금이라면 그렇게 할 거예요."

"그래. 잘 해낼 거라 믿는다."

"감사해요."

"감사는 무슨, 생각보다 어려운 거 아니니까 늘 생각하고, 늘 준비하고 대비하려는 자세를 유지하도록 해. 그러다 보면 네 몸과 본능이 알아서 적응할 거야."

"예."

대화를 나누면서도 뒤를 돌아보고 주위를 둘러보는 궁초아의 모습에 지장명은 부드러운 미소를 지었다.

"그런데 삼조장님이 보이지 않네요. 회의에도 사홍 선배가 자리하고 있던데, 부상이……."

"조만간 복귀하겠다고 했으니까, 그때 보면 될 거다."

뭔가 불확실한 대답이다.

궁초아는 더 물어보려다 굳어 보이는 지장명의 얼굴을 확인하고는 그만두었다.

"한 가지 더 물어봐도 됩니까?"

"물어보는 건 후배들의 특권이다. 얼마든지 물어봐."

"그럼 선배님들의 특권은 뭔가요?"

"특권은 없고, 가르쳐 주어야 하는 의무만 있다."

그럴싸하면서도 재밌게 들리는 말이다.

궁초아는 미소를 지을 수밖에 없었다.

"대주님께서 장강구룡왕과 창천비룡을 죽였을까요? 선배님들께선 아무도 묻지 않으시더군요."

"창천비룡은 무슨, 그놈은 얍삽한 소면검일 뿐이다."

"그래도 천하영웅맹의 맹주까지 됐었잖아요."

"잔머리를 굴린 덕분이지. 본신 무공을 지금까지 꽁꽁 감추어두고 있다가, 하여간 그렇게 음흉한 놈은 딱 질색이다. 그런 놈은 살려두면 후환이 될 것이니 보이는 대로 머리통을 잘라 버려야 하는데… 대주님이 알아서 하셨겠지."

"물어보면 안 되는 건가요?"

"돼."

"예?"

"물어봐도 된다고."

"안 물어보셨잖아요."

"그냥 분위기가 그랬으니까."

"분위기요?"

"지금 대주님의 분위기가 조금 달라졌어. 넌 모르겠어?"

"아직은 잘⋯⋯."

"무아지경에 든 이후로 달라졌다. 잘은 모르지만 한 단계 더 강해진 것 같은데, 단순히 무공이 강해진 게 아니라 뭔가⋯⋯."

"뭔가?"

"모르겠다."

"예?"

"설명을 못하겠다고. 아마 일조장님과 이조장님도 그 때문에 아무것도 묻지 않고 그냥 지켜보고만 있는 걸 거다. 분명 뭔가 달라졌는데, 뭔가 달라졌는지 모르겠어. 그게 좋은 건지 나쁜 건지도 모르겠고, 좋다면 얼마나 좋은 건지. 나쁘다면 얼마나 나쁜 건지."

"직접 물어보면 되잖아요."

"그래 물어보면⋯ 네가 물어볼래?"

"예?"

"궁 조장이 가서 물어봐라."

두 눈을 반짝이는 지장명을 궁초아는 멍청히 바라봐야 했다.

한 식경의 휴식 시간.

귀양을 코앞에 두고 마지막 휴식을 가졌다.

유검평은 욱신거리는 허리를 곧추 세우고 육포를 질경질경 씹었다.

하여령의 판단과는 달리 강전이 갈비뼈에 맞지는 않았다.

은폐하고 있던 잡목이 강전을 일차적으로 막아주어 갈비뼈가 손상되지는 않았던 것이다.

"힘드냐?"

이제는 돌아보지 않아도 안다.

소귀 선배다.

"죽을 것 같습니다."

"그렇게 말하는 걸 보니 멀쩡하구만."

"선배도 이렇게 다쳐본 적 있소?"

"그것도 다친 거냐? 뼈에 손상이 있는 것도 아니라며?"

"그래도 아파 죽겠소."

"싸울 때 보니까 잘만 날뛰더만."

"그거 칭찬이요?"

"그래, 칭찬이다. 검이 살아 움직이더라."

"선배님들 덕분이지요. 특히 일조장님과 이조장님의 가르침 덕분에 이제는 검을 알 것 같습니다."

"이제 시작이니까, 만족하지 마라. 만족한 순간 답보 상태로 처박혀 버린다."

"알고 있습니다."

"알면 됐고, 그나저나 쟤는 왜 이리 오지?"

유검평이 소귀의 시선을 따라보니 궁초아가 다가오고 있었다.

"선배님께 인사차 오는 모양이지요."

"그런가? 음, 보기보단 선배를 대할 줄 아는구만."

소귀가 만족스레 웃는 사이 궁초아가 앞에서 멈추었다.

"소귀 선배, 인사가 늦었지요?"

"조장씩이나 됐는데, 바빴겠지."

"그거 비꼬는 겁니까?"

"아니, 이해한다는 뜻이다. 혹시나 해서 하는 말인데, 조장 됐다고 선배들 무시하지 마라. 그랬다간 여령이한테……."

"선배는 하늘이고, 대주님은 괴물이라는 가르침 절대 잊지 않고 있으니까 그런 소리 마세요. 특히 여령 선배는 너무 무서우니까, 좋게좋게 잘 말해주세요."

궁초아는 하여령에게 두들겨 맞았던 것을 온몸으로 생생히 기억하고 있었다.

그래서 지금도 하여령이 대주보다 더 무서웠다.

"알면 다행이고, 늦었지만 축하한다. 잘해봐라."

"감사합니다."

"그래. 근데 나한테만 볼일 있는 거 아니지?"

"어? 어떻게 아셨습니까?"

"그렇게 계속 대주님이 계신 쪽을 힐끔거리는데 어떻게 모르겠냐? 그리고 볼일이 있으면 가면 되지 왜 여기서 이러냐?"

"아직은 어려워서요."

"어려울 거 없어. 그냥 얼음 같은 오라버니라고 생각하면 돼."

"그게 더 이상해요."

"뭐냐? 너도 여령이처럼 남녀를 모르고 자란 거냐?"

"예? 여령 선배가 그래요?"

"이거 괜히 까발린 꼴이 되었네."

"안 들은 걸로 할 게요."

"괜찮아. 우리 여령이는 덩치만큼이나 가슴이 크거든. 어? 이 가슴은 그 가슴이 아니니까 오해하지 마라."

"하긴 여령 선배 가슴이 크긴 크더군요."

"그 가슴이 아니라니까."

"알아요. 그냥 크다구요."

"어째 부러워하는 거 같다?"

"당연히 부럽지요. 선배들 시선을 독차지하고 있잖아요."

"넌 신입들 시선을 독차지하고 있잖아?"

"그러고 보니 그러네요."

머쓱한 표정을 지으며 웃는 궁초아.

그녀는 곧 허리를 뻣뻣이 세우고 앉아 있는 유검평에게로 시선을 돌렸다.

"화살 먹었다며? 괜찮아?"

"괜찮은데, 왜 나한텐 반말이냐?"

"넌 선배가 아니니까."

"정식으로 대원이 된 건 내가 먼저다."

"네가 특별 채용이 되기 한참 전부터 난 흑영대 신입이었다."

"어쨌거나 정식 대원이 된 건 내가 먼저니까, 내가 선배잖아. 소귀 선배 안 그렇소?"

"글쎄, 이런 경우는 없었던 거라……. 난 모르겠으니까 너희들끼리 잘 타협봐라."

재미난 구경하겠다는 듯 한발 물러나 버리는 소귀.

유검평은 배신당한 표정을 지었지만, 소귀는 눈을 반짝이고 팔짱까지 끼며 구경꾼 자세를 갖추었다.

"신입이 된 건 내가 먼저니까, 널 선배로 대해주는 일은 절대 없을 거야. 그러니까 입 아프게 그만 걸로 왕왕대지 마. 그리고 혹시 말이야."

"혹시 뭐?"

유검평이 불만 가득한 얼굴로 물었다.

궁초아는 잠깐 머뭇거리더니 입을 열었다.

"혹시 처음 만난 날 내가 술에 취해서 실수한 거 있었어?"

순간 유검평의 눈빛이 반짝 빛났다.

"있었다."

"뭐, 뭔데? 내가 무슨 실수를 했어?"

"그걸 어떻게 말하냐?"

유검평이 소귀 쪽을 힐끔하며 말하자 궁초아가 흠칫하며 기어들어 가는 목소리로 말했다.

"나중에 이야기하자."

"그러든가."

유검평이 냉랭히 말하자 뭔가 자신이 엄청 부끄러운 실수를 한 것 같은 예감이 든 궁초아는 얼굴을 붉히며 물러갔다.

"궁 조장!"

소귀가 갑자기 부르자 저만큼 가던 궁초아가 깜짝 놀라 돌아봤다.

"대주님은 이쪽에 계시잖아."

"예? 아, 예."

그제야 철혼 쪽으로 방향을 트는 궁초아를 보며 소귀가 히죽 웃었다.

"그날 별일 없었잖아?"

"내 좆대가리 잘라 버린다고 지랄한 게 별일 아닙니까?"

"궁 조장이 저런 반응 보일 정도는 아니지."

"소귀 선배만 입 다물면 계속 저럴 거니까, 아시죠?"

"맨입으로?"

"기루가 우릴 기다리고 있습니다."

"좋지."

소귀와 유검평은 서로를 향해 히쭉 웃었다.

'무슨 실수를 했을까? 저치 표정을 보니 진짜 부끄러운 짓을 한 것 같은데?'

궁초아는 얼굴이 화끈거렸다.

술에 취하면 자신이 무슨 짓을 하는지 들어서 알고 있기 때문이다.

마음에 안 드는 놈이 있으면 양물을 잘라 버리겠다고 설치고, 마음에 드는 놈이 있으면 안아주겠다며 옷을 벗으려 든다고 들었다.

'어느 쪽이었을까?'

첫 번째 경우라면 그나마 상관없으나 두 번째 경우라면 상상하기 싫을 정도로 끔찍하다.

가슴이라도 내보였다면 어떻게 낯을 든단 말인가?

"궁 조장."

나지막하게 들려오는 목소리.

궁초아는 아직 상념을 털지 못한 채 고개만 들어보았다.

푸른 기가 감도는 수정을 박아 넣은 것 같은 두 눈이 뭔가 신비로운 느낌을 주었다. 그러나 한쪽 눈 아래로 흐르는 붉은 혈루가 신비로움을 부수고 잔혹한 기질을 드러내고 있었다.

"대, 대주님!"

"무슨 일인데 그리 넋을 잃고 있나?"

순간 궁초아는 자신의 실태를 깨닫고 정신이 번쩍 들었다.

어떻게 받아낸 인정인데 이런 말도 안 되는 실수를 한단 말인가.

"죄송합니다. 다시는 이런 일이 없도록 하겠습니다."

"괜찮으니까 무슨 일인지 들어도 될까?"

"그, 그게……."

"말할 수 없는 것인가?"

"예."

"좋아. 그럼 날 찾아온 이유를 들어볼까?"

"예?"

"소귀가 이쪽으로 가라고 한 것 같은데?"

"아!"

그제야 자신이 대주를 찾아온 이유를 생각해 낸 궁초아.

철혼은 그런 궁초아를 보며 가벼운 미소를 지었다.

'확실히 달라 보여. 이전까지는 웃는 걸 본 적이 없는 것 같은데.'

궁초아는 지장명에게 들었던 말을 떠올리며 잠시 고민하다 대놓고 물었다.

"무아지경에 든 후 더 강해졌습니까?"

그러나 대답을 하지 않고 잠시 바라보기만 하는 철혼.

궁초아는 웃어도 대주는 대주라는 사실을 생각하고는 얼굴을 굳혔다.

"죄송합니다. 제가 주제넘게 그만……."

"지 조장이 물어보라고 했나?"

"예? 예."

궁초아가 인정하자 철혼은 다시 한 번 웃었다.

"가서 이렇게 말해주도록 해. 나무가 부러지지만 않는다면 얼마든지 강철을 상대할 수 있다고."

"예?"

궁초아는 철혼의 알 수 없는 말에 의문을 표했다. 그러나 철혼은 더 이상 말해줄 게 없는 모양이다.

"이제 출발할 것이니 돌아가서 조원들과 준비하도록 해."

"아, 알겠습니다."

서둘러 돌아가는 궁초아.

그 모습을 바라보는 철혼의 입가에 편안한 미소가 걸려 있었다.

"인간은 입신의 경지에 들어도 결국엔 인간일 뿐이지. 여의경이니 절대의 경지니… 모두 말장난일 뿐이다."

4장

이제는 우리와 함께할 준비가 되었나?

"반 시진 후면 당도할 거랍니다."

이한청이 조금은 염려가 된다는 얼굴로 말했다.

무엇을 염려하는지 공손비연이 모를 수가 없다.

"제가 머리를 숙여야 할까요?"

서로 뜻이 맞지 않아서 발생하는 불협화음(不協和音)은 어느 한쪽이 한발 물러나지 않는 한 필연적으로 깨지게 마련이다.

공손비연과 철혼이 그랬다.

두 사람은 자신들의 뜻이 확고했고 누구도 물러나지 않았다. 그 결과 파탄을 드러내 각자의 길로 돌아서고 말았다.

문제는 제법 먼 길을 돌아와 다시 하나로 합칠 수 있는 기회를 맞았지만, 각자의 길을 가는 동안 누구의 생각이 맞았는지 여전히 알 수가 없다는 것이다.

그나마 한 가지 다행이라면 힘이 없는 머리는 이용당할 뿐이라는 걸 공손비연이 깨달았다는 것이다.

"철 대주가 바라는 게 부주께서 머리를 숙이는 걸까요?"

"예?"

"예전에 장강을 타는 며칠 동안 옆에서 지켜본 느낌으로는 원리원칙을 중요시하면서도 거기에 얽매이지 않고, 조직의 규율을 중요시하지만 그보다는 대원들의 안위와 흑영대의 존립 자체를 중요시하는 것 같았습니다. 대주의 권위와 위엄을 내세우기보다는 대주로서 해야 할 일을 하려고 했고, 옳다고 여겨지면 결코 주저하거나 머뭇거리지 않더군요."

"대단한 사람이군요."

"빈정받을 사람은 아닙니다."

"빈정거리는 게 아니에요. 전 그냥……."

"그간 무수히 고민을 하시는 것 같던데, 두 분께서 마찰을 빚은 이유를 생각해 보셨습니까?"

"당연하지요. 그가 초아를 괄시하지만 않았어도 그렇게 출발부터 삐걱거리지는 않았을 거예요."

궁초아가 면사를 했다는 이유로 무시를 받았다는 말에 공손비연도 면사를 한 채 철혼과 흑영대를 맞았다.

그 때문에 대면하자마자 마찰이 발생했고, 결국 그대로 각자의 길로 돌아섰다.

"정녕 그리 생각합니까?"

"예?"

"그 생각에 변함이 없다면 이번에도 뜻을 합치지 못할 겁니다."

이한청의 한숨을 동반한 말에 공손비연은 말을 할 수가 없었다.

왜 그런지 이유도 묻지 못하고 멍청히 쳐다보기만 했다.

"부주님께서는 머리가 좋아서 그러는 것인지는 모르지만, 지나치게 분석적입니다."

"분석적이요?"

"예. 부주님께서는 상대의 말 한마디 행동 하나하나에 의미를 부여하는 습관이 있습니다."

"모든 행동에는 분명한 이유가 있습니다. 그걸 분석해서 적들의 다음 행동을 예상하는 건 지략가가 갖춰야 할……."

"철 대주와 흑영대가 적입니까?"

"예?"

"제가 지금 부주님께 한마디 하는 건 무슨 뜻입니까? 부주님의 자존심을 망가뜨리기 위해서입니까? 아니면 제가 이만한 식견이 있는 사람이라는 걸 보여주기 위해서일까요? 전 그냥 안타까워서 제 생각을 말씀드리는 것일 뿐입니다. 제 생각이 부주님의 생각보다는 나을 것 같아 조금 단호한 어조로 말하는 것이라 듣는 입장에서는 불쾌할 수는 있겠지만, 다른 의도는 추호도 없습니다."

이한청의 말을 곱씹는 공손비연.

맞는 말이긴 하지만 가슴에 와 닿지가 않았다.

"분석하고 예측해서 대응하지 말라는 겁니까? 상대가 화가 났다면 왜 화가 났는지, 상대가 이쪽을 업신여긴다면 왜 그러는 것인지 생각해 보아야 하는 거 아닐까요?"

"부주님께서는 거기서 그치지 않으니까 문제지요."

"그건 또 무슨 말이에요?"

"그때를 상기해 보십시오. 철 대주와 흑영대의 행동에 화가 난 부주께서는 그들이 왜 그런 행동을 하였는지 그걸 분석하고 생각하는 정도에 그치지 않고, 철 대주의 근본까지 파고들어 맹주님과 공손 대인께서 수장으로 인정하신 것을 거부하셨잖습니까?"

"그거야……."

─할아버지하고 맹주님께서 세운 와룡부고, 지난 몇 년 동안 내가 고생고생해서 이만큼 키워놓았는데, 네까짓 게 뭔데 나타나서 날 자르고, 저 분들을 내쫓아? 네까짓 게 다 뭐냐고?

─네가 한 게 뭐가 있다고 주인이야? 인정할 수 없어!

당시 공손비연이 했던 말이다.

화가 나 감정이 격해진 상태에서 내뱉은 말이었지만, 그 말속에는 공손비연의 의중이 충분히 드러나 있었다.

공손비연은 자신은 그런 말을 할 수 있는 자격이 있다고 여겼지만, 철혼의 입장에서는 완전히 달랐다.

그 사실을 이한청이 확인시켜 주었다.

"철 대주 입장에서 보면 와룡부는 스승이신 맹주님과 공손 대인께서 남겨주신 것입니다. 진짜 주인에게서 물려받은 것이니, 진짜 주인이 된 셈이지요."

공손비연은 그 사실을 인정하기 싫었다.

와룡부를 세운 건 맹주님과 할아버지이지만, 와룡부를 제대로 키워놓은 건 자신이었기 때문이다.

하나 분명한 실수였다.

자신이 세운 것도 아니고, 물려받은 것도 아니기 때문이다.

공손비연이 얼굴을 찌푸렸다.

'그 말은 하지 말았어야 했나?'

물론 그렇게 할 수밖에 없도록 한 건 흑수라였다.

하지만 좀 더 거슬러 보면 흑수라가 그렇게 하도록 한 건 공손비연 자신이었다.

─누가 면사하는 것을 더럽게도 싫어한다고 하여 얼마나 싫어하는지 궁금하여 이렇게 해봤습니다.

명백한 도발이었다.

흑수라 입장에서 보면 충분히 화가 날 만했다.

'거기부터 잘못된 거야. 면사만큼은 하지 말았어야 했어.'

잘못 꿰어진 단추를 찾았다.

하지만 바로잡기에는 너무 멀리 와버렸다.

"시작은… 아니, 그런 건 따질 필요도 없겠네요. 제가 잘못한 부분이 명백하게 존재하니까요. 하지만 당시에는 그렇게 해야 했을 정도로 화가 났어요. 그걸 후회하고 싶지는 않아요."

"후회하라고 한 말이 아닙니다. 머리를 숙일 필요도 없습니다. 아무런 감정 없이 허심탄회하게 대화를 나누어보면 상대의 입장을 분명하게 이해하게 될 겁니다. 부주님이 바라고 철 대주가 원하는 길은 거기서부터 찾아보라는 말을 드리고 싶었습니다."

"아무런 감정 없이 허심탄회하게⋯⋯."

미간을 더욱 찌푸리며 중얼거리는 공손비연.

이한청은 공손비연이 또다시 감정에 휘둘리지 않기를 바랐다.

'옳고 그름을 떠나 와룡부는 심신이 지칠 대로 지쳐 있는 흑영대가 마음 놓고 쉴 수 있는 유일한 곳이었는데⋯⋯.'

늘 마음에 걸리던 미안함이다.

이한청은 철혼과 흑영대원들을 떠올리며 조용히 돌아섰다.

지략이라는 것은 자신이 처한 정황에 대한 깊은 인식과 거기에서 파생한 적절한 대응능력을 바탕으로 한다.

공손비연은 지략가다.

그녀가 생각하는 흑영대와 와룡부의 정황은 고립무원이었다.

어디에도 손잡을 데가 없는 신세였다.

하지만 그건 흑영대를 사도천, 천하영웅맹과 대등한 위치에 놓았을 때의 이야기였다.

흑영대의 위치를 낮추고 낮추어 보니 손잡을 데가 널려 있다는 걸 알 수 있었다.

만도탑, 백리검가, 참백문, 남태극문, 태룡문 그리고 악가보가 바로 그들이었다.

개개로 보면 힘이 없는 군소문파에 불과하지만, 그들의 힘을 하나로 합쳐 거기에 흑영대를 전면에 내세운다면 사도천과 천하영웅맹이라 하더라도 쉽게 무시할 수 없는 힘이 될 터였다.

거기에 인접한 운남과 사천의 군소세력들을 끌어들일 수만 있다면 천하는 세 개의 세력으로 삼등분이 되는 것이었다.

천하영웅맹과 사도천 양강체제에서 벗어나 새로운 시대가 열리는 것이다.

그것이 오랫동안 구상해 온 공손비연의 대계였다.

'오늘이야말로 대계의 첫발을 내디디는 것이니, 자존심 같은 건 생각하지도 말고, 그와 마음을 열고 대화를 해보자. 그가 받아들일 수 있도록 내가 먼저 그를 받아들이자.'

공손비연은 속으로 되뇌었다.

기어코 만도탑이 빠졌지만, 상관없다.

다섯 문파만으로도 충분했고, 시간이 지나면 만도탑주 스스로 머리를 숙일 수밖에 없을 테니까.

공손비연은 들뜨려는 마음을 억누르며 철혼과 흑영대가 도착하기를 기다렸다.

그녀의 양쪽으로는 만도탑주를 제외한 다섯 문파의 수장이 어깨를 나란히 하고 있었다.

그 뒤로는 오백이 넘어가는 숫자가 귀양으로 들어서는 길목을 꽉 채우고 있었다.

이한청과 와룡부의 신입 흑영대 팔십여 명도 한쪽에 도열해 있었다.

"그동안 반신반의했던 게 사실이라 와룡부주께 미안한 마음이오."

참백문주가 점잖은 목소리로 말했다.

같은 마음인지 다른 수장들도 고개를 끄덕였다.

"기실 와룡부주를 믿고는 있었지만, 불안했던 건 사실이오. 말 한마디에 목숨을 내놓는 게 어디 쉬운 일이오? 서운하더라도 와룡부주께서 이해해야 할 부분이오."

악가보주가 전방을 바라본 채 말했다.

처음부터 가장 호감을 보여주었던 사람이었다.

"제가 믿음을 드리지 못했던 모양입니다. 죄송합니다."

공손비연은 악가보주의 말에 깨닫는 바가 있었다.

이들의 불신은 자신에게서 비롯되었던 것이다.

이들을 탓할 게 아니라 믿음을 심어주지 못한 자신을 탓해야 했다.

"말씀드렸다시피 흑영대와 와룡부는 원래 둘이 아닙니다. 제가 부족해서 흑영대주와 불화가 있습니다. 하나 대의를 아는 흑영대주이니 여러분의 협의를 모른 체하지 않을 것입니다."

"그래야지요. 마지막 남은 희망이니 반드시 그래야 합니다."

남태극문주가 하얀 수염을 쓰다듬으며 염려의 빛을 드러냈다.

'와룡부주의 말이 거짓이거나 흑수라가 우리들의 손을 뿌리친다면… 헛허! 세상이 달라질 때까지 숨죽이고 살 수밖에.'

암향총이 사라졌지만, 시간이 지나면 제이, 제삼의 암향총이 들어설 것이 분명했다.

그전에 어떻게든 만만치 않은 힘을 구축해 놓아야 하는데, 자신들만으로는 어림도 없는 일이다.

흑영대와 흑수라가 반드시 필요했다.

와룡부주의 역설이 아니어도 모두가 충분히 인지하고 있는 바다. 그래서 와룡부주의 말 한마디만으로도 여기까지 올 수 있었다.

물론 피가 왕성한 젊은 층들은 와룡부주의 미모에 혹해 있었지만, 진짜 흑수라가 나타난다면 마음을 접을 것이니 문제가 될 것이 없었다.

"옵니다!"

누군가의 외침이 들렸다.

모두들 눈을 크게 뜨고 보니 멀리 먼지구름이 이는 게 보였다.

"오는구려!"

"정말 오는가 봅니다."

기대에 찬 말들이 흘러나왔다.

얼굴 표정도 상기되었다.

젊은 층들은 복잡한 표정으로 먼지구름과 공손비연의 뒷모습을 번갈아보곤 했다.

먼지구름이 커지고 가까워질수록 기대감이 커졌다.

한 대의 마차와 수십 명의 흑의인.

흑영대 특유의 복장이 눈에 들어오자 모두들 흥분하기 시작했다.

특히 와룡부의 신입대원들은 환호라도 지를 기세였다.

흑영대주로부터 흑영대로 인정받았다는 소식을 들었거늘 어찌 안 그렇겠는가?

모두들 목을 길게 빼내 자신들을 인정한 대주의 모습을 보려고 했다.

그러는 사이 질주하는 마차의 속도가 점차 줄어들기 시작했고, 반각이 지날 무렵이 되자 완전히 멈춰 섰다.

마차 좌우로 일백에 가까운 흑의인들이 전마를 탄 채 도열했다.

섭위문과 탁일도를 위시한 흑영대였다.

궁초아와 신입대원들도 한자리를 차지하고 있었다.

궁초아는 한쪽에서 자신들을 바라보고 있는 팔십이 넘는 동료를 향해 슬쩍 손을 들어주었다.

푸르릉!

검은 전마가 투레질을 하며 천천히 앞으로 나왔다.

검은 철립을 목뒤로 넘기고 있는 철혼이 특유의 무표정한 얼굴로 마상에 앉아 있었다.

또각또각!

말발굽 소리가 모두의 귀에 천둥처럼 들렸다.

그만큼 조용했다.

수백의 사람이 몰려 있었지만, 숨소리가 들릴 정도로 고요했다.

모두들 잔뜩 숨죽인 채 철혼의 움직임에 집중하고 있었다.

이윽고 철혼이 말에서 내렸다.

그리고 걷기 시작했다.

철그럭! 철그럭!

흑수라의 강림을 알리는 소리가 경쾌하게 울렸다.

한쪽 눈가에 흐르고 있는 검붉은 혈루.

그리고 허리에 걸려 있는 두 자루의 철곤과 한 자루의 칼.

소문으로 들었던 흑수라의 모습과 정확히 일치했다.

척!

걸음을 멈춘 철혼은 눈앞의 사람들을 둘러보았다.

모두가 자신을 쳐다보고 있었다.

흥분과 기대가 어우러진 얼굴들이었다.

철혼이 마지막으로 시선을 둔 곳은 불안과 기대가 부자연스럽게 얽혀 있는 얼굴이었다.

어색한 표정을 짓고 있는 공손비연을 바라보는 철혼의 얼굴은 무심함이었다.

'그는 아직 화가 풀리지 않았구나!'

공손비연의 눈빛이 급격히 흔들렸다.

하긴 이 정도로 자신의 실수를 이해해 달라고 할 수는 없었다.

공손비연은 한 차례 심호흡했다.

지금은 자신을 인정하고 말고를 따질 때가 아니었다.

"다시 보니 반갑군요. 여기 계신 분들께선……."

"흑영대주 철혼입니다."

철혼이 먼저 포권했다.

당당하나 예의를 잃지 않은 모습이었다.

다섯 문파의 수장들은 천하영웅맹의 십주와 어깨를 나란히 하고 있는 철혼이 자신들을 무시하지 않는다는 사실에 크게 감복했다.

"백리검가주 백리현이네. 여기 계신 분은 남태극문주이신 현인학 선배이시고, 이쪽은……."

백리현이 나서서 다섯 수장을 한 사람씩 소개해 주었다.

철혼은 일일이 포권하며 얼굴을 마주보았다. 그 어떤 한마디도 하지 않았으나 일체의 오만함도 엿보이지가 않아 모두들 기분 좋은 미소를 지었다.

마지막으로 태룡문주와 인사를 나눈 철혼은 이한청과도 간단한 인사를 주고받은 후 공손비연을 돌아봤다.

그녀는 미소 짓고 있지만 억지로 짓는 미소였고, 허리를 꼿꼿이 세우고 있지만 풀 죽은 기색이 역력했다.

"와룡부주!"

"예?"

철혼이 나직이 부르자 공손비연이 흠칫 대답했다.

이한청의 말대로 허심탄회하게 대화를 나눠보자는 생각 따위는 훨훨 날아가 버렸다.

달라진 철혼의 존재감에 주눅이 든 것인데, 공손비연은 아직 알아차리지 못하고 있었다.

"이제는 우리와 함께할 준비가 되었나?"

"준비가……."

공손비연은 무슨 대답을 해야 할 지 갈피를 잡지 못했다.

그때였다.

"소문의 흑수라는 무슨 삼두육비의 괴물인 것 같더니, 이렇게 보니 평범한 사람이었군."

늙수그레한 목소리가 갑자기 끼어들었다.

사람들이 목소리가 들려온 곳으로 돌아보니 도열하고 있는 군소문파의 무인들이 좌우로 갈라졌고, 그 사이로 일백에 가까운 무리가 보였다.

"만도탑!"

누군가가 신음처럼 내뱉었다.

만도탑주 갈중악이 만도탑의 도객들을 거느리고 나타난 것이다.

만도탑주가 나타나자 공손비연이 실소를 지었다.

그러면 그렇지 하는 표정이었다.

"외모는 평범하나 그간 걸어온 길을 보면 삼두육비의 괴물 이상이지요."

공손비연이 큰 소리로 말했다.

대부분의 사람이 공감한다는 듯 고개를 끄덕이며 수긍을 표했다.

그러나 갈중악은 표정 한 번 바꾸지 않고 걸어왔다.

"멈추는 게 좋겠소."

철혼이 갑자기 무뚝뚝한 말을 꺼냈다.

모두들 의아한 표정으로 철혼을 돌아봤다.

"저분은 만도탑주세요."

공손비연이 말했다.

하나 철혼의 표정은 달라지지 않았다.

"알고 있어."

"그런데 왜?"

"백리검가, 참백문, 남태극문, 태룡문, 악가보 그리고 만도탑. 이렇게 여섯 개 문파가 함께하기로 한 것으로 들었지만, 이곳에 와보니 다섯 문파뿐이더군. 물론 날 마중 나와주어야 한다는 말을 하려는 건 아니야. 다른 분들께서 나오지 않으셨다면 모르지만, 모두들 무거운 걸음을 해주셨는데 한 곳만 빠졌다. 왜일까? 저렇듯 나타난 걸 보면 속사정이 있었던 것 같지는 않고, 아무래도 길을 달리하기로 마음먹은 것 같은데, 내가 틀린 건가?"

공손비연은 철혼을 놀라운 눈으로 쳐다봤다.

만도탑주가 조금 늦게 나타난 것만 가지고도 거기까지 유추해 낸 것이 놀라운 것이다.

"분명 그랬지만, 지금이라도 합류하기로……."

"사람의 마음은 간교하다는 걸 모르나? 달리 마음을 먹었을 때는 그만한 이유가 있는 법. 만도탑이 철마갱을 홀로 상대할 수 있을 정도로 강한 곳인가?"

"그건 아니에요."

"그렇다면 답은 나왔군."

"답?"

"만도탑은 다른 곳과 손잡기로 한 거야."

"다, 다른 곳이라니… 설마?"

"내 판단으로는 그 설마가 맞다는군."

"아니, 그건 아닐 거예요."

"일시간 마음이 흔들렸던 것이라면 저토록 당당하지는 않았을 거야."

공손비연은 만도탑주를 돌아봤다.

어색한 표정을 짓고 있다.

미안한 표정과는 거리가 멀다.

원래 뻔뻔한 사람이라면 그럴 수도 있다. 그런데 어색해하는 표정 속에 언뜻 불쾌함이 느껴진다. 적의에 가까운 불쾌감이다.

"…왜?"

"치욕의 역사를 되풀이하고 싶지 않아서다."

만도탑주가 어깨를 펴며 말했다.

그의 시선이 다섯 개 문파의 수장을 한 명씩 둘러보았다.

모두들 경악에서 배신당한 표정으로 바뀌고 있었다.

"흥! 흑수라를 앞세워 철마갱을 부수고 나면, 그다음엔 어떻게 할 건가? 우리같이 고만고만한 세력을 잔뜩 불러모아 사도천과 천하영웅맹에 맞서겠다고? 우스운 일이야. 노부는 그 말을 듣자마자 자네와는 대계를 함께할 수 없다고 판단했네."

마지막 말은 공손비연을 향한 것이었다.

공손비연은 비수처럼 꽂는 만도탑주의 말에 반발하듯 소리쳐 물었다.

"이유가 뭡니까?"

"현실을 제대로 인지하지 못하고 있어서네."

"……?"

"사도천과 천하영웅맹이 바보던가? 그들이 흑수라를 죽여 버리면 그 이후엔 어찌할 텐가?"

정곡을 찌르는 말이다.

공손비연의 대계는 흑수라가 끝까지 살아 있어야 한다는 전

제조건이 깔려 있다.

흑수라가 죽는 순간 대계는 와르르 무너진다.

"흑수라가 무슨 불사신도 아니고 반드시 죽게 되어 있다. 그가 죽고 나면 모두들 뿔뿔이 흩어져 사냥을 당하겠지. 노부는 그 길을 걷고 싶지 않다."

"그렇다고 천하영웅맹과 손을 잡아요?"

"왜 천하영웅맹이라고 생각하지?"

"예?"

"사도천이라고 손을 잡지 말라는 법이 있나?"

"서, 설마!"

놀란 눈을 더욱 크게 뜨는 공손비연.

비단 그녀만이 아니다. 다른 다섯 수장도 해연히 놀랐다.

"와룡부주, 내가 말했지. 힘이 없는 머리는 몸뚱이만 못한 법이라고. 내 한 가지 더 가르쳐 줌세. 자네처럼 현실을 인지하지 못하고 이상만 쫓는 머리는 모두를 나락으로 이끌 뿐이라네."

"거기까지만 하시오. 더 이상은 참고 싶지 않소."

철혼이 차갑게 말했다.

갈중악은 입을 다물고 철혼을 경계했다. 자신의 힘으로는 결코 흑수라를 이길 수 없다는 걸 잘 알고 있었다.

"좋은 약은 입에 쓴 법, 충고를 해주었으니 그 답례를 드리겠소. 내가 벽력도패, 철혈무검 그리고 철궁왕을 죽일 수 있었던 건 운이 작용해서요. 하지만 지금은 운이 없어도 그들을 충분히 상대할 수 있게 되었소. 어느 곳과 손을 잡든 이 정도의 정보라면 충분한 거래 조건이 될 거요."

충격적인 말이다.

다섯 수장은 물론이고, 수백에 달하는 사람이 철혼의 호언에 깜짝 놀랐다.

심지어 흑영대원들마저 놀라움을 감추지 못했다.

철혼이 단언한다는 건 그만한 자신감이 있다는 뜻이다. 지금까지는 싸우지 못할 이유가 없다는 정도였는데, 지금은 충분히 상대할 수 있다고 했다.

철혼을 아는 이라면 두 말의 차이를 모를 수가 없다.

"무아지경에 든 덕분에 완전히 자리를 잡은 모양이군."

섭위문이 중얼거렸다.

그 말에 옆에 있던 탁일도가 눈을 휘둥그레 뜨며 물었다.

"뭐가 자리를 잡아?"

"그간 대주는 자신의 길을 잡지 못하고 방황하고 있었어. 맹주님의 천뢰신공과 패왕굉뢰도를 하나로 융합하기는 했지만, 그 속에서 자신만의 무공으로 확립시키지는 못했던 거지."

"그렇다면 완전한 절세지경에 들었단 거냐?"

"그런 것일 수도 있고, 아닐 수도 있어. 완전히 자신의 길에 들어섰다는 건 다른 사람들이 구분해 놓은 무경과는 다른 길을 걷는다는 뜻일 수도 있으니까."

"젠장, 뭐가 그리 어려워?"

"나무가 부러지지만 않는다면 강철을 상대할 수 있다는 말이 무슨 뜻인지 이제야 알겠군."

탁일도가 투덜거렸지만 섭위문은 그저 미소 지으며 중얼거렸다.

마치 대견한 동생을 바라보는 듯 흐뭇해하는 표정이었다.

'충분히 상대할 수 있다고?'

만도탑주 갈중악은 혼란에 빠졌다.

그 역시 흑수라가 벽력도패나 철혈무검 등을 죽일 수 있었던 건 운이라고 여겼다.

정확히는 오랫동안 격렬한 싸움을 해보지 못한 벽력도패나 철혈무검 그리고 철궁왕의 방심이 화를 불렀을 거라고 추측했 다.

흑수라가 구륜교주를 상대로 피를 보았다는 정보를 입수한 후로는 자신의 추측이 정확하다고 확신했다.

'십주보다 한 단계 떨어지는 구륜교주이니 방심하지 않고 처 음부터 전력을 다했을 테지.'

갈중악의 판단으로는 흑수라는 십주와 구륜교주의 사이 정도 였다.

그러니 사도천이나 천하영웅맹이 마음만 먹으면 언제든지 죽 일 수 있을 거라는 판단이었다.

그러나 지금 그 판단에 문제가 생겼다.

흑수라 스스로가 이제는 십주와 대등하다고 선언하고 있었 다.

'아니, 적어도라는 말이 정확하겠지.'

적어도 십주와 대등하다.

그 말을 다시 말하자면 사도천과 천하영웅맹이 마음을 먹어 도 쉽사리 죽일 수 없다는 뜻이다.

이건 단순한 말장난이 아니다.

천하 판도를 흔들 수도 있는 놀라운 일이다.

"가시오. 어느 쪽과 손을 잡든 거기에 대해 뭐라 할 생각은 없소. 그러나 전장에서 보는 일은 없도록 하는 게 좋을 거요. 들었을지는 모르지만, 난 전장에서는 살귀가 되니까."

철혼의 담담한 말이 갈중악의 귓가를 파고들었다.

흠칫 정신을 차린 갈중악은 혼란스런 눈으로 철혼을 쳐다보다 아무 말 없이 돌아섰다.

갈중악과 만도탑이 시야에서 완전히 사라질 때까지 무거운 침묵이 사람들을 짓눌렀다.

만도탑이 천하영웅맹이나 사도천과 손을 잡으려고 한다는 것은 물론이고 만도탑주의 말대로 흑수라가 죽는다면 자신들 역시 끝이라는 사실, 그리고 흑수라의 자신감.

충격의 연속이었다.

산전수전 다 겪었다고 자신하는 노회한 남태극문주조차 혼란스러워했다.

철혼은 그들의 혼란을 내버려 두고 공손비연을 돌아봤다.

공손비연 역시 충격에서 헤어나지 못하고 있었다.

현실을 인지하지 못하고 이상만 쫓는 머리는 모두를 나락으로 이끌 뿐이라는 만도탑주의 말이 그녀를 완전히 흔들어놓았다.

"말 한마디에 주저앉는 걸 보니 아직 함께할 준비가 안 된 모양이군."

철혼은 그 한마디를 남겨두고 등을 돌려 버렸다.

　　　　　*　　　　*　　　　*

"시련이군. 내 여인이 되려면 단숨에 털고 일어나야 할 텐데, 과연 일어설 수 있을까?"

"시련이라고 할 것까지야 있겠습니까?"

"아니, 시련이 맞아. 자신의 무공을 과신하는 이가 벽에 부딪치면 좌절하듯이 머리만 믿는 이들은 그 머리로 아무것도 할 수 없는 현실에 부딪치면 좌절하게 되어 있다."

"그렇게 말씀하시니 또 그런 것 같군요."

"정말 몰라서 그러는 겐가? 아니면 내 비위를 맞추느라 모른 체하는 건가?"

"아부한다고 거들떠보시는 분이셨습니까?"

"난 아부 아첨을 혐오한다."

"저 역시 좋아하지는 않습니다."

시귀가 빙그레 웃으며 말했다.

혈마룡은 잠시 물끄러미 바라보다 붉게 물든 낙조로 시선을 돌렸다.

"시험이라… 내 여인이 될지도 모르는 여인을 감히 시험한다 이거냐? 좋다. 네게 그럴 만한 자격이 있는지 나 역시 시험해 보아야겠다. 시귀!"

"예!"

"흑수라에게로 가겠다. 준비해라!"

"존명!"

시귀가 여전히 웃는 얼굴로 복명했다.

자신의 주군이 십주와 대등하다고 자신하는 흑수라를 상대하려 함에도 전혀 흔들리지 않았다.

'불패만강과 유명혈마기 그리고 혼천광마력을 한 몸에 익힌 주군과 천뢰신공, 패왕의 칼을 지닌 흑수라. 결과가 궁금해지는군.'

*   *   *

흑영대는 저자에 들러 필요한 물품만 구입한 후 귀양을 빠져나갔다.

지금은 작전 중이나 마찬가지였고, 특별한 이유가 있지 않는 한 객잔에 머물 일은 없었다.

귀양을 벗어나 한 식경쯤 달리다 보면 제법 너른 벌판이 나왔다.

흑영대는 그곳에서 야영을 했다.

한 여름이라 추위를 염려할 필요가 없어 벌판 한가운데에 자리를 잡은 것이다.

탁일도는 정식 흑영대가 된 신고식이라며 궁초아를 비롯한 신입들에게 전 대원들이 배를 채울 수 있도록 사냥을 해 오라고 보냈다.

춥지는 않으나 모기들이 극성을 부려 곳곳에 모닥불을 피워놓고 각기 편한 자세로 반 시진쯤 널브러져 있으니 궁초아 등이 멧돼지 세 마리를 잡아왔다.

"세 마리 잡는 데 반 시진이나 걸려? 적과 싸우기도 전에 배고파 죽고 말겠다."

탁일도가 타박했다.

하나 입가로는 벌써부터 군침을 흘리고 있었다.

"뭐하냐? 얼른 서둘러라! 오조는 아까 저자에서 사온 술병을 모조리 꺼내오고, 야! 소귀 넌 빠져! 지난번처럼 새까맣게 태우려고? 어림없다. 넌 근처에도 가지 마라! 뭐해? 빨랑빨랑 움직이지 않고!"

탁일도의 채근에 모두들 부리나케 움직였다.

소귀만이 입을 댓발 빼어 물었다.

"쳇! 내가 태우고 싶어서 태웠나? 열심히 굽고 있는 사람한테 잔심부름 시켜서 한눈팔게 만든 사람이 누군데?"

"눈앞에 적을 두고 딴 데 한눈팔아 놓고도 그리 말할 거요?"

지나가던 강일비가 한마디 하자 소귀의 눈썹이 확 치켜 올라갔다.

"니네 조장이라고 편드는 거냐?"

"말이 그렇다는 거요. 내 말이 틀린 건 아니질 않소?"

"그래 잘났다! 저 인간이나 이놈이나 하여간 이조는 마음에 안 들어!"

빡!

구시렁거리던 소귀가 갑자기 뒤통수를 부여잡았다.

누군가가 그의 뒤통수를 후려친 것이다.

"뭐야! 어떤 새끼야?"

"나다! 어쩔래?"

"너, 너였냐?"

"뭐가 어쨌다고 우리 조를 욕하고 지랄이야?"

"아니, 여령이 너는 빼고 한 말이다."

"핑계 대지 마라. 불알이 아깝다."

"너한텐 안 아까운데……."

"확 씹어먹어 버릴까 보다!"

"그래줄래?"

능글맞게 웃으며 대꾸하는 소귀.

하여령은 아랫배를 긁다말고 철곤을 잡아갔다.

"아차! 조장님께서 찾으셨지?"

하여령이 철곤을 뽑기도 전에 소귀가 바람처럼 사라졌다.

"족제비 같은 놈!"

"쫌 말 좀 가려서 하고 다녀요!"

강일비가 소리쳤다.

하여령이 뭔 소리냐는 얼굴로 돌아보자 잔뜩 불만인 얼굴로 말했다.

"아랫배에 종기라도 났어요? 왜 맨날 긁고 그래요? 그리고 그 가슴 좀 어떻게 해봐요. 천으로라도 동여매든가 해서 좀 감추라고요."

"다들 쳐다보고 그러던데 왜 감춰?"

"쳐다보니까 감추라는 거잖아요."

"좋다고 쳐다보는데, 왜 감추냐고?"

"남녀가 유별하니까……!"

"남녀가 왜 유별해야 하는데?"

"입 아프게 또 설명해야 해요?"

"그래, 해봐."

"됐어요."

"어디 가?"

"오줌 누러 가요."

"같이 가자."

"뭘 같이 가요? 따라오지 마요!"

강일비 역시 줄행랑을 놓고 사라졌다.

하여령은 습관적으로 아랫배를 긁으며 입맛을 다셨다.

"애새끼, 갈수록 귀엽게 군다니까."

강일비가 숲으로 사라지자 고개를 돌린 하여령은 야영지를 둘러보다 한쪽 숲가에 석상처럼 서 있는 섭위문을 발견했다.

"일조장이 있는 곳에 대주가 있으니 저 숲에 있는 모양이군."

멧돼지가 익으려면 한 식경 이상이 걸린다.

지금부터 털을 태우고 내장 빼낸 다음 불 위에 올리고 하다 보면 결국엔 반 시진은 지나야 먹을 수 있다.

하여령은 따분함을 달래고자 섭위문이 있는 곳으로 향했다.

정확히는 섭위문 근처의 숲에서 뭔가를 하고 있을 대주를 향해서였다.

철혼은 조용한 가운데 가부좌를 틀고 앉아 있었다.

운기조식이나 명상을 하는 게 아니었다.

머릿속으로 대원들의 무공을 하나하나 떠올리고 있었다.

철혼 자신도 익히고 있는 분쇄곤과 섬뢰보부터 시작해서 삼

조원들만 익히고 있는 섬혼도(閃魂刀)와 능영보(凌影步) 그리고 섭위문의 본신무공인 사영도(死影刀), 팔조장 운남천과 유검평의 가전검법까지 그간 보았던 모습을 하나씩 떠올리고 분석했다.

억지로 하는 게 아니었다.

근자에 자신의 길로 완전히 들어서고 보니 대원들의 무공이 눈에 보였다.

장점과 단점, 특성과 성향 같은 게 봇물 터지듯이 한꺼번에 파악되었다.

그렇다고 억지로 고치려고 하지는 않았다. 어설프게 손을 댔다간 오히려 망가질 수도 있기 때문이다.

장점은 더욱 부각시키고 단점은 조금이라도 더 감추는 식으로 약간의 손을 보는 형식이었다.

문제는 섭위문과 운남천 그리고 유검평처럼 본신무공이 따로 있는 이들이었다.

그들의 무공은 전부 본 게 아니기에 손을 댈 수가 없었다. 그저 자신이 파악한 장점과 단점을 말해주는 정도로 그쳐야 할 것 같다.

그나마 섭위문은 별도의 도움을 줄 수 있을 것 같았다.

다른 사람들에 비해 무경이 높아 준비가 된 상태이기 때문이다.

'탁 조장이 섭섭해할 수도 있겠군.'

아마 이번을 계기로 섭 조장이 한발 앞서 나갈 것이 분명하니 적잖이 서운해할지도 모른다.

그렇다고 준비가 안 된 몸을 함부로 건드릴 수는 없다.

'어쩔 수 없지.'

그렇게 결론을 내릴 때였다.

코끝을 스치는 향기가 있었다.

뭔가 달콤하게 느껴지는 향기가 코끝을 건드리는가 싶더니 콧속으로 날카롭게 파고들었다. 놀랍게도 살수가 은밀히 쏘아 보낸 암경처럼 단숨에 머릿속으로 침투했다.

철혼은 두 눈을 번쩍 떴다.

"......!"

눈앞의 세상이 이지러졌다.

공간이 굴절되고 왜곡되었다.

소리가 사라지고, 용암처럼 뜨거운 열기가 온몸을 집어삼켰다.

철혼은 눈을 감았다가 다시 떴다.

그가 등지고 있던 거목 위에서 새하얀 인영이 소리 없이 내려섰다.

'여인......!'

착 달라붙은 옷을 입고 있어 몸의 굴곡이 여과 없이 적나라하게 드러나 있었다.

얼굴은 보이지 않았다.

두 눈구멍만 뚫려 있는 새하얀 가면을 쓰고 있었다.

철혼은 천천히 자리에서 일어났다.

"미혼향인가?"

철혼이 묻자 백면여인이 고개를 끄덕였다.

"백면의 살수… 만금종가에서 보낸 건가?"

백면여인은 철혼을 빤히 바라보더니 허리를 단단히 조이고 있는 끈을 풀었다. 그리고는 일말의 망설임도 없이 상의 자락을 풀어헤쳐 젖가슴을 드러냈다.

철혼은 깜짝 놀란 듯 눈을 크게 떴다가 부리나케 감았다. 그리고 백면여인이 한 걸음 내디딤과 동시에 눈을 번쩍 떴다.

순간 철혼의 전신에서 눈부신 청광이 폭발적으로 뿜어졌다.

파스스스스!

천뢰의 기운이 미혼향을 순식간에 태워 버렸다.

"……!"

멈칫하는 백면여인.

순간 질풍이 들이닥치더니 차가운 도광이 공간을 갈랐다.

촤— 앙!

석 자 길이의 칼과 한 자 길이의 단검이 격돌했다.

그러나 어느 쪽도 이득을 얻지 못했다.

막 이격을 펼치려던 섭위문은 자신의 앞을 가로막은 철혼의 팔에 칼을 거두고 물러났다.

그사이 상의를 매무시 하는 백면여인.

"살수를 쓰지 않은 걸 보니 날 취하라고 보낸 모양이지?"

철혼이 물었고, 백면여인은 빤히 바라보기만 했다.

"제법 독한 미혼향이지만, 그 정도로는 날 흔들 수 없다는 걸 알 텐데, 왜 사용한 거지?"

"……"

"실패해도 상관없다는 건가?"

"……."

"실패는 곧 죽음인데, 죽어도 상관없다 이건가? 재밌군."

철혼이 조소했다.

백면여인은 단검을 쥐고 있는 손을 한 차례 부르르 떨 뿐 미동도 하지 않았다.

"가라. 돌아가서 종가의 가주한테 전해라. 만금종가로 남든지 아니면 살문으로 돌아가든지 그건 그쪽의 일이니 상관하지 않겠지만, 양민의 피눈물이 그쪽으로 향한다면 반드시 내가 찾아갈 거라고 해라."

백면여인은 철혼을 물끄러미 응시하다 천천히 돌아섰다. 그리고 몇 걸음 걷더니 허공으로 솟구쳤다.

이때 숲 한쪽에서 구경꾼처럼 서 있던 하여령이 다급히 소리쳤다.

"야! 그 미혼향이라는 것 좀 주라!"

황당한 일이었다.

철혼과 섭위문이 어이가 없다는 얼굴로 바라보는 사이에 백면여인이 사라진 방향에서 뭔가가 날아왔다.

하여령이 받아들고 보니 시커먼 가죽주머니였다.

"고마워!"

소리쳐 감사를 표한 하여령은 장난감을 발견한 아이처럼 천진난만한 미소를 지었다.

"대주는 안 통한다고 했고, 일조장은 통하려나? 근데 일조장한테는 내 가슴이 뛰지 않는데?"

혼자 중얼거리며 숲을 빠져나가는 하여령.

철혼과 섭위문은 하여령의 뒷모습을 멍청히 바라봤다.

"만금종가가 뭔가 수작을 벌이는 모양입니다."
한참 후 섭위문이 진지한 얼굴로 말했다.
철혼 역시 같은 생각이었다.
"천하를 좌지우지할 수 있는 억만금을 가졌으니 어떻게든 사용해보고 싶겠지."
"대주님을 취할 생각을 하다니, 정말 뜻밖입니다."
"정확히는 나와 흑영대 둘 다겠지. 흑영대를 가질 수만 있다면 그 어떤 희생도 아깝지 않을걸? 어쩌면 천만금을 내놓으라고 하면 웃으면서 내놓을지도 몰라."
"제 얼굴에 금칠하는 것 같아 좀 그렇습니다만, 흑영대가 그만한 가치가 있긴 하지요."
섭위문이 씩 웃었다.
자신감이 묻어나는 웃음이었다.
철혼 역시 비슷한 미소를 지었다. 그 역시 흑영대가 만족스럽고 자랑스러웠다.
"그건 그렇고, 섭 조장한테 할 말이 있어."
"뭡니까?"
"혹시 추궁과혈(推宮過穴)이라고 들어보았어?"
추궁과혈이란 상승의 고수가 내공으로 혈도를 자극해서 내상을 치유하는 방법을 일컫는데, 명문대파에서는 나이 어린 제자의 전신을 자극하여 사지백해에 숨어 있는 세맥을 타통시켜 상승의 절기를 익힐 수 있는 최적의 몸 상태로 만들어주곤 한다.

"알고 있습니다만, 그건 왜 묻는 것인지?"

"그걸 해보려고."

철혼은 일전에 온몸을 암벽에 부딪쳐 전신에 충격을 가하는 수련을 했었다.

이때 자신도 모르게 추궁과혈의 효과를 봤었다.

그때는 그게 추궁과혈인지도 몰랐지만, 무공이 한 단계 성장하면서 이전에 읽고 머릿속에 기억시켜 두었던 무서들의 내용 중에 추궁과혈에 대한 내용을 상기해 냈다.

요 며칠 살펴본 결과 섭위문의 몸 상태가 추궁과혈을 받는다면 단숨에 한 단계 성장할 수 있는 요건을 갖추고 있음을 알았다. 그리고 지금의 자신이라면 탈이 나지 않도록 힘을 조절해서 요혈들을 두들길 수 있었다.

"그러니까 제 몸을 두들기겠다는 겁니까?"

"그래. 이거라면 충분할 것 같아."

철혼이 철곤 두 자루를 뽑으며 씩 웃었다.

악동처럼 장난기가 느껴지는 웃음이었다.

섭위문은 두 자루의 철곤이 자신의 온몸을 흠씬 두들기는 상상을 하며 온몸을 부르르 떨었다.

"잠깐 생각할 시간 좀……."

"생각하고 말고 할 것이 뭐 있어? 좋은 거니까 그냥 받아!"

철혼이 다짜고짜 철곤을 휘두르기 시작했다.

5장

사 도 천 이 두 렵 나 ?

하루가 가고 새로운 하루가 시작되었다.

공손비연은 밤새 앉아 있던 자리를 털고 일어났다. 퀭해 보이는 두 눈이 밤새 고민이 많았음을 보여주었다.

그러나 두 눈의 눈빛이 살아난 걸 보니 뭔가 결단을 내린 게 분명했다.

"다섯 문파에 사람을 보내주세요. 흑영대가 숙영하고 있는 장소를 알려주고 그곳에서 보자고 하세요."

"그렇게 하지요."

이한청이 물러가자 간단히 요기를 한 공손비연은 아직 흑영대에 합류하지 못한 신입 흑영대원들을 거느리고 철혼이 있는 곳으로 향했다.

반 시진 정도 이동하다 보니 들판 한가운데에서 출발 준비를 하고 있는 흑영대와 만날 수 있었다.

"부주님!"

놀란 얼굴로 반갑게 맞는 이는 다름 아닌 궁초아였다. 십여 명의 조원 역시 반가운 얼굴로 인사를 해왔다.

공손비연은 억지로 웃으며 그들이 마음을 쓰지 않도록 배려했다.

"모두들 좋아 보여 다행이다."

"어젠 죄송했어요. 제대로 인사도 못하고."

"아냐. 너흰 이제 흑영대야. 그러니까 흑영대와 함께하면 되는 거야. 아, 나머지 대원들도 합류해야겠지?"

"대주께서 그 이야기를 하지 않으셔서……."

"내가 이야기해 볼게."

"고마워요."

"고맙긴, 당연한걸. 그나저나 피부가 거칠어 보인다. 많이 힘든가 보네?"

"힘들어도 기분은 좋아요."

"그러면 됐다."

고개를 끄덕인 공손비연은 적잖은 서운함을 속으로 삼키며 주위를 둘러보았다.

"대주는?"

"아, 제가 안내해 드릴게요."

궁초아가 앞장섰다.

공손비연은 자신을 바라보는 흑영대원들의 시선을 느끼며 궁초아의 뒤를 따라갔다.

한창 바쁘게 움직이는 야영지 한가운데에서 철혼을 만날 수 있었다.

"나도 할 수 있다니까!"

"안 돼."

"대주!"

"님자 붙여!"

"대주님!"

철혼과 탁일도가 언성을 높이고 있었다.

제법 심각해 보여 궁초아와 공손비연은 잠시 지켜볼 수밖에 없었다.

"몸 튼튼하기로는 내가 일조장보다 더 나은데 왜 안 됩니까?"

"그냥 두들긴다고 되는 게 아니니까 그래."

"해보지도 않고 어떻게 압니까?"

"탁 조장은 전신세맥들이 완전히 닫혀 있어. 잘못 두들겼다 간 어혈들이 생겨 세맥들을 더 단단히 막아버릴 소지가 있어."

"잘 두들기면 되잖습니까."

"탁 조장답지 않게 왜 그래?"

"요 근래 몸이 근질근질한 게 뭔가 벽을 부술 수 있을 것 같아서 그럽니다."

"그건 안 씻어서 그런 거잖아!"

"농담할 기분 아닙니다. 저 진지합니다."

"좋아. 그럼 하나만 약속해."

"열 개라도 좋습니다."

"아무런 효과가 없어도 실망하지 마."

"해보지도 않으면 더 실망할 겁니다. 아니, 서운할 겁니다."

"좋아. 준비해."

"준비야 늘… 으악!"

철혼이 다짜고짜 철곤을 뽑아 휘둘렀다.

탁일도가 깜짝 놀라 피하려고 했지만, 한번 움직이기 시작한 철곤을 피할 수는 없었다.

빠바바바바바박!

두 자루의 철곤은 무자비했다.

가슴이고 등짝이고 간에 가리지 않고 무작위로 두들겼다.

한 대 맞을 때마다 어찌나 아픈지 탁일도는 애초 기대하던 것과 판이하게 다르자 추궁과혈이고 뭐고 간에 도망치기에 바빴다.

그러나 철혼의 속도를 뿌리치지 못해 일흔 두 곳을 두들겨 맞은 후 마지막으로 천중을 두들겨 맞고는 석상처럼 꼿꼿이 서 있다가 뒤로 넘어갔다.

철곤들을 집어넣은 철혼은 탁일도 옆에 쪼그려 앉았다.

양손에 천뢰의 신공을 일으키자 시퍼런 뇌기가 불꽃을 튀기며 '파지지!' 하는 소리를 냈다.

철혼은 천뢰신공을 운집한 채 좀 전에 두들겼던 부위를 가볍게 내려쳤다.

한 번 가격할 때마다 천뢰의 기운이 탁일도의 몸 안으로 파고들어 뭉친 어혈들을 풀어주었다.

그러나 단단하게 막혀 있는 세맥들은 꼼짝도 하지 않았다.

"대여섯 번 더 하면 뚫릴지도 모르겠군."

생각했던 것보다 가능성이 있어 보였다.

물론 확실하지는 않았다.

탁일도의 주장대로 해보아야 알 일이었다.

"두세 번 더 해보면 알게 되겠지."

철혼은 혼자 중얼거리며 자리에서 일어났다.

탁일도는 그때까지도 깨어나지 않고 있었다.

"왔나?"

자리에서 일어난 철혼은 곧바로 공손비연을 향해 돌아섰다. 그녀가 이미 와 있다는 사실을 알고 있었던 것이다.

"이야기 좀 해."

"여기서 해."

"좋아. 내가 모자람을 알겠어. 내 계획이 완전하지 않다는 것도 알겠어. 그래서 묻고 싶어. 내가 생각한 것보다 나은 계획이 있어?"

"아직 인정하지 않은 것 같은데?"

"아니, 인정해. 세상은 내 머릿속과 완전히 달라. 내가 본 건 모든 사람이 눈으로 본 것과 같다는 걸 알겠어. 난 단지 그들보다 계산적일 뿐이야. 인정해. 인정할 테니까, 내가 보지 못한 게 뭔지 그걸 알려줘."

"그걸 내가 어떻게 알아?"

"왜 몰라? 내가 부족하다는 걸 알려주었잖아. 뭐가 부족한지 그거라도 말하면 되잖아!"

철혼은 소리치는 공손비연을 빤히 바라보았다.

분기를 참지 못해 화를 내고 있지만, 자기 자신에게 화가 나 있는 모습이었다.

"넌 사람의 마음을 헤아릴 줄 모른다."

"나도 다른 사람들의 입장을 살펴보고 있어. 그렇지 않다면 다섯 문파의 수장을 어떻게 움직였겠어?"

"그건 서로의 입장과 요구가 맞아떨어졌던 거고."

"그러니까 상대방의 입장을 내가 알아본 거잖아?"

"내가 말한 건 사람의 마음이야."

"마음?"

"맹주님의 수치를 보고도 날 뛰지 않고 꾹 참아야 하는 우리 흑영대의 마음을 넌 이해할 수 있어?"

"그래."

"네가 이해한다고 생각한 건 폭발하지 않는 게 좋다는 상황 판단이 아니고?"

"......!"

"활화산처럼 폭발할 것 같은 분노를 그런 계산으로 참고 인내할 수 있을까?"

"......"

"그날 우린 맹주님만 보고 있었어. 힘겹게 걸어가시는 맹주님의 모습을 보면서 맹주님께서 우리들한테 바라시는 걸 알아보았기에 참고 참았던 거지. 그딴 계산을 해서가 아니야."

공손비연의 눈이 흔들리고 있었다.

맹주님이 하야한 날 흑영대가 폭발하지 않고 참은 건 잘한 행동이었다.

그날 화가 폭발하여 사달을 일으켰다면 천하영웅맹을 무사히 빠져나오지 못했을 것이다.

자신이 대주였어도 그렇게 이끌었을 거라고 공손비연은 생각하곤 했다.

그런데 사람 마음이라는 게 참 간사한 모양이다. 이따금씩 그날 제대로 폭발하지 않은 철혼의 행동이 거슬리곤 했다.

그간 들어서 알고 있던 흑수라답지 않아 실망감이 들었다.

물론 천하영웅맹 정문 앞에서 철혼이 신위를 일으켜 추격대를 막아내긴 했으나 그걸로 흑수라답다고 하기엔 부족했다.

일종의 실망이리라.

그것이 알게 모르게 공손비연의 마음에 자리하고 있었다.

하나 오늘에야 철혼과 흑영대가 분노를 꾹꾹 눌러 참은 걸 어렴풋이 알 것 같았다.

자신들의 화를 푸는 것보다 맹주님의 바람을 우선시한 것이리라.

"네가 보지 못한 게 뭔지 알려달라고 했지? 그것에 대해서는 내가 해줄 말이 없다. 하지만 한 가지는 말해줄 수 있다."

"그게… 뭐지?"

"두 분의 마음."

뜬금없는 말이다.

공손비연은 이해할 수 없다는 얼굴로 쳐다봤다.

"네가 똑똑하다는 건 알겠어. 공손 선생께서 인정하신 머리이니 분명 똑똑할 거다. 하지만 공손 선생의 경험까지 넘어설 정도라고 생각하지 않는다. 다시 말해 너의 머리는 책의 한계를 벗어나지 못했을 거라는 거다. 내 말이 틀렸나?"

아니라고 말하고 싶지만, 그럴 수 없다.

오늘만 해도 자신의 한계를 경험하지 않았던가.

공손비연은 대꾸하지 못했다.

"물어보자. 지금까지 단 한 번이라도 스승님과 공손 선생께서 천하대계를 우리에게 맡기고 뒤로 물러나신 이유를 생각해 보았어?"

"그, 그건……."

생각해 보지 않은 건 아니지만 깊게 생각해 보지는 않았다.

그저 자신들을 인정한 것이라고만 여겼다.

지금 철혼의 말을 듣고 있자니 이토록 부족한 자신에게 맡긴 이유가 뭘까?

궁금증이 생겼다.

공손비연은 철혼을 쳐다봤다.

좀 전까지만 해도 아직은 납득할 수 없다는 도전적인 눈빛이 남아 있었으나 지금은 그렇지가 않았다.

"지난 몇 달 동안 내 머릿속을 끊임없이 괴롭힌 건 두 가지였다. 하나는 무공에 관한 것이었고, 또 하나는 왜냐는 물음이었다. 왜 스승님과 공손 선생께서는 이렇게 부족한 우리들한테 대계를 맡기고 물러나신 걸까? 대체 왜 그러신 걸까?"

어느새 흑영대와 와룡부의 신입 흑영대가 잔뜩 몰려와 이목을 집중하고 있었다.

그 모든 시선을 받으면서도 공손비연은 고개를 저을 수밖에 없었다.

"모, 모르겠어."

"알려줄까?"

"말해줘."

"실망하지 않을 자신 있어?"

"실망?"

"그래. 이유를 알고 나면 실망할 수도 있어. 난 그랬거든."

실망했다고 하니 더 궁금해진다.

공손비연은 마른침을 삼킨 후 말했다.

"알고 싶어."

"좋아, 말해주지. 두 분께선 실패하실 거라는 걸 아신 거다."

"⋯⋯?"

"두 분이 가진 모든 걸 걸어보았자 천하영웅맹과 사도천을
쓰러뜨릴 수 없다는 걸 깨달으신 거다."

충격이 휘몰아쳤다.

믿었던 두 분이 실패할 걸 알고 물러났다고 하니 믿기 힘든
충격이 모두를 강타했다.

공손비연도 깜짝 놀랐다.

하나 머리가 비상한 그녀답게 철혼의 말에서 빈틈을 금방 찾
아냈다.

"실패할 거라고 생각하셨다면 우리한테 맡기지 않았을 텐
데?"

"실패할 걸 아셨기에 우리한테 맡기신 거다."

공손비연이 인상을 썼다.

철혼의 말이 앞뒤가 맞지 않는 것 같아서다.

"당신들의 실패가 두려워 우리한테 떠넘길 분들이 아냐! 그

런데도 우리한테 맡긴 건… 우리한테 기대하신 걸 거야."

"맞다. 두 분은 실패하지만, 우리라면 다를 거라고 판단하신 거지. 그런데 여기에 하나의 의문이 있다. 그동안 내 머리를 아프게 만든 의문이다. 뭘까?"

공손비연은 대답을 못했다.

수많은 의문이 머릿속에 떠올랐지만, 지금 철혼이 묻고 있는 답이 아닌 것 같았다.

혼란스러워하는 공손비연.

그녀가 읽었던 수천 권의 책 속에는 지금 철혼의 물음에 답할 만한 것이 들어 있지 않았다.

"그 의문이 뭔지 알아낸다면 지금부터 내가 가려는 길을 이해할 수 있을 거다. 그때 다시 보자."

공손비연을 향해 담담히 말한 철혼은 주위에 몰려와 있는 흑영대와 신입 흑영대를 쓱 둘러보았다.

모두들 복잡한 표정으로 바라보고 있었다.

"지금부터 와룡부는 없다. 와룡부주는 흑영대의 군사가 될 것이고, 여기 계신 이한청 대협께서는 본 대의 장로가 되어 고문을 맡아주실 거다. 그리고 신입대원들은 다섯 개 조로 나뉠 것이고, 첫 번째인 흑영대 구 조는 궁초아 조장이 맡기로 했다. 나머지는 이한청 장로님과 공손비연 군사께서 편성해 주실 거다."

마치 미리 합의한 내용인 것처럼 공표한 철혼은 이제 막 도착한 이한청을 돌아보며 가볍게 포권했다.

"맡아주실 거라 믿습니다."

"그, 글쎄, 나야 상관없네만."

이한청이 공손비연을 힐끔 돌아봤다.

문제는 공손비연이지 자신이 아니라는 뜻이다.

그러나 철혼은 돌아보지도 않고 말했다.

"군사 역시 그렇게 해줄 겁니다."

철혼의 말에 이한청은 알았다는 듯 고개를 끄덕였다.

"각 조의 편성을 마친 후 이곳에 남을 것인지 아니면 광동성으로 이동할 것인지는 군사와 함께 논의하십시오."

"응? 함께 움직이지 않겠다는 건가?"

"예. 저희는 다녀올 데가 있습니다."

"어딘지 물어도 되겠는가?"

이한청의 물음에 철혼은 고개를 끄덕이더니 흑영대를 둘러보며 소리쳤다.

"지금부터 흑영대는 사도천으로 간다."

철혼의 충격적인 발언이 모두를 경악하게 만들었다.

자신의 생각에 빠져 있던 공손비연조차 깜짝 놀랄 정도였다.

"사도천 좋지. 간만에 몸 좀… 어? 사도천이라고요?"

막 정신을 차려 횡설수설하던 탁일도가 깜짝 놀라 소리쳤다.

철혼은 그런 탁일도에게 시선을 맞추며 물었다.

"사도천이 두렵나?"

"사도천이 두렵냐고? 당연히 두렵지."

"그럼 왜 아니라고 대답하셨습니까?"

소귀의 물음에 탁일도는 대뜸 뒤통수부터 갈겼다.

"너 같으면 거기서 두렵다고 대답할 수 있겠냐?"

"그러면 병신 같겠죠?"

"알고 그런 걸까?"

"뭐가요?"

"내가 두렵다고 대답하지 못할 거라는 걸 알고 물은 것 같냐고?"

"아마도."

"그런 것 같지?"

"은근히 너구리처럼 얍삽한 면도 있잖아요."

"이 새끼가 대주님한테 얍삽이 뭐냐?"

"그냥 말이 그렇다는 거잖아요."

"머리가 좋다고 하면 되잖아."

"머리가 좋다고 하면 어울리지 않잖습니까."

"하긴 대주한테 머리가 좋다고 말하기엔 그렇지. 근데 가끔 보면 비상하게 잔머리 굴릴 때가 있고, 거 참!"

"제 말이 그 말입니다. 평상시엔 앞만 보고 달리는 들소 같은데 가끔씩 너구리처럼 잔머리를 굴릴 때가 있으니, 참 알다가도 모르겠다니까요."

"근데 지금은 잔머리일까?"

"그러게요. 제발 그래야 할 텐데. 사도천으로 무작정 쳐들어갔다간, 으휴! 생각만 해도 아찔하네요."

"그치. 아찔하지?"

"근데, 쟤들은 왜 데려간답니까?"

"신입 구 조?"

"예."

"경험을 쌓아주려는 거잖아."

"경험이요?"

"몰라서 그래? 우리도 그랬잖아."

"그럼 잔머리가 맞네요."

"뭐?"

"그냥 무작정 쳐들어가는 거라면 굳이 신입들까지 데려가겠습니까?"

"그러고 보니 그런 거 같기도 하네?"

두 사람은 지장명, 섭위문과 함께 있는 철혼을 바라보며 기대 어린 눈빛을 보냈다.

"대체 이유가 뭡니까?"

지장명이 따지듯 물었다.

그는 철혼의 청천벽력 같은 결정을 도저히 이해할 수가 없었다.

가장 위험한 적진으로 무작정 쳐들어가겠다는 걸 아무리 생각해 봐도 납득할 수가 없었다.

"지금과 같은 생활을 이십 년 이상 할 자신이 있나?"

"예?"

"본 대의 힘만으로 천하영웅맹과 사도천을 무너뜨린다는 건 불가능한 일이야."

"대주님!"

"그걸 가능하게 하려면 딱 두 가지 방법뿐이야. 하나는 이십 년 이상 이 생활을 지겹도록 하는 것이야. 그러다 보면 이제고 삼촌이고 간에 모두 늙어서 사라질 테니까."

"또 하나는 뭡니까? 이렇게 사도천으로 쳐들어가는 겁니까?"

"그래."

"대주님!"

"난 이십 년을 기다릴 수 없어. 그들이 늙어 죽기 전에 내가 답답해서 죽고 말 거야."

"그렇다고 이렇게 막무가내로 쳐들어가서 모두 비명횡사하자는 겁니까?"

"지 조장!"

"예, 말씀하십시오. 제 눈은 항상 대주님을 바라보고 있고, 제 귀는 항상 대주님을 향해 뚫려 있으니까, 제발 그럴듯하게 설명해 보십시오."

"혼자 가고 싶은 게 솔직한 내 마음이다. 보내주겠나?"

"안 됩니다. 절대 안 됩니다. 그건 명령을 내리셔도 따르지 않을 겁니다."

"그래서 함께 가자는 거다."

"……!"

"우리가 죽을지 살아남을지는 두고 봐야 알겠지만, 적어도 한 가지는 확실해."

"그게 뭡니까?"

"흑영대의 족적을 크게 남기게 될 거야."

"족적은 이미 충분히 남겼습니다."

퉁명하게 말하는 지장명.

그의 말마따나 흑영대의 족적은 이미 크게 남기고도 남았다. 여기서 더 크게 남겨봐야 무슨 의미가 있을까?

이해할 수도 납득할 수도 없어 다시 한 번 따지려는 걸 섭위문이 제지했다.

"그만하지."

"섭 조장님!"

"그만해. 언제든 자신의 의견을 주장할 수는 있지만, 대주님께서 한 번 결정하신 이상 거기에 따르는 건 우리의 의무다. 더 이상의 반발은 하극상으로 삼아 내가 용납하지 않겠다."

"하극상이……."

지장명은 하극상이 아니라는 말을 하려다 입을 다물었다.

섭위문의 눈이 차가운 빛을 발하고 있었기 때문이다.

지장명은 한 차례 심호흡으로 자신의 감정을 다스린 후 차분하게 말했다.

"흑영대가 된 이후로 죽는 게 두렵다는 생각은 단 한 번도 해본 적이 없습니다, 하지만 개죽음은 두렵습니다. 그럴 일만은 없기를 바랍니다."

지장명이 철혼을 향해 읍한 후 돌아섰다.

그런 지장명의 귓가로 철혼의 목소리가 들렸다.

"그럴 일은 없을 거야."

"알겠습니다."

멀어지는 지장명.

철혼은 조금은 미안한 표정을 짓다가 섭위문을 향해 물었다.

"일조장은 왜 말이 없지?"

"수장은 명하고……."

"수하는 따른다?"

"그렇습니다."

"그게 단가?"

"사실 재밌을 것 같아 기대가 됩니다."

"모두 죽을지도 모르는데?"

"지 조장이 이미 말했잖습니까. 죽는 건 두렵지 않다고."

"개죽음이면?"

"다시 말해야겠군요. 대주님이 우릴 개죽음으로 이끌 리는 없으니, 무슨 일이 벌어질지 기대가 됩니다."

"그래. 나도 어떻게 될지 기대가 돼."

철혼의 눈빛이 얼음처럼 차가운 기광으로 요사스럽게 번뜩였다.

*　　　*　　　*

귀주성 귀양에서 출발한 흑영대가 사천성에 접어든 건 삼 일이 지난 후였다.

안개가 짙게 깔려 있는 숲길을 이동하다 보니 한여름임에도 제법 차가운 기운이 느껴졌다.

장포를 벗어두었던 대원들은 하나둘 장포를 꺼내 둘렀다.

한기 때문이 아니라 짙은 안개로 인해 옷이 젖을까 싶어서다.

"이거 으스스한 게 분위기 한번 끝내준다."

선두에 선 탁일도가 주위를 경계하며 내뱉었다.

하얀 안개가 십여 장 너머의 광경을 뿌옇게 감추고 있어 금방이라도 뭔가가 튀어나올 것 같았다.

"사천을 벗어날 때까지 이런 안개에 익숙해져야 할 겁니다."

사천 남부의 지리를 잘 아는 강일비가 말 머리를 나란히 하고 있었다.

두 사람의 뒤로 하여령을 비롯한 이조원들이 포진했고, 사홍이 이끄는 삼조가 그 뒤를 이었다.

"얼마나 더 가야 하냐?"

"한 시진은 더 가야 할 겁니다."

"좋지 않은데……."

"예?"

"기습하기에 안성맞춤인 곳이잖아."

"그렇긴 하겠습니다만……."

"너 풀벌레 소리랑 산새 소리 들은 지 얼마나 됐어?"

"산새 소리야 일각 전에 들었습니다만, 풀벌레 소리는 못 들었습니다."

"풀벌레 소리는 계속 안 들렸다. 안개가 짙으면 울지 않는 건가?"

"걔들도 날개가 젖을까 봐 안 우는 모양이지요."

"날개?"

"몰랐습니까? 벌레가 소리를 낼 수 있는 건 날개 때문입니다."

"아니, 몰랐다기보다는……."

"모르고 계셔놓고 무슨 발뺌을 하시려고……."

"발뺌이 아니라… 됐고, 뒤에 경계태세를 강화하라고 신호해라."

"정말입니까?"

"그래. 산새 소리가 들렸던 건 일각 전이 맞다만, 멀리서 들려온 거였다. 그리고 기분이 좋지 않다. 너무 좋지 않아. 고수의 직감이 뭔가 일이 터질 것 같다고 속삭인다. 얼른 신호해라."

조장이 이리 말하니 따르지 않을 수가 없다.

강일비는 마상에서 몸을 일으켜 뒤쪽을 향해 수신호를 했다.

탁일도가 명한 그 신호는 흑영대 후미까지 빠르게 전달됐고, 일체의 소리도 들리지 않을 정도로 조용해졌다.

말발굽 소리와 말 투레질 소리만이 하얀 안개의 바다 속에 울려 퍼졌다.

그렇게 반각이 지났다.

'내가 잘못 느낀 건가? 분명 기분 나쁜 느낌인데…….'

아침에 출발할 때부터 이러진 않았다.

반각 전부터 전신 신경을 간지럽히는 기분 나쁜 기운이 감지되었다.

살기는 아니었다.

살기였다면 좀 더 빨리 판단해서 신호를 보냈을 것이다.

삭막한 사막에서 전해져온 것 같은 탁하고 무미건조한 느낌이다.

짙은 안개의 바다와는 너무 어울리지 않은 것이라 자꾸만 신경이 쓰인다.

자신이 너무 예민하게 반응하는 건 아닌지 의심해 보지만, 그건 아니다.

실체가 보이지 않을 뿐, 분명 뭔가가 있다.

기분 나쁜 뭔가가 흑영대를 기다리고 있다.

지옥의 아가리를 쫙 벌려놓고 흑영대가 들어오기만을 기다리고 있다.

이건 상상이 아닌 직감이다.

무인의 본능이 멈추라고 소리친다.

지금 당장!

"멈춰!"

탁일도는 낮게 소리치며 말을 멈췄다.

동시에 그의 손이 허공으로 올라갔고, 사주경계를 강화하고 있던 흑영대가 일제히 말고삐를 잡아채 이동을 멈추었다.

'어디냐!'

탁일도가 두 눈을 부릅뜨고 주위를 둘러본 순간이다.

"위쪽이야."

나지막한 철혼의 목소리가 뒤쪽에서 들려왔다.

탁일도를 비롯한 흑영대가 허공을 쳐다본 순간 새하얀 안개의 바다를 뚫고 시커먼 뭔가가 뚝 떨어졌다.

"적이다!"

탁일도가 말 등을 박차고 뛰어오르며 소리쳤다.

흑영대 대원들이 신속히 대처하는 가운데 탁일도가 가장 먼저 적과 부딪쳤다.

퍼억!

철곤이 적의 주먹을 가격한 순간 탁일도는 깜짝 놀랐다.

적의 주먹이 철벽처럼 단단했기 때문이다.

'고수다!'

적의 강함을 알아챈 탁일도는 충격의 반동을 거부하지 않고 곧장 땅으로 내려서며 두 발이 착지한 순간 화급히 몇 걸음 이동하며 상대를 경계했다.

그러나 상대는 더 이상 달려들지 않고 땅에 우뚝 선 채 탁일도를 향해 서 있기만 했다.

탁일도는 이맛살을 찌푸리며 주위를 둘러보았다.

모두 마찬가지였다.

한 번의 격돌 이후 대치 상태가 되었다.

검붉은 복면에 검붉은 무복을 입은 열 명의 괴한이 흑영대를 둘러싸는 모습으로 대치하고 있었다.

"기습은 실패로군. 역시 흑영대야!"

무게가 느껴지는 목소리와 함께 두 사람이 새하얀 안개를 헤치고 나타났다.

피처럼 짙은 혈발의 혈마룡과 왜소한 체구의 시귀였다.

두 사람이 탁일도의 전방에서 모습을 드러낸 것과 동시에 뒤쪽에서는 '철그럭!' 소리를 내며 철혼이 앞으로 걸어 나왔다.

"저자가 흑수라인가?"

"두 자루의 철곤과 한 자루의 칼을 함께 차고 있는 건 흑영대주 흑수라가 유일하다고 했으니 맞을 겁니다."

혈마룡과 시귀의 문답을 들으며 철혼은 두 사람을 향해 다가갔다.

빠르지도 느리지도 않은 걸음이었다.

갑작스런 기습에 깜짝 놀랐던 흑영대는 철혼의 존재감에 놀람과 흥분을 가라앉혔다.

"전장의 경험이 많다더니 확실히 대단하군."

"십주들을 쓰러뜨릴 정도이니……."

"무공 말고."

"예?"

"저자의 걸음만으로 흑영대가 달라졌잖아."

"그렇습니까?"

"눈이 있어도 보지 못하는 건가?"

"소인은 그런 쪽에 문외한인 거 잘 아시잖습니까."

"그래 가지고 날 보좌할 수 있겠나?"

"그저 성심을 다할 뿐입니다."

"쯧쯧!"

혈마룡이 혀를 차고 있는 사이에 철혼이 걸음을 멈추었다.

두 사람과 열 걸음 정도 떨어진 위치였다.

"흑수라! 이렇게 보게 되는군."

혈마룡이 흰 이를 드러내 씩 웃었다.

그러나 철혼은 말없이 바라볼 뿐이었다.

"날 모르나 보군?"

"유명혈존(幽冥血尊)이 젊다는 말은 들어본 적이 없군."

사도천에 유명혈마기를 익힌 사람은 두 명이 있다. 한 명은 삼존의 일인인 유명혈존이고, 또 한 명은 삼존의 공동제자인 혈마룡이다. 그리고 유명혈마기를 익히면 머리칼이 피처럼 붉게 된다.

혈발이고 젊으니 혈마룡일 거라는 말이다.

혈마룡은 자신을 알아보았다는 것보다는 자신을 알고도 아무렇지도 않은 듯 변화가 없는 철혼의 모습에 인상을 썼다.

"나 정도로는 안중에 차지 않다는 건가?"

"그랬다면 널 만나기 위해 사도천으로 향하지 않았겠지."

철혼의 말에 혈마룡이 놀란 표정을 지었다.

"날 만나러 가는 길이었단 말인가?"

"정확히는 혈마룡과 삼존이지."

"사부님들까지?"

"그래."

혈마룡은 뜻밖의 상황에 놀랍다는 표정을 짓다가 이내 피식 웃었다.

"재밌군. 흑수라가 사도천으로 가고 있단 말이지?"

"그래. 재밌는 상황이다. 사도천에 가기도 전에 혈마룡을 만나게 될 줄이야. 마치 운명의 장난처럼 여겨지는군."

"운명이라… 그렇게 날 만나고 싶었다는 건가?"

"그래."

"보아하니 싸우고 싶어서는 아닌 것 같고, 뭔가 할 말이 있는 것 같은데, 그건 나중에 듣지. 내가 시험해 보고 싶은 게 있어서 말이야. 시귀!"

"존명!"

시귀가 신호를 어떻게 보냈는지 검붉은 복면인들이 갑자기 움직였다.

쾅! 쾅!

그런데 갑작스런 굉음이 두 번 터지더니 가까이에 있던 복면인 둘이 머리가 터져 즉사했다.

혈마룡은 철혼의 양손에서 튀어 나간 시퍼런 천뢰의 기운을 놓치지 않았다.

"대단하군."

"혈강시가 열이면 시험이라고 할 수가 없지."

철혼이 피식 웃어 보였다.

흑영대는 철혼의 말에 복면인들의 정체를 알고 깜짝 놀랐다.

혈강시는 고루강시보다 배는 더 단단하다고 알려져 있었기 때문이다.

"몸은 두들겨 봐야 소용없다. 머리다. 머리를 부숴 버려야 한다."

탁일도가 고함을 지르며 자신을 향해 달려들고 있는 혈강시를 향해 철곤들을 휘둘렀다.

섭위문 역시 급소를 베려던 생각을 버리고 혈강시의 목을 노렸다.

그러나 목조차 단단하여 베어지지가 않았다.

"눈과 입을 노려!"

철혼이 일갈했다.

순간 혈강시의 공격을 피해 들고양이처럼 허공으로 솟구친 사홍이 수중의 귀궁노를 발사했다.

퍽!

강전이 혈강시의 왼쪽 눈에 박혔다. 그러나 완전히 관통하지는 못하고 꽂혀 있었다.

"크아아아악!"

혈강시가 괴로워하며 더욱 사납게 달려들었다.

그러나 들고양이처럼 허공에서 방향을 자유자재로 틀어대는 사홍을 붙잡을 수는 없었다.

퍽!

또 한 발의 강전이 오른쪽 눈에 박혔다.

시력을 완전히 잃어버린 혈강시는 고통에 몸부림치며 양팔을 마구 휘저어댔다.

사홍은 놀라울 정도로 재빠른 움직임으로 혈강시의 마구잡이식 공격을 잘도 피했다.

사홍이 잡히지 않자 더욱 광분해서 날뛰는 혈강시.

사홍은 기회를 놓치지 않고 혈강시의 품으로 뛰어들어 머리 위쪽으로 솟구치며 두 눈에 박혀 있는 강전들을 두 발로 찍어 차버렸다.

"크악?"

혈강시는 두 자루의 강전이 머릿속으로 파고들자 괴성을 터뜨리더니 꼿꼿이 굳어 쓰러졌다.

이때 소귀가 소리쳤다.

"다리를 잡아!"

소귀의 외침에 두 명의 조원이 또 다른 혈강시의 다리를 한쪽씩 붙잡았다.

혈강시가 두 사람의 머리를 박살 내려고 하자 뒤쪽에서 소귀가 두 팔을 붙잡았다.

그러나 혈강시의 힘이 워낙 세서 버티기가 힘들었다.

"입에 박아버려!"

소귀의 외침에 흑영대원 중 한 명이 와락 달려들어 수중의 철곤을 혈강시의 입속으로 쑤셔 박은 후 수 차례에 걸쳐 철곤의 끝을 후려쳤다.

결국 철곤이 입천장을 통해 머릿속으로 파고들자 혈강시가 뻣뻣하게 굳어 쓰러졌다.

궁초아 역시 혈강시 하나를 상대했다.

사홍이 혈강시를 쓰러뜨리는 모습에서 방법을 깨달은 궁초아는 혈강시의 공격을 어지럽게 피하더니 수중에 들고 있던 비폭총을 혈강시의 입에 쑤셔 박은 후 손잡이에 있는 돌출 부위를 눌러 버렸다.

핑음이 터지더니 혈강시의 뒤통수가 수박처럼 터져 버렸다.

놀라운 일이다.

한때 강시문의 공포라고 불리던 혈강시들이 여기저기서 무기력하게 쓰러졌다.

싸움 자체는 처절했으나 급소가 드러난 혈강시들은 공포가 될 수 없었다. 혈강시 여덟이 쓰러지는 데는 일각이 채 걸리지 않았다.

시귀는 입을 쩍 벌리는 것으로 놀라움을 드러냈다.

고루강시도 아니고 혈강시를 저런 식으로 쓰러뜨리는 인간들이 있을 줄은 꿈에도 몰랐다.

"쯧쯧! 그러게 내 뭐랬어? 혈강시로는 안 될 것 같으니까 어떻게든 천강시를 만들어보라고 했잖아!"

"천강시는 만드는 방법이 따로 있는 게 아닙니다. 흑수라를 잡아주신다면 천강시를 만들어 드리겠습니다."

시귀가 경황 중에 반발하듯 내뱉고 말았다.

순간 혈마룡의 눈이 가늘어졌다.

"그러니까 날 따르는 이유는 천강시를 만드는 재료가 필요해서였군."

"예?"

"흑수라가 된다면 나도 된다는 뜻일 테니, 넌 날 따르는 게 아니라 천강시를 만들 재료를 따라다니는 것이었어."

"소, 소군! 그게 아닙니다."

깜짝 놀라 아니라고 말하는 시귀.

그러나 혈마룡은 생각을 굳힌 상태였다.

"늙은이의 음흉함이야 익히 알고 있었지만, 날 천강시로 만들 생각을 할 정도로 간이 클지는 몰랐군."

"아, 아닙니다. 어찌 그런 불경을……."

"닥쳐!"

혈마룡이 살기를 터뜨리자 그의 혈발이 거꾸로 치솟았다.

그 모습에 기겁한 시귀가 신형을 날렸다.

순간 혈마룡의 오른손에서 시뻘건 기류가 튀어 나가 새하얀 안개 속으로 사라지려는 시귀의 몸뚱이를 휘감아 단숨에 끌고 왔다.

"소, 소군! 오해입니다."

시귀가 핼쑥해진 얼굴로 소리쳤다.

그러나 두 눈마저 붉게 물든 혈마룡은 살심이 극에 달한 상태였다.

"감히 날 속이려 들다니!"

혈마룡이 살심을 터뜨렸다.

"살려주십시오!"

두려움에 벌벌 떠는 시귀.

순간 시귀를 휘감고 있던 혈마기(血魔氣)가 무서운 속도로 소용돌이치며 시귀의 몸뚱이를 찢어발겨 버렸다.

"크아악!"

시귀가 비명을 터뜨렸다.

그의 몸뚱이는 소용돌이치는 혈마기 속에서 갈라지고 갈라져 종내에는 흔적조차 남기지 않고 사라져 버렸다.

그 끔찍한 광경에 흑영대는 놀라움을 금치 못했다.

전장을 무수히 누비고 다녔던 탁일도와 섭위문마저 혈마룡의 잔인한 손속에 이맛살을 찌푸렸다.

"믿었던 놈의 배신이라니, 못난 꼴을 보여주었군."

혈마룡이 혈마기를 거둬들이며 말했다.

철혼은 그런 혈마룡을 바라보며 담담히 대꾸했다.

"믿음이 크면 분노도 큰 법이지."

"놈을 믿은 건 아니야."

"스스로의 안목을 믿었겠지."

"맞아. 내가 분노한 건 저런 놈을 수하랍시고 데리고 다녔던 내 자신이야. 사람 보는 안목이 이것밖에 안 되다니, 참 짜증 나는 일이야."

"경험을 통해 성장하는 법이니 조금은 나아졌겠지."

"음? 비웃음인가?"

"내가 이런 걸로 비웃을 사람으로 보이나?"

"흐음… 화가 나지 않은 걸 보니 비웃음은 아닌 모양이군."

피식 웃는 혈마룡.

철혼은 웃고 있는 혈마룡을 빤히 응시했다.

두 눈 안에 감돌고 있는 붉은 혈마기가 자신을 노려보고 있었다.

한번 싸워보고 싶다며 금방이라도 튀어나올 것 같았다.

그런데 결국은 튀어나오지 않았다. 무슨 생각인지 혈마기를 완전히 가라앉히고 있었다.

"왜 참았지?"

"무대가 마음에 들지 않아. 상대가 흑수라라면 좀 더 그럴듯한 곳에서 싸워야 하지 않겠어?"

혈마룡이 주위를 둘러보며 말했다.

순간 철혼의 눈빛이 반짝 빛났다.

"그래. 혈마룡과 흑수라의 격돌이라면 좀 더 멋진 곳이어야지."

"호오! 나와 같은 생각일 줄은 몰랐군?"

"벽촌만 떠돌다보면 성시에 가보고 싶은 게 사람이야. 이제야 상대다운 상대를 만났는데, 이왕이면 제대로 된 무대에서 멋지게 싸워야 하지 않겠나?"

"십주들과 싸워놓고도 만족스럽지 않다는 건가?"

"제아무리 강해도 늙은이는 늙은이일 뿐, 내 가슴이 뛰질 않더군."

"진심인가?"

"날뛰고 싶어 하는 내 심장을 꺼내 보여주면 대답이 될까?"

"진짜 무대에서 내가 직접 꺼내보도록 하지."

"그러든가."

"좋아. 그 이야기는 이 정도로 하고, 날 만나려던 이유나 들어볼까?"

혈마룡은 철혼의 말에 과장은 있을 수 있어도 거짓은 아니라고 받아들였다.

아니, 거짓이어도 상관없었다. 자신은 정말 제대로 된 무대에서 후세에 길이 남을 공전절후한 일대격전을 벌여보고 싶으니까.

그래서 화제를 돌리고자 했다.

그런데 철혼의 말이 그를 의아하게 만들었다.

"삼존을 만나게 해주면 너와 제대로 된 격전을 벌일 수 있는 완벽한 무대를 만들어주겠다."

"……!"

잠시 의아해하던 혈마룡은 이내 너털웃음을 터뜨렸다.

"사부님들을 만나려는 이유는 모르겠으나 어찌 되었든 나쁘지 않은 제안이야. 하지만 그런 무대는 나 혼자서도 만들 수 있을 것 같군."

"부족한가?"

"부족해."

"그렇다면 거부할 수 없는 제안을 해야겠군."

"그래. 그래야 할 거야."

"좋다. 삼존을 만나게 해주면 이제와 만나게 해주겠다."

"이제를?"

"그래. 나와 싸우기 전에 제대로 몸을 풀어보는 것이지."

철혼의 놀라운 말에 혈마룡의 두 눈이 붉은 빛으로 번뜩였다.

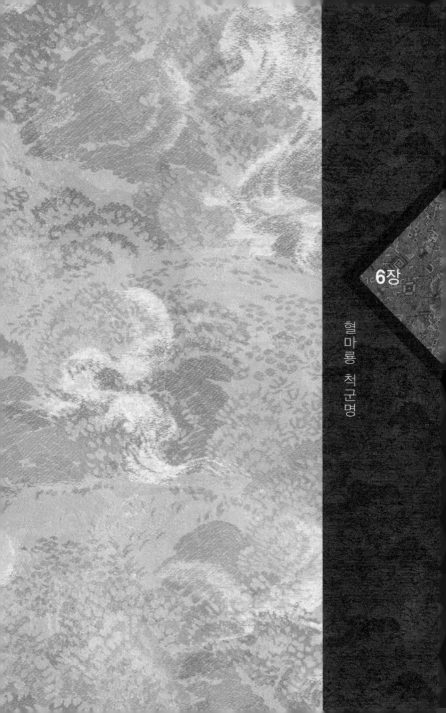

6장

혈마룡 척군명

　공손비연은 머리가 아팠다.

　하루 종일 방에 틀어박혀 생각하고 또 생각해 보았지만, 도저히 답을 찾을 수가 없었다.

　그녀가 읽고 공부했던 수천 권의 책에는 지금과 같은 상황에 대해 단 한 줄도 나와 있지 않았다.

　"대체 왜……?"

　아무리 물어보아도 자신의 머릿속에서는 답이 나오지 않는다.

　그래서 결국 이한청을 불러 도움을 청했다.

　"대체… 갈피를 못 잡겠어요. 도와주세요."

　퀭한 눈으로 자신을 쳐다보는 공손비연의 모습에 이한청은 애처로움 마저 느껴졌다.

자신은 너무나 쉽게 알아낸 답을 수천 권의 서책을 달통한 그녀가 찾지 못하고 있어 더욱더 안쓰러웠다.

"입장을 바꿔 생각해 보십시오."

"예?"

"대주가 말한 의문은 대주의 의문이지 부주의 의문이 아니지 않습니까? 그리고 대주가 했던 말을 상기해 보십시오."

"아! 그렇지요."

뭔가 길을 찾은 듯 두 눈을 크게 뜬 공손비연은 이내 생각에 빠져들었다.

―맞다. 두 분은 실패하지만, 우리라면 다를 거라고 판단하신 거지. 그런데 여기에 하나의 의문이 있다. 그동안 내 머리를 아프게 만든 의문이다. 뭘까?

'이건 아니야. 그전에 다른 말을 했어.'

―두 분이 가진 모든 걸 걸어보았자 천하영웅맹과 사도천을 쓰러뜨릴 수 없다는 걸 깨달으신 거다.

'맞아. 두 분이 가진 걸 모두 걸어도 실패할 거라고 여긴 분들이 왜 우리한테만 맡기고… 가만, 우리한테만?'

공손비연의 머릿속에 불이 번쩍였다.

뭔가 실마리를 찾은 듯싶었다.

간신히 찾아낸 실마리를 가지고 철혼이 했던 말을 되새겨 보왔다.

뭔가 보이는 듯했다.

하지만 잡힐 듯 말듯 하더니 다시 오리무중에 빠져 버렸다.

'내 머리로만 바라보지 말아야 해!'

공손비연은 철혼이 걸어왔던 길을 떠올리고, 그의 입장에 서서 천하 형세를 바라보았다.

망망대해 한가운데에 홀로 서 있는 느낌이었다.

조각배에 몸을 싣고 집채만 한 파도에 홀로 맞서는 형국이니 눈앞이 다 어지러울 정도로 아득했다.

'망망대해에서 길을 찾자니… 모험을 할 수밖에. 위험해도 갈 수밖에 없었던 거야. 그렇지 않으면 흑영대가 좌초할 때까지 수천 번, 수만 번을 부딪쳐야 하니……. 그래, 결국엔 좌초할 수밖에 없어. 시간 역시 이쪽의 편이 아니야. 이제는 자신의 후손들이 뒤를 이을 준비가 되는 시점에서 대주를 직접 찾아갈 거야. 그리고 죽이겠지.'

공손비연은 천장낭떠러지로 내몰린 사람처럼 두려움이 엄습함을 느꼈다.

—그 의문이 뭔지 알아낸다면 지금부터 내가 가는 길을 이해할 수 있을 거다.

'이해할 수 있을 것 같아. 아니, 이해할 수 있어.'

공손비연은 처음으로 철혼이 안쓰럽게 느껴졌다.

머리만으로도 천하를 좌지우지할 수 있다고 믿었던 자신이 한없이 작고 초라해졌다.

"하아, 정말이지……."

"찾으셨군요?"

"그런 것 같아요. 대주의 의문은 맹주님과 할아버님께서 곁에 머물러 주지 않은 이유지요?"

"대주와 부주가 아무리 뛰어나도 사도천이나 천하영웅맹에 비해 가진 게 너무 열악합니다. 특히 사람이 없습니다. 그런 상황임에도 큰 힘이 되어줄 수 있는 분들께서 곁에 머물러 주지 않은 이유가 뭘까요? 대주는 그 의문의 해답을 찾고자 무던히도 애를 썼던 모양입니다. 그리고 해답을 찾았기에 자신의 길을 가려는 걸 테고."

이한청의 말에 공손비연이 고개를 끄덕였다.

그녀 역시 같은 생각을 했다.

그래서 철혼의 고민과 처지가 안쓰럽게 느껴졌다.

곁에서 함께 고민하고 함께 궁리해 주지는 못할망정 앞에서 거치적거리기만 했던 자신의 행동이 미안했다.

"부주는 두 분께서 그리하신 이유에 대한 답을 찾았습니까?"

"어쩌면요."

"들어볼까요?"

"맹주님께서 전면에 나서지 않으면 적어도 이제가 전면에 나서지 않을 거예요. 대주의 나이를 생각하면 십주들이 나서는 것도 사람들의 눈에는 급이 맞지 않는 것으로 보일 테니 이제는 더더욱 그렇겠지요. 최소한 대주가 이제를 위협할 정도로 강해질 때까지는 그럴 것이니 두 분께서는 어렵지 않게 물러날 수 있었을 거예요. 하지만 그런 이유만으로 물러나신 건 아닐 것 같아요. 어쩌면 두 분께서는 새 술은 새 부대에 담아야 한다는 격언을 생각하신 게 아닐까 싶어요."

"새 술은 새 부대에?"

"예. 새로운 세상은 새로운 사람이 열라는 거죠."

"새로운 세상은 새로운 사람이 열어라."

이한청이 공손비연의 말을 읊조리며 생각에 빠져들었다. 공손비연은 그녀 자신이 한 말을 염두에 두고 계속 말을 이어갔다.

"대주가 가는 길은 새로운 세상을 열려는 것이고, 거기엔 새로운 사람들이 필요해요. 대주 자신을 포함해서……. 사도천에는… 혈마룡이 있어요. 그가 사도천의 새로운 사람이에요. 대주는 혈마룡을 만나려고 해요. 그를 만나서 새 바람을 일으키려고 해요. 목숨을 걸어서라도요."

거기까지 말한 공손비연은 가슴이 뛰는 걸 느꼈다.

철혼이 일으키려는 새 바람 때문이다.

바람을 일으키기도 전에 비명횡사할 수도 있지만, 해낸다면 정말 새로운 세상을 열지도 모르겠다는 기대로 심장이 마구 요동쳤다.

"그는 정말… 대단한 남자예요."

공손비연이 감탄을 터뜨렸다.

진즉에 알았더라면 지금쯤 그와 함께 새바람을 일으키기 위해 사지를 향해 나아가고 있을 텐데.

너무 아쉽다.

너무 미안하고, 안타깝다.

아니, 이러고 있을 때가 아니다.

그를 다시 만날 때까지 여기서 할 수 있는 일을 해야 한다.

그가 사도천에서 혈마룡을 만나고 돌아올 때를 대비해 이후의 길을 살펴보아야 한다.

"할 일이 있어요."

공손비연이 말했다.

이때였다.

밖을 지키고 있던 신입 흑영대의 보고가 들렸다.

"부주님, 천하영웅맹의 적도룡이 대주님을 만나고 싶다고 찾아왔습니다."

순간 공손비연이 자리를 박차고 일어났다.

"그 역시 새로운 사람이에요. 천하영웅맹의 새로운 사람, 적도룡과 백검룡을 포함한 오룡(五龍)! 어쩌면 새로운 바람은 이미 시작되었는지도 모르겠어요!"

공손비연이 자신도 모르게 소리치고 있었다.

*   *   *

흑영대는 사천을 가로질러 똑바로 북진했다.

사천성의 중심인 성도(成都)에 가까워지자 지켜보는 눈이 많아졌다.

단순히 따라붙는 눈이 아니라 적의를 드러내며 수십 장 가까이 다가오곤 했다.

"사천은 이미 본 천의 땅이나 마찬가지다. 겉으로야 천하영
웅맹과 본 천의 완충지대 같지만 속을 들여다보면 천하영웅맹
의 인물들을 찾아볼 수가 없다. 여기저기서 대충 데려다놓은 쭉
정이들에 불과하더군."

혈마룡의 설명이다.

철혼은 그 말을 듣고 짚이는 바가 있었다.

"섬서면 충분하기 때문이다."

감숙성과 호북성 사이에 섬서가 있다.

섬서만 틀어막으면 감숙에서 움직인 사도천을 막을 수 있다
는 뜻이다.

"사천의 길은 험하니 감시의 눈만 세워두면 된다는 건가?"

"맞아."

"사천의 물자는?"

"천하영웅맹은 사도천을 지울 생각이 없어."

"그래?"

혈마룡이 처음 듣는다는 얼굴로 쳐다봤다.

그는 천하를 두고 다투는 세력이라고 하기엔 사도천과 천하
영웅맹의 싸움이 너무 지지부진하다는 생각을 하곤 했다.

너무 큰 것이 걸려 있어서 그러는 건가 싶지만, 그렇다고 하
더라도 너무 지지부진했다. 모든 걸 건 전면전은 아니더라도 그
에 버금가는 대격전이 한 번쯤은 벌어졌어야 했는데, 지금까지
그런 전투가 벌어진 적이 없다.

쓸데없이 지엽적인 전투만 간헐적으로 벌어졌을 뿐이다.

그 싸움에 항상 끼어든 이름이 바로 흑영대였고.

천하영웅맹이 사도천을 지울 생각이 없다는 말.

그 말이 사실이라면 모든 게 설명이 된다.

'사부님들도 천하영웅맹과 한판 벌일 생각이 없는 모양이던데, 내가 모르는 뭔가가 있나?'

혈마룡의 머리가 복잡해지기 시작할 때 철혼이 다시 입을 열었다.

"정확한 이유는 삼존을 만나보면 알게 될 거다."

"그건 가보면 알 일이고, 네 말이 맞다면 너와 흑영대가 피를 흘린 건 전부 헛짓거리였다는 거네?"

"그래."

"재밌군."

"사도천도 전면전 같은 건 아예 생각이 없는 것 같던데?"

"그런 것 같기는 한데… 내가 워낙 관심이 없어서 이유 같은 건 몰라."

"사도천의 희망이 그러면 안 되지."

"귀찮아. 천하 따위는 노인네들이나 가지라지."

혈마룡의 말에 철혼이 실소를 지었다.

그의 말마따나 천하 따위는 노인네들의 관심거리다.

젊은 사람들은 땅덩어리에는 조금도 관심이 없다.

혈마룡이 그렇고, 자신이 그렇다. 천하영웅맹의 오룡들도 크게 다르지 않는 것 같았다. 그들 역시 자신처럼 강해지는 것에만 관심이 있는 것 같았다.

다시 말해 몇몇 노인네의 땅 싸움에 젊은 사람들만 죽어나가고 있는 것이다.

"뒤집어엎어야 해."

"할 수 있을까?"

"혈마룡이 도와준다면 충분히."

"날 너무 믿지 마라."

"믿지 않아."

"그럼 됐고."

두 사람이 두런거리는 사이 일백에 가까운 무리가 앞을 가로막았다.

흉험해 보이는 기세로 보아 정도의 길을 걷는 문파는 아니다.

"우린 흑혈령이다. 네놈들은 어디서 온··· 헉!"

앞쪽에서 외치던 사내가 갑자기 기겁하며 물러났다.

혈마룡의 시뻘건 혈마기가 사내가 있던 자리를 직격하자 굉음이 터지며 깊은 구덩이가 파였다.

"꺼져!"

혈마룡의 한마디에 흑혈령의 무리는 뒤도 안 돌아보고 도망쳤다.

그들이 상대하기엔 혈마룡의 혈마기가 너무 가공스러웠다.

"내가 해줄 수 있는 건 이 정도다. 본 천에 당도할 때까지 길을 열어주지. 그 뒤로는 네가 알아서 해."

"그 정도면 충분해."

"그럼 됐고."

마상에 앉은 채 팔짱을 끼는 혈마룡.

그가 타고 있는 전마조차 두려움에 떨면서 천천히 이동했다.

*　　　*　　　*

소문이 돌았다.

바람을 타고 입과 귀를 통해 천하 각지로 뻗어갔다.

─흑영대가 사도천으로 진격하고 있다.

─흑수라가 삼존을 노리고 있다.

─아니다. 흑수라는 삼존과 담판을 지으려고 한다. 혈마룡이 직접 안내하고 있는 게 그 증거다.

─혈마룡이 사도천을 배신했다.

─틀렸다. 배신한 건 흑수라다. 흑수라가 천하영웅맹을 배신했다. 전임 맹주가 천하영웅맹에서 축출된 것도 흑수라가 맹을 배신했기 때문이다. 오래전부터 흑수라가 혈마룡과 손을 잡고 있었다.

소문이 소문을 낳고, 하나의 소문이 두 개, 세 개의 소문으로 갈라지고 부풀려졌다.

거기에 누가 끼어들었고, 누가 작당질을 하고 있는지는 알 수가 없었다. 어느 순간부터 사람들이 중구난방으로 떠들어댔기 때문이다.

하나 한 가지 확실한 게 있었다.

흑수라와 흑영대가 사도천으로 향하고 있다는 것이다.

그리고 그 소문들은 사도천에도 전해졌다.

철혼과 흑영대가 걷고 있는 감숙성 난주로 향하는 길목마다 수백의 무리가 모여들었다.

사도천 소속이거나 사도천에 한 발 담그고 있는 문파들이었다.

"소천주님! 흑수라와 흑영대를 죽일 수 있도록 허락해 주십시오."

그들이 바라는 건 한 가지였다.

그러나 혈마룡은 거들떠보지도 않았다.

"꺼져!"

그 한마디로 수백의 무리를 짓눌렀다.

불만이 터져 나왔고, 살기가 요동쳤다.

혈마룡이 아닌 철혼과 흑영대를 향한 살기였으나 그 살기가 촉매제가 되어 폭주하려는 형국이 되어갔다.

수백이라는 숫자에 편승하여 혈마룡의 권위에 반발하려고 했다.

그러나 혈마룡의 혈발이 거꾸로 치솟고, 시뻘건 혈마기가 지독한 존재감을 드러내자 강풍 앞의 촛불처럼 단박에 꺼져 버렸다.

그러나 혈마룡은 짜증이 났다.

"내 한마디가 이것밖에 안 되었나?"

권위 같은 건 내세우지도 않고, 관심도 없는 혈마룡이었다.

그러나 자신의 권위가 흔들리면 사부들의 위신에 흠집이 된다는 정도는 안다.

"쇄혈(碎血)!"

혈마룡이 부르자 붉은 낫을 들고 있는 왜소한 체구의 노인이 불안한 얼굴로 튀어나왔다.

"지금부터 앞을 막는 놈들은 신분과 이유를 불문하고 모조리 죽여 버릴 테니까. 네가 앞서 가서 길을 열어두도록 해."

"소, 소천주?"

"한 번이라도 내 앞이 막히면 그놈들은 물론이고 네놈도 목을 비틀어 버릴 테니까 알아서 해!"

혈마기를 잔뜩 일으킨 혈마룡이 무시무시한 기세로 말하자 쇄혈은 오금이 저려 서둘러 복명한 후 사도천으로 향하는 길을 따라 내달리기 시작했다.

"비켜라! 길을 막는 놈들은 나 쇄혈이 가만 두지 않겠다!"

수백의 무리가 좌우로 갈라져 길을 열었다.

혈마기를 거둬들인 혈마룡은 팔짱을 낀 채 말했다.

"네 말을 듣는 게 아니었어."

"후회되나?"

"그래. 후회돼. 자꾸만 못난 꼴을 보여주고 있잖아!"

혈마룡이 짜증난다는 듯 내뱉었다.

철혼은 그 모습을 보며 한 차례 피식 웃어주었다.

그러나 뒤를 따르는 흑영대는 웃을 수가 없었다.

"여기서부터 이러니 사도천에 당도하면 아주 난리가 나겠군."

소귀가 소리 나게 중얼거렸다.

그의 얼굴은 더 이상 웃지 않았다.

혈마룡의 으름장이 통한 것인지 아니면 쇄혈이 앞서 달리며 고군분투한 때문인지 더 이상 앞을 막는 무리가 없었다.

그러나 이틀 후 사도천이 웅크리고 있는 난주에 도착하자 상황이 달라졌다.

사도천의 정문으로 이어지는 대로에 들어서자 거리 양쪽으로 수천의 군중이 몰려와 있는 게 보였다.

적의와 호기심이 마구 뒤섞인 얼굴들이었다.

문제는 그게 아니었다.

군중들의 숫자가 지나칠 정도로 많기는 했으나 그보다 더 심각한 건 대로 한가운데에 벌어져 있었다.

대로 한가운데에는 한 사람이 걸을 수 있는 폭으로 시뻘건 핏물이 대로를 따라 혈로를 만들고 있었다.

그리고 언뜻 보기에도 심상치 않아 보이는 피처럼 붉은 혈의인 세 사람이 앞을 가로막고 서 있었다.

그리고 그들 이십여 장 뒤로 백발이 성성한 노인이 보였다.

범상치 않은 기도의 노인이었다.

그들의 면면을 확인한 혈마룡이 이맛살을 찌푸렸다.

"쉽지는 않을 거라 여겼지만, 저건 심하군."

"칠사(七邪)에 못지않은 실력자들 같은데?"

"여기서부터는 네가 직접 부딪쳐라. 대신 흑영대만큼은 누구도 손대지 못하도록 막아주겠다."

사도천의 소천주 신분으로도 함부로 대할 수 없다는 뜻이다.

철혼은 고개를 끄덕인 후 말에서 내렸다.

붉은 핏물이 질척거렸지만, 조금도 개의치 않고 피의 길을 밟으며 세 명의 고수를 향해 다가갔다.

"저들이 누군지 물어도 되겠소?"

탁일도가 혈마룡 가까이 다가와 물었다.

혈마룡은 철혼과 세 사람에게서 시선을 떼지 않은 채 대답했다.

"혈광(血狂), 혈영(血影) 그리고 혈혼(血魂)이라고 하지."

"……?"

"모르나?"

"처음 듣소."

"삼혈이라고 혈각(血閣)을 맡고 있지."

"혈각이라면 설마?"

"맞아. 너희들한테 박살이 난 혈영대(血影隊)와 혈전대(血戰隊) 등이 소속된 곳이다."

"그건 전투였소."

"저것도 전투야."

"하지만 여기는 사도천이잖소?"

"그래. 그러니까 무슨 일이 일어나도 나서지 마. 흑수라가 해결한다면 본 천으로 입성할 수 있을 것이고, 해결 못 하면 단단히 각오해야 할 거야."

"흥! 우린 두렵지 않소."

"말조심해. 내 호의는 흑수라의 강함에 있지 흑수라와 흑영대라는 존재에 있는 게 아니야."

혈마룡이 으르렁거렸다.

탁일도는 그가 사도천의 소천주임을 깨닫고 입을 다물었다.

그러는 사이 철혼이 걸음을 멈추고 있었다. 혈광, 혈영 그리고 혈혼이라고 하는 세 명의 중노인 앞이었다.

"네놈이 흑수라냐?"

"죽을 자리로 기어들어 온 것이냐?"

"네놈과 흑영대를 모조리 찢어 죽이고야 말겠다."

세 명의 중노인이 동시에 입을 열었다.

순간 철혼이 눈가의 혈루를 꿈틀거리며 오른발을 내밀어 크게 진각을 밟았다.

쿠— 웅!

대로가 크게 흔들렸고, 동시에 철혼에게서 거대한 기운이 폭발적으로 뿜어졌다.

상상 이상으로 강대한 철혼의 기운에 세 명의 중노인이 깜짝 놀라 뒤로 물러서는 순간 철혼이 그들의 머리 위로 솟구치더니 이십여 장 뒤에 태산같이 우뚝 서 있는 백발의 노인을 덮쳐갔다.

처음부터 자신들은 안중에도 없었다는 듯한 철혼의 태도에 세 명의 중노인이 분노를 머금고 돌아선 순간 철혼과 백발의 노인이 정면으로 격돌했다.

쾅!

눈부신 청광과 백광이 천지사방으로 비산하는 가운데 무지막지한 충격파가 대로를 할퀴며 대로변의 건물들로 뻗었다.

"조심해!"

"막아라!"

건물들에서 당황에 찬 다급성과 함께 몇 사람이 튀어나왔다.

그들은 충격파를 정면에서 막고자 했다.

도검과 육장을 휘두르며 건물들이 박살이 나는 것을 간신히 막기는 했으나 충격파를 완전히 해소하지 못해 건물 벽에 부딪치는 꼴사나운 모습을 면하지 못했다.

백발의 노인이 누구인지 잘 아는 군중들은 충격을 받았다.

철혼이 백발의 노인과 딱 일 보의 간격을 두고 마주 서 있었기 때문이다.

"놈! 백학무군을 이미 넘어섰구나!"

백발의 노인이 놀람을 터뜨렸다.

"스승의 발치에도 미치지 못합니다."

"허튼소리! 백학무군의 천뢰장이 절학으로 명성을 떨치기는 하나 네놈처럼 절반의 힘으로 노부를 상대할 정도는 아니다."

"절반까지는 아닙니다. 그랬다면 천하제일을 다툴 수도 있겠습니다."

"훙! 벽력도패(霹靂刀覇)와 철궁왕을 죽였다고 하더니, 기고만장할 만하구나!"

"파륜(波輪)의 사신(死神) 앞에서 감히 뻣뻣함을 양해하십시오."

"삼존을 뵈러 왔다는 것이냐?"

"허락하신다면 뵙고 청할 일이 있습니다."

말투는 공손하나 태도는 당당한 철혼의 모습에 파륜사신(波輪死神) 백무상은 이맛살을 찌푸렸다.

애초 죽일 생각은 없었으나 단단히 혼을 내 흑수라와 흑영대의 기를 철저히 꺾어놓을 생각이었다.

그런데 기가 꺾인 쪽은 되레 자신이었다.

아니, 기가 꺾였다기보다는 어린놈을 꺾을 수 없음에 당황스럽다는 것이 맞으리라.

"흑사(黑邪)는 어떻게 죽었느냐?"

무엇을 묻고자 함일까?

시신을 보았거나 보고를 들었다면 어떻게 죽었는지 모르지 않을 터.

철혼은 백무상의 의도를 알 수가 없어 선뜻 대답을 못했다.

"그의 싸움은 어땠느냐는 것이다. 무슨 말을 나누었고, 어떻게… 죽은 것이냐?"

철혼은 칠사의 수장격이었던 흑사를 떠올렸다.

그와의 싸움은 일합의 생사결이었다.

단 한 번의 격돌로 생과 사를 갈랐다.

―천뢰신공이 있으니 천하영웅맹 맹주라 생각하고, 너의 승부에 응해주마!

흑사가 했던 말이다.

그러나 철혼은 천뢰장으로 싸우지 않았다.

―그에겐 만병(萬兵)이 무효하고, 만공(萬功)이 무용하다.

흑사에 대한 스승의 가르침이다.

그래서 어설픈 천뢰장으로 맞서지 않고 무적패왕의 패왕굉뢰도로 싸웠다.

단 일격.

만병이 무효하고, 만공이 무용하다면 그 무효함과 무용함마저 베어버리겠다는 일념으로 패왕굉뢰도의 절초 패왕도(霸王刀)를 펼쳤다.

"천뢰신공이 있으니 천하영웅맹 맹주라 생각하고, 승부해 주겠다고 했으나 당시엔 천뢰장에 대한 화후가 부족해서 천뢰장으로 싸우지 못했습니다."

"하면?"

"패왕굉뢰도로 싸웠습니다. 결과는 운이 좋아……."

"무적패왕의 패왕도를 익혔다는 게 사실이었단 말이냐?"

"예."

"그랬군. 패왕도와 천뢰의 신공을 합쳤던 게로군. 그래서 이토록 이른 나이에 그리 강해질 수 있었던 게야."

백무상이 알겠다는 듯 고개를 끄덕였다.

그러면서 서슬 푸른 눈으로 철혼을 응시했다.

"흑사는 훌륭한 무인이다."

"예. 조력자들이 있었음에도 끝까지 기다려 주었습니다."

"그래, 그럴 놈이지. 내 아들이지만, 그 아이는 사도(邪道)보다는 정도(正道)에 어울리는 놈이었지."

백무상의 노안에 붉은 기운이 감돌았다.

철혼은 그 눈을 외면하지 않고 담담히 받았다.

"복수를 하고자 함이 아니었다. 그랬다면 아들놈이 지옥에서 뛰쳐나왔을 것이다. 노부는 궁금했다. 내 아들을 죽인 놈이 그만한 자격이 있는지 궁금해서 부득이 이 자리에 나왔다."

"정(正)만이 옳은 길이라 여겨 피의 길을 마다하지 않았습니다. 하나 세상의 이치는 정(正)과 사(邪)의 구분으로 설명할 수 없음을 깨달았습니다."

"정(正)과 사(邪)의 구분이 무의미하다는 것이냐?"

"주제넘게 거기까지 생각한 것이 아닙니다. 정(正)이 욕심이 과하면 그것이 바로 사(邪)일 것이고, 사(邪) 속에 욕심이 없으면 정(正)과 다름 아닐 거라는 생각입니다."

"흥! 사람의 욕심으로 정(正)과 사(邪)를 구분하다니 해괴한 이론이군."

"제 눈에는 그렇게만 보입니다."

"어린놈의 눈으로 보면 얼마나 보았겠느냐! 더는 듣고 싶지 않으니 얼른 꺼지거라!"

백무상이 냉랭히 말하며 옆으로 비켜섰다.

그가 비켜선 방향으로 멀리 사도천의 정문이 보였다.

철혼은 백무상을 향해 정중히 포권한 후 천천히 걸음을 옮겼다.

오만함도 비굴함도 없는 그저 당당함만이 가득한 모습이었다.

"좋았더냐? 저런 놈이라 기뻤더냐? 그래도 살아서 돌아오지 그랬느냐! 돌아와서 어떻게 싸웠고, 어떻게 졌는지 즐겁기 이야기할 수도 있었지 않느냐! 불효막심한 놈 같으니……."

백무상의 탄식이 대기를 적셨다.

흑영대를 이끌고 온 혈마룡은 백무상의 탄식을 듣지 못했다.

백무상과 철혼의 대화 역시 듣지 못했다.

그러나 백무상이 앞을 가로막은 이유를 대략 짐작했고, 철혼이 백무상의 시험을 통과했다는 걸 알아보았다.

말에서 내린 혈마룡은 백무상의 곁을 조용히 지나갔다.

"소천주 말을 들을 걸 그랬어."

"그랬어도 막지 못했을 겁니다."

"왜지?"

"본 천에 위협이 되는 자이니 한 번쯤 만나보고자 찾아갈 테니까요."

흑사는 사도천을 무척이나 아끼고 좋아했다.

워낙 무공에 미쳐 있었던 탓에 사도천의 율법을 싫어했을 뿐이다.

그러니 혈마룡의 충고대로 자유롭게 놓아주었어도 결국엔 사도천에 위협이 되는 흑수라를 찾아갔을 것이다.

백무상은 고개를 끄덕일 수밖에 없었다.

"쌍뇌(雙腦)를 조심해라."

백무상이 충고했다.

혈마룡은 고개를 끄덕이며 천천히 걷고 있는 철혼을 향해 걸음을 서둘렀다.

"깐깐한 분인데 용케 통과했군."

"머리가 아니라 가슴으로 움직이는 분이어서 운이 좋았던 거지."

"가슴이라… 하긴 머리로 계산하느라 깐깐한 게 아니라 마음이 움직이지 않으면 몸도 움직이지 않는 분이시지. 그건 그렇고 말들은 이곳에 두는 게 좋겠어."

　그렇게 말한 혈마룡이 대로 한쪽을 향해 손짓하자 군중들 틈에서 십여 명이 기쾌한 모습으로 달려왔다.

　"도망쳐야 할지도 모르니까, 말들을 데려가서 배불리 먹인 후에 정문 앞에 대기시켜 둬."

　"존명!"

　혈마룡의 수하들인 듯 명을 받자마자 일사불란하게 움직여 흑영대의 전마들을 끌고 사라졌다.

　"가지."

　혈마룡이 다시 앞장섰다.

　철혼은 그와 어깨를 나란히 했다.

　붉은 머리칼을 가진 혈마룡과 흑색 일색인 철혼의 모습은 무척이나 비교가 되었다.

　혈룡과 흑룡.

　적대적인 관계가 아니라면 함께 지옥을 헤쳐 나가는 모습을 상상할 수도 있을 것 같았다.

　하지만 그건 혈마룡에게 호감을 갖게 된 흑영대의 시선일 뿐이었다.

　"쌍뇌라면 혈적신을 말하는 건가?"

　"혈적신은 무슨, 그냥 쌍뇌일 뿐이야."

　천하영웅맹에서는 혈적신이라 불렸고, 사도천에서는 쌍뇌라고 불렸다.

　쌍뇌라는 호칭은 그가 머리가 둘인 것처럼 뛰어나서이기도 하지만 머리통이 두 개인 것처럼 기형적으로 생겨서이기도

했다.

쌍뇌는 사도천의 군사로 수십 년을 호령했다. 하지만 달도 차면 기우는 법이라 했다. 십여 년 전부터 정보를 움켜쥔 암행귀(暗行鬼)들의 수장인 총귀에게 밀려 자리만 지키는 신세로 전락했다.

일백을 훌쩍 넘겨 버린 나이가 있어 이대로 사라지는가 싶었는데, 근자에 총귀가 죽는 일이 일어나는 바람에 기회를 잡게 된 그는 다시 실권을 잡고자 여기저기 빠르게 움직이고 있었다.

'드디어 사도천인가?'

혈마룡이 혈적신의 행보에 대해 대충 설명하는 동안 사도천의 정문을 넘어섰다.

천하영웅맹의 일개 무력대가 사도천의 정문을 최초로 넘어선 순간이다.

물론 지금의 흑영대는 천하영웅맹 소속이 아니다.

하지만 사도천 무인들의 입장에서는 그렇게 받아들이지 않았다.

불과 몇 달 전까지만 해도 흑영대는 천하영웅맹의 상징과도 같았기 때문이다.

그래서일까?

정문 안쪽에 수백의 무리가 기세를 일으킨 채 대기하고 있었다.

자신들의 내력을 있는 대로 개방하여 정문 안으로 들어선 흑영대를 압박했다.

폭풍 같은 살기가 대기를 으스러뜨리며 흑영대를 휘감았다.

순간 철혼이 반사적으로 기운을 일으켰다.

일거에 저들의 살기를 날려 버릴 생각이었다.

그러나 혈마룡이 철혼보다 한발 앞서 움직였다.

쿠— 웅!

혈마룡이 오른발을 들어 진각을 밟자 거대한 울림이 땅을 뒤흔들었다.

그와 동시에 혈발이 거꾸로 치솟은 혈마룡에게서 무시무시한 혈마기가 쏟아져 나왔다.

앞을 막고 있던 사도천의 무인들이 소스라치게 놀랐다.

"누구야? 어떤 놈이 내 앞을 막으라고 지시했어?"

"소천주님의 앞을 막은 게 아닙니다. 흑영대 따위가 본 천의 땅을 밟는 걸 놔둘 수가 없어서입니다."

"맞습니다. 우린 흑영대를 통과시킬 수 없습니다."

"흑영대는 본 천의 제일대적입니다."

여기저기서 이구동성으로 외쳐댔다.

순간 혈마룡의 살기가 더욱 짙어졌다.

"쌍뇌냐? 쌍뇌가 시킨 짓이냐?"

저들이 앞을 막은 건 흑영대를 막기 위해서만이 아니다.

흑영대는 핑계에 불과하고 이렇게 함으로써 소천주인 혈마룡의 위신을 깎아내리고자 함이다.

혈마룡은 쌍뇌의 간계임을 대번에 파악했다.

그가 분노한 건 그래서다.

"우린 암천각주님의 명을 받은 게 아닙니다. 우린 흑영대가……."

"닥쳐! 한마디만 더 씨부리면 머리통을 날려 버리겠다!"

혈마룡이 살기를 드높였다.

그러나 앞을 가로막은 무리는 한 걸음도 물러설 기미를 보이지 않았다.

당연하게도 혈마룡의 살기가 폭발할 것처럼 거세졌다.

저들이 자의로 막아섰다면 문제 삼지 않았겠지만, 쌍뇌의 얕은꾀에 의해 앞을 막아선 것이 분명하기에 참을 수가 없는 혈마룡이었다.

"흑영대는 이곳에서 대기한다!"

갑작스런 철혼의 일갈이었다.

혈마룡의 살기어린 눈이 철혼에게로 향했다.

"흑수라! 네가 나설 자리가 아니다!"

"그렇게 화가 나면 저들에게 명을 내린 혈적신을 죽여 버려!"

혈마룡의 으르렁거림에 철혼이 맞서 소리쳤다.

사납게 뜬 눈으로 철혼을 잡아먹을 듯이 노려보는 혈마룡.

이윽고 그의 혈마기가 씻은 듯이 종적을 감추었다.

"졸렬해 보였나?"

"그래."

철혼이 대놓고 대답하자 혈마룡은 얼굴을 일그러뜨리더니 이내 고개를 끄덕였다.

"못난 꼴에 졸렬한 모습까지 보여주었군. 좋아, 이제 사도천의 소천주가 어떤 위엄을 가졌는지 그것만 보여주면 되겠군."

혈마룡은 힘 있게 말하더니 성큼 걸음을 옮겼다.

혈마룡이 다가오자 앞을 막고 있던 무리가 좌우로 벌려 길을 열었다.

두세 사람이 어깨를 나란히 할 정도로 좁은 길이었다.

끝까지 흑영대는 보내줄 수 없는 뜻이었다.

혈마룡은 더 이상 감정을 드러내지 않은 채 그 길을 지나갔다.

뒤에서 지켜보던 철혼은 흑영대를 돌아보았다.

"시비를 거는 자들이 있을 거야."

"참습니까?"

"그래. 참아."

섭위문이 물었고, 철혼이 대답했다.

하나 곧 철혼이 말을 덧붙였다.

"참되 이곳에서 끌어내려는 자들이 있으면 참지 마."

"참지 않으면요?"

"죽여 버려!"

"아마 기다렸다는 듯이 개떼처럼 몰려올 겁니다."

"두렵나?"

"그럴 리가 있겠습니까?"

"좋아. 혹여 그런 일이 벌어지거든 내가 올 때까지만 버텨. 본 대가 흘린 피 한 방울까지 계산해서 모조리 갚아줄 테니까."

철혼의 든든한 말에 한 차례 씩 웃은 섭위문.

그는 곧 대원들을 돌아보며 크게 외쳤다.

"들었느냐? 지옥염왕이 끄집어낼 때까지 자리를 지키란다. 모두 할 수 있느냐!"

섭위문의 외침에 흑영대원들이 자신들의 가슴팍을 힘차게 두들겼다.

이곳이 사도천이 아니라 지옥이라 해도 상관없다는 듯 당당한 모습이었다.

그 모습에 흐뭇한 미소를 지은 섭위문이 철혼을 돌아봤다.

"든든하지요?"

"흑영대니까."

"맞습니다. 우린 흑영대입니다. 염려 말고 다녀오십시오."

섭위문이 힘 있게 말했다.

철혼은 웃었다.

섭위문의 미소와 같은 종류의 것이었다.

"그럼 다녀오지."

철혼은 고개를 끄덕이며 돌아섰다.

그리고 길을 열고 있는 수백의 사도천 무인을 향해 성큼성큼 다가갔다.

흑영대원들에게 보여주겠다는 듯 위풍이 당당한 모습이었다.

7장

작금의 천하는 누구의 것입니까?

더 이상 앞을 막는 일은 없었다.

혈마룡의 분위기가 심상치 않음을 전해들은 쌍뇌 혈적신의 지시가 있었을 것이다.

더 이상 건드렸다간 일이 터질 것이고, 그 진상을 조사하다 보면 배후에 자신이 있었음이 드러날 것임을 염려한 때문일 터.

'그런 정도로 위신을 깎아내릴 수 있다고 본건가? 건드리려면 제대로 건드리든가. 잠자는 혈마룡의 코털만 건드렸으니 그 분노를 어찌 감당할 테냐?'

철혼은 쌍뇌의 어리석음을 속으로 비웃었다.

자신의 머리로만 세상을 바라보니 무공에만 미쳐 있는 자들의 심리를 제대로 파악하지 못한 모양이다.

어쩌면 탐욕에 찌든 늙은이라 젊은 무인들의 피 끓는 자존심을 알아보지 못한 것이든지.

어느 쪽이든 간에 쌍뇌 혈적신은 큰 실수를 저질렀다.

그 실수가 피바람을 일으킬지 아니면 이대로 조용히 묻힐지
는 혈마룡의 선택이다.

'혈마룡의 선택이 궁금하군.'

철혼이 그런 생각을 하는 사이 눈앞에 거대한 전각이 보였다.

흡사 지옥왕의 거처인 듯 거무튀튀한 색을 칠해놓은 구 층 전
각이다.

사도인들의 경외심이 향하는 곳.

'흑천각(黑天閣)!'

바로 그곳이다.

철혼은 이곳에서 삼존과 대면할 수 있기를 바랐지만, 자신이
흑천각을 볼 수 있는 확률은 삼 할 정도라고 생각했다.

자신이 사도천의 입장이라도 흑수라의 걸음을 받아줄 이유가
없었다.

하나 자신은 이곳에 왔고, 불가능에 가까운 일을 가능하게 해
준 이는 옆에 있는 혈마룡이었다.

"고맙군."

"그런 좀스러운 감정은 집어치우고, 너와 난 어차피 적일 뿐
이라는 사실이나 잊지 마."

"호적수라는 말도 있지."

"뭐?"

"여기까지 온 김에 끝까지 부탁한다."

씩 웃는 철혼.

혈마룡은 냉랭한 얼굴로 바라보다 흑천각을 향해 걸음을 옮겼다.

흑천각의 앞마당으로 들어서자 바닥까지 시커먼 흑석으로 깔아두어 흡사 어둠의 세계에 온 건 아닌지, 그런 착각을 불러일으켰다.

"소천주님을 뵙습니다."

이십여 명의 무장.

흑천각을 지키는 수신호위들일 것이다.

그런데 그 숫자가 다다.

자신감 때문인지, 아니면 알려진 것과는 다르게 삼존의 권력이 사도천을 완전히 장악하고 있지 못한 것인지 아직은 알 수가 없다.

혈마룡은 고개를 끄덕인 후 곧장 안으로 들어갔다.

그 뒤를 철혼이 따랐고.

그런데 붙잡지 않았다. 외부인인 철혼의 정체에 대해서도 묻지 않았다.

둘 중의 하나일 것이다.

통과시키라는 명이 있었든지, 아니면 흑천각의 혈마룡에 대한 믿음이 강하든지.

그러나 철혼은 수신호위들의 표정에서 모든 건 자신감으로 귀결된다는 걸 깨달았다.

자신들 이십여 명이 막지 못하는 침입자라면 백 명이 있어도 막지 못한다는 자신감, 자신들을 손가락 하나로 날려 버리는 침입자라 하더라도 삼존들의 존체에 손가락 하나 댈 수 없다는 경외감.

'거기에 허세 부리기를 좋아하지 않는 성격까지.'

삼존은 권위를 드러내는 걸 좋아하지 않는다.

보여주는 걸 좋아한다면 수백 명을 세워두었을 것이다.

살기가 짙고 대단한 위용을 갖춘 자들을 문마다 잔뜩 세워놓고 보보마다 신분을 확인토록 했을 것이다.

천하영웅맹이 그에 가깝다.

원로원의 이제를 만나려면 그 같은 과정을 거쳐야 한다.

물론 맹주부는 달랐다.

신분만 확실하다면 누구에게라도 문은 열려 있었다.

그리고 보면 스승님은 천하영웅맹의 원로들보다 사도천의 삼존과 성정이 비슷한 모양이다.

철혼은 스승을 떠올리며 앞서 가는 혈마룡의 뒤를 따라 삼층에 있는 대전 안으로 들어갔다.

안쪽 깊숙한 곳에 다섯 명이 보였다.

두 명의 노인과 세 명의 젊은이, 젊은 사람 중 한 명은 멀리서 보이는 자태만으로도 상당한 미인이라는 것을 예감할 수 있는 여인이었다.

"두 번째 사부님이신 유명혈존과 쌍뇌다. 척혈도(剔血刀)와 척혈룡(剔血龍) 형제는 오흉육도구검(五凶六刀九劍) 중 육도(六刀)에 속하고, 혈접은 아름답지만 삼십육살(三十六殺)에 속할 정도로 살기가 짙으니까 괜히 건드리지 마라. 한 번 폭발하면 누군가는 반드시 죽어야 한다. 물론 죽는 건 그녀가 되겠지만, 그리되면 너의 걸음은 피만 남길 뿐이다."

"쌍뇌가 일부러 데려온 모양이군."

"아마도."

두 사람은 이쪽을 향해 의미심장한 표정을 짓고 있는 쌍뇌의 얄팍한 수작을 간파하며 곧장 다가갔다.

대전을 울리는 걸음이 가까워지자 유명혈존이 고개를 돌렸다.

붉은 머리칼 아래로 붉은 눈썹이 송충이처럼 짙었다.

그 아래로는 호목(虎目)이라고 하는 부리부리한 눈이 짙은 혈광을 발하고 있었다.

"이사부님께서 나와 계실 줄은 몰랐습니다."

"네놈의 고집을 상대할 사람이 나밖에 더 있느냐?"

"이번엔 제 고집이 아닙니다."

혈마룡이 씩 웃으며 한발 옆으로 비켜섰다.

그러자 철혼이 앞으로 나서는 형국이 되었고, 자연 유명혈존의 시선이 철혼에게로 향하게 되었다.

"흑영대주 철혼입니다. 감히……."

"감히! 이곳이 어디라고 천하영웅맹의 개 따위가 발을 들인단 말이냐!"

갑자기 호통을 지르며 철혼의 말을 자른 이는 쌍뇌였다.

혈마룡은 이를 감춘 채 그가 하는 양을 지켜보았고, 철혼은 그에게 시선조차 돌리지 않았다.

"혈존께서 허락하지 않으시겠다면 이만 물러가겠습니다. 하나 허락하시겠다면 함부로 끼어드는 경망한 주둥이는 막아주시기를 감히 청합니다."

"뭐라? 경망한 주둥이? 네놈이 지금……."

"입 다물라."

발끈하던 쌍뇌가 급히 입을 다물었다.

사도천에는 자신이 필요하다는 걸 보여주고자 일부러 찾아온 자리였으나 유명혈존이 허락한 건 아무것도 없었다.

적당한 때를 기다렸다가 눈치껏 끼어드는 수밖에 없다.

쌍뇌가 입을 다물자 유명혈존의 시선이 철혼에게로 향했다.

"군명이가 데려온 건 그만한 이유가 있을 터. 군명이를 움직이게 한 말이 무엇인지 궁금하군."

정말 궁금하다는 표정이었다.

철혼은 어쩌면 자신의 걸음이 헛되지 않을 수도 있겠다는 생각을 하며 천천히 입을 열었다.

"작금의 천하는 누구의 것입니까?"

생각지도 물음이었던 때문일까?

유명혈존의 눈빛이 한 차례 흔들렸다.

하나 그건 찰나에 불과했고, 정면에서 보고 있는 철혼 외에는 알아차리지 못했다.

"흠, 작금의 천하가 누구의 것이냐고?"

"그렇습니다."

"사도천과 천하영웅맹이 천하를 양분하고 있다는 걸 모르지 않을 터, 그걸 묻는 이유가 궁금하군?"

"그럼 다시 여쭈어보겠습니다. 내일의 천하는 누구의 것입니까?"

계속되는 철혼의 물음에 유명혈존의 얼굴이 일그러졌다.

답하기 곤혹스럽다는 뜻이 내비쳤다.

"본 천이다. 본 천이야 말로 내일의 천하에 홀로 군림할 것이다. 그것을 위해 노부는 천하영웅맹을 쓸어버릴 대계를 차곡차곡 준비 중이다."

쌍뇌가 끼어들었다.

그의 태도에는 자신감이 가득했다.

그러나 유명혈존의 미간만 더욱 찌푸려지게 만들었다.

"왜 이리 가벼워진 겐가? 한동안 구석에 처박히더니 때와 장소를 구분하는 머리가 망가진 겐가?"

유명혈존의 질책에 쌍뇌의 눈빛이 크게 흔들렸다.

기회를 놓쳐서는 안 된다는 다급한 마음에 지나치게 가볍게 움직이고 있다는 걸 깨달은 것이다.

"송구합니다."

쌍뇌가 고개를 숙이고 한발 물러났다.

그의 눈빛이 가라앉아 있었다. 정확히는 감춘 것이리라.

"내일의 천하는 누구의 것이냐고 물었더냐?"

유명혈존이 철혼에게 물었다.

철혼이 '예'라고 대답하자 유명혈존이 곧바로 되물었다.

"노부는 내일을 내다보는 눈을 가지고 있지 않다. 그래서 모르겠다. 네놈의 생각은 어떠하냐? 네놈이 생각하는 내일의 천하는 누구의 것이냐?"

유명혈존의 눈빛이 진지하게 반짝거렸다.

여전히 붉은빛이었으나 살기 같은 기운은 전혀 느껴지지 않았다.

궁금함과 호기심 같은 기운만이 가득했다.

철혼은 분위기가 잡혔다는 생각을 하며 미리 준비해 두었던 답을 꺼냈다.

"내일의 천하는 제 것입니다."

모두들 놀라는 반응을 보였다.

추상같은 호통을 내지르고 싶은 것을 가까스로 인내한 쌍뇌.

쌍뇌가 나서지 않자 쉽사리 입을 열지 못하는 척혈도와 척혈룡 형제, 처음부터 줄곧 철혼의 위아래를 훑어보고 있는 혈접.

모두들 흠칫 놀라는 반응을 드러내며 유명혈존을 돌아봤다.

"감히 내 앞에서 천하가 네 것이라고 말하는 것이냐?"

유명혈존이 싸늘한 반응을 드러냈다.

순간 철혼의 입이 기다렸다는 듯이 열렸다

"그리고 혈마룡의 것입니다."

"뭐라?"

"또한 여기에 있는 척혈도와 척혈룡 그리고 혈접의 것이기도 합니다."

곧바로 이어진 철혼의 대답.

뭔가 의미심장한 말이다.

유명혈존은 혈마룡을 쳐다보았다가 척혈도와 척혈룡 그리고 혈접을 본 후 다시 철혼에게로 시선을 돌렸다.

그는 철혼이 말하고자 하는 바를 깨닫고 있었다.

"내게 하고 싶은 말이 무엇이냐? 아니, 본 천에 바라는 게 무엇이냐?"

"그전에 다시 여쭈겠습니다. 작금의 천하는 누구의 것입니까?"

처음의 물음을 다시 던지는 철혼.

유명혈존은 철혼을 빤히 응시하며 선뜻 대답을 못했다.

이때였다.

"왜 대답을 못하는 것이오. 그깟 게 무어라고 감추려고만 한단 말이오. 여기 흑수란지 뭔지 하는 놈이 말했지 않소. 내일의 천하는 자신들의 것이라고. 하니 이제는 말해줍시다. 천하를 찢어 먹든지 통째로 삼키든지 그건 제 놈들이 알아서 할 일이라고 이미 뜻을 모은 것 같으니 알려줄 건 알려주고 우린 구경이나 합시다. 저놈도 그걸 말하고 싶어 죽을지도 모르는 곳으로 감히 찾아온 게 아니겠소?"

우렁우렁한 음성이 대전을 흔들었다.

철혼이 돌아보니 곰처럼 건장한 체격을 가진 민대머리 노인이 거칠 것 없다는 걸음으로 들어서고 있었다.

"삼사부님이신 사령광존(邪靈狂尊)이시다."

혈마룡이 나직이 알려주자 철혼은 정중히 포권했다.

"흑영대주 철혼입니다."

"건방진 놈, 근자에 이름 좀 알렸다고 감히 본좌를 뒷방 늙은이 취급한단 말이냐?"

가까이 다가온 사령광존이 호통을 치자 대전 안의 공기가 폭풍을 만난 듯 요동쳤다.

하나 그 안에 살기는 존재하지 않았다.

그 때문에 철혼은 묘한 감정을 느끼고 있었다.

천하영웅맹에서는 자신과 흑영대원들을 향해 살기가 요동쳤었기 때문이다.

자신들의 탐욕에 흑영대가 걸림돌이니 살기가 요동쳤던 것일
터.

결국은 끝을 모르는 탐욕이 문제다.

"놀 만큼 노셨으면 저희에게도 자리를 양보해 달라는 청을
드릴 뿐, 감히 위대하신 분들의 행적을 깎아내릴 생각은 추호도
없습니다."

"흥! 그거나 저거나!"

싸늘히 코웃음 친 사령광존은 유명혈존 앞에 털썩 앉았다.

"어쩔 것이오?"

"글쎄, 대형께서는……."

"대형 핑계 대지 마시오. 그런 걸로 왈가왈부하는 대형이 아
니질 않소?"

사령광존의 채근에 고민하는 유명혈존.

무거운 짐을 잔뜩 짊어진 표정을 지은 채 혈마룡을 응시하다
천천히 철혼에게로 시선을 던졌다.

"알고 물은 것이냐?"

"들은 것이 있어서 묻는 것입니다."

"군명도 알고 있느냐?"

"아직 말하지 않았습니다."

"하면 너만 죽여 버리면 되겠구나?"

"감히 장담합니다만, 이 자리에서 살아서 나갈 자신이 있습
니다."

"건방지구나!"

듣고 있던 사령광존이 노기를 터뜨렸다.

그러나 공력을 일으키지 않은 것으로 보아 손을 쓸 생각은 없는 모양이었다.

"싸우는 것과 살아서 나가는 건 별개입니다."

"말장난을 잘하는구나."

"사실일 때만 그렇습니다."

이때였다.

대전 문이 열리더니 양팔에 쇠사슬을 감고 있는 흑의 노인이 들어왔다.

"흑영대라는 아이들이 소란을 피우는 모양인데, 어찌하실 생각이오?"

순간 쌍뇌가 눈을 반짝이며 한 발 앞으로 나섰다.

"감히 본 천에 더러운 발을 들인 것도 모자라 행패를 부리고 있으니, 이는 죽어 마땅합니다. 명을 내리신다면 소인이……."

"자신하시오?"

철혼이 끼어들자 쌍뇌가 싸늘한 눈빛을 던졌다.

"뭘 말이냐?"

"본 대가 행패를 부린 거라고 자신하느냐 말이오?"

"이놈, 그걸 말이라고 하느냐?"

"만일 가만히 있는 본 대를 그쪽에서 건드린 것으로 확인이 되면 당신 머리통을 내놓을 수 있겠소? 물론 본 대가 행패를 부린 것이라면 나 역시 머리통을 내놓겠소."

"네놈들을 모조리 죽여 버리면 그만인 것을……."

"당신 하나만 죽어도 될 것 같소만?"

"뭐?"

쌍뇌가 황망히 쳐다본 순간 그의 머리통이 잘 익은 수박처럼 터져 버렸다.

"소, 소천주!"

양팔에 쇠사슬을 감고 있던 흑의 노인이 놀라 부르짖었다.

혈마기를 잔뜩 일으킨 혈마룡은 살벌한 기세를 휘몰아치며 노인을 돌아봤다.

"내가 데려온 손님한테 감히 작당질을 해? 내가 그리 우습나?"

"나, 난 아닙니다. 쌍뇌가 흑수라와 싸울 수 있게 해준다고 해서……. 소천주님을 능멸할 생각은 없습니다. 나 흑마종(黑魔宗)입니다. 흑마종!"

흑의 노인이 연신 손 사례를 쳤다.

그러나 혈마룡은 혈마기를 거두지 않았다.

"그는 아니다. 싸우기를 좋아해서 여기저기 이용당한다는 걸 알고 있지 않느냐!"

유명혈존의 말에 혈마룡의 혈마기가 씻은 듯이 사라졌다.

혈마룡은 담담한 모습으로 척혈도, 척혈룡 형제와 혈접을 돌아봤다.

"작당질을 하더라도 지킬 건 지켜라. 본 천의 율법에서 한 치라도 어긋나거나 나와 사부님들을 능멸하고자 한다면 그 자리에서 죽여 버릴 것이니 그리 알고 꺼져라."

척혈도, 척혈룡 형제와 혈접은 조용히 돌아섰다.

그런데 돌아서는 혈접의 입가에 속을 알 수 없는 미묘한 미소가 감돌았다.

철혼은 그 미소를 놓치지 않았다.

"네놈은 수하들이 걱정되지 않는 것이냐?"

사령광존이 태평해 보이는 철혼의 모습에 이맛살을 찌푸리며 말했다. 사도천에 들어와 이토록 담대하게 굴고 있으니 울화가 치밀었다.

"혈마룡은 장부이고, 손님을 대할 줄도 아는 친구인데, 무엇을 염려하겠습니까?"

"해괴한 놈, 그건 또 무슨 말이냐?"

사령광존이 이맛살을 더욱 찌푸리며 물었다.

하나 철혼은 대답을 하지 않았고, 혈마룡이 실소를 흘리며 입을 열었다.

"눈치챈 건가?"

"실력도 형편없는 놈이 전장에서 살아남으려면 뭐가 필요한지 아나?"

"눈치라는 건가?"

"그래."

피식 웃는 혈마룡.

철혼 역시 비슷하게 웃었다.

하나 사령광존은 웃을 수가 없었다.

"이놈들아, 대체 무슨 작당이기에……."

"제가 벌인 일입니다."

"뭐?"

"제가 흑영대를 공격하라고 지시했습니다."

"그럼 쌍뇌는?"

"그 역시 같은 지시를 내렸겠지요."

"그게 무슨… 쌍뇌의 명을 받은 자들이 나서기 전에 선수를 쳤다는 것이냐?"

"예."

치열한 공방을 가장해서 적당히 시간을 끌었을 것이고, 지금쯤은 모든 게 끝나 있을 거라는 뜻이다.

"이놈이 이렇게 영악했었소?"

"자네가 우둔한 걸세."

"형님!"

"그건 그렇고 하던 말이나 계속하지."

유명혈존의 시선이 철혼에게 향하고 있었다.

"대체 네놈이 원하는 게 무엇이냐?"

철혼이 듣고자 하는 물음이다.

저 물음을 끌어내고 거기에 답하고자 사지인 이곳으로 왔다.

그러나 그전에 분명하게 들어야 할 말이 있다.

"죄송합니다. 작금의 천하가 누구의 것인지, 그 대답을 여기 있는 혈마룡과 함께 들었으면 합니다. 제가 바라는 건 그 대답을 들은 연후에 해드리겠습니다."

지나치게 무례했다.

그러나 사안이 사안인만큼 무례를 따질 계제가 아니다.

옆에 있던 사령광존도 굳게 입을 다문 채 유명혈마가 대답하기를 말없이 채근했다.

"작금의 천하는… 숭검제의 것이다."

고민 끝에 무겁게 흘러나온 대답.

혈마룡은 자신의 귀를 의심했다.

그러나 잘못 들은 게 아니었다. 옆에 있던 사령광존이 사실임을 말해주었다.

"우린 숭검제에게 패했다."

천하가 숭검제의 것이라는 말보다 배는 더 큰 충격이 혈마룡의 머릿속을 강타했다.

"뭘 놀라고 그러느냐? 네놈에게 우리의 무공을 가르치며 노부가 그랬지 않느냐! 숭검제를 능가하려면 우리 세 사람의 무공을 하나로 합치는 수밖에 없을 거라고."

분명 그렇게 말하긴 했다.

하지만 그건 이길 수 없어서가 아니라 완전히 능가하기 위해서라고 여겼다.

혈마룡은 충격에서 헤어나지 못한 얼굴로 유명혈존을 바라봤다.

"대형께서 두문불출하고 계시는 연유이기도 하다. 우리 세 사람의 무공을 하나로 합쳐 숭검제의 무공을 능가하기 위해서다."

불패존(不敗尊)은 혈마룡에게 불패만강을 가르친 후부터 자신의 거처에서 모습을 드러내지 않았다.

"실망하였느냐?"

"제자는……."

"그래 실망하였겠지."

유명혈존이 이해한다는 듯 고개를 끄덕였다.

그러다 곧 북풍한설처럼 차가운 얼굴로 철혼을 바라봤다.

"이제 네놈의 대답을 들을 차례다. 쓸데없는 말을 나불거린다면 네놈은 물론이고, 흑영대 역시 단 한 놈도 본 천을 살아서 나가지 못하게 될 것이다. 자, 말해봐라. 네놈이 원하는 게 무엇이냐?"

싸늘히 말하는 얼굴에 반드시 그렇게 하겠다는 살의가 가득했다.

철혼은 유명혈존을 똑바로 직시하며 사도천으로 온 까닭을 힘 있게 말했다.

"제가 원하는 건 천하를 완전한 약육강식으로 만드는 것입니다."

*   *   *

철혼이 흑천각의 밖으로 나온 건 한 식경 후였다.

함께 나온 혈마룡은 무슨 생각을 하는지 입을 무겁게 다물고 있었다.

"그렇게 복잡하게 생각할 일이 아니다."

"너 때문에 복잡하다. 왜 그런 생각을 한 것인지 그게 궁금하다. 진짜 약육강식, 그건 나도 바라는 것이다. 아마 사도천에 적을 두고 있는 이들도 절반 이상은 찬성할 거야. 하지만 천하영웅맹도 그럴까?"

"내가 이곳에 온 이유는 사도천의 확답을 받고 싶어서이기도 하지만, 그 이전에 내가 들은 바가 사실인지 알고 싶어서였다."

"사부님들이 숭검제에게 패했다는 거 말이로군."

"그래. 그 이야기를 듣는 순간 어쩌면 이 지루한 싸움을 한 번에 끝낼 수도 있겠다는 생각이 들었거든."

"네 생각대로 된다면 그럴 수도 있겠지. 어려운 일이나 충분히 가능성이 있다고 생각한다."

"고맙군."

"네가 차린 식탁에 난 숟가락을 들 뿐이니, 고마워해야 할 건 나겠지. 그건 그렇고 사부님들에 관한 이야기는 어디서 들었나?"

"소면검."

"소면검?"

"아, 이제는 창천비룡이지."

"날지도 못하고 날개가 꺾여 버린 놈한테 들었다고?"

"그래."

"나도 모르는 일을 그놈은 또 어디서 알아냈을까?"

"숭검제."

"뭐?"

"숭검제가 그 사실을 말하며 협박했다는군."

"천하의 주인이 날지도 못하는 놈에게 협박을 했다고?"

"숭검제에게 조금이라도 더 위협이 되는 건 흑수라나 혈마룡이 아니라 창천비룡일 테니까."

"그 말에는 동의하고 싶지 않군."

"숭검제에게는 설익은 무공보다는 어디로 튈지 모르는 잔머리가 더 경계의 대상일 거야."

"그렇군. 무슨 말인지 알겠어."

정말 알고 있을까?

그럴지도 모른다. 하나 한 가지는 깨닫지 못하고 있는 것 같다.

창천비룡 양교초.

혈마룡은 양교초를 너무 무시하고 있다.

지금의 양교초와 내일의 양교초는 비교 대상이 될 수 없을 정도로 달라질 거라는 걸 인지하지 못하고 있다.

그와 손속을 겨뤄보았다면 이토록 그를 무시하지 못할 것이다.

양교초는 지금도 충분히 강하지만 몇 년의 시간이 흘러 자신의 무공을 완성하면 훨씬 더 강해질 것이다.

게다가 그는 자신들에게는 없는 걸 가지고 있다.

웃으면서도 자존심을 버릴 수 있다는 것이다.

─이 이야기의 가치와 내 목숨을 바꾸고 싶다.

숭검제에 관한 이야기를 하며 양교초가 한 말이다.

철혼은 훗날 양교초가 위험한 존재가 될 거라는 걸 알면서도 그를 살려주었다. 스스로에게 당당해야 한다는 가치관 때문이다.

만약 두 사람의 입장이 바뀌었다면 양교초는 절대 살려주지 않았을 것이다.

그게 두 사람의 차이이고, 양교초를 경계해야 하는 이유다.

'훗날 장강의 세력이 강성해질 때가 올 거야. 그때가 오면 그

에 대한 생각이 달라지겠지.'

철혼은 거기서 생각을 중단하며 걸음을 멈췄다.

혈마룡 역시 걸음을 멈췄다.

두 사람 앞에는 가히 일천에 달하는 사도천의 무인이 몰려와 앞을 가로막고 있었다.

삼혈이라는 혈광, 혈영 그리고 혈혼을 비롯한 사도천의 이름 난 고수가 대거 포함되어 있었다.

"흑수라를 이대로 보낼 수 없습니다!"

혈마룡이 입을 열기도 전에 혈광이 크게 소리치자 일천에 달하는 무리가 일제히 발을 들어 땅을 구르며 이구동성으로 함성을 질렀다.

"사도천하! 삼존무적!"

사도천이 쩌렁 울릴 정도로 굉장한 함성이었다.

혈마룡은 눈살을 찌푸리며 한 걸음 나서려고 했다.

순간 삼혈 중 혈광이 외쳤다.

"우리가 이 자리에 있는 건 군사와는 아무런 상관이 없습니다. 우린 오로지 흑수라! 흑수라의 목숨을 갖고자 이 자리로 모였습니다."

이유 있는 항변이니 자신들을 막지 말아달라는 요청이었다.

그러나 혈마룡에게는 항명으로만 보였다.

하여 혈마기를 일으키기 시작했다.

바로 이때 철혼이 혈마룡과 어깨를 나란히 하며 입을 열었다.

"이대로 사도천의 정문을 나선다 한들 위험한 건 마찬가지다. 그럴 바엔 이곳에서 해결을 보고 싶다."

오는 길에는 혈마룡의 비호가 있었으나 가는 길까지 기대하기 어렵다는 게 철혼의 생각이었다.

혈마룡은 탐탁지 않았으나 매사 힘으로만 해결할 수는 없는 노릇이라 고개를 끄덕였다.

"고맙군."

철혼은 앞으로 나섰다.

그러자 일천에 달하는 사도인이 적개심을 있는 대로 드러내며 철혼을 주시했다.

철혼은 그들의 살기를 한 몸에 받으며 허리춤에서 두 자루의 철곤과 한 자루의 칼을 꺼내 대도로 결합한 후 땅에다 박아 세웠다.

그리고 당당히 외쳤다.

"강호의 혈채는 그 어떤 철칙도 넘어선다는 걸 인정한다. 자, 누구든 그 혈채를 받고 싶다면 이 자리에서 응해줄 테니, 나 혹수라와 싸우고 싶은 자가 있다면 얼마든지 나서라. 열이든 백이든 숫자는 상관없다. 이 자리의 모두가 원한다면 모조리 달려들어도 무방하다. 설령 내가 이곳에서 죽는다 하더라도 흑영대가 천하에 공정했음을 인정해 줄 것이니 사도천의 이름에 누가 되지 않을 터, 자, 망설이지 말고 칼을 뽑아라!"

철혼이 외쳤다.

그러나 누구도 움직이지 못했다.

사도천의 이름에 누가 될 거라고 비아냥거리는 것인지 아니면 진짜 전부 달려들어도 상관없다는 것인지 얼른 판단이 서지 않았다.

"뭐냐? 사도천에는 겁쟁이들만 있는 것이냐?"

"닥쳐라!"

철혼의 외침에 혈광이 마주 소리쳤다.

철혼은 그를 직시하며 차갑게 말했다.

"날 찢어 죽이겠다고 입으로만 떠들지 말고, 직접 와봐. 사도천하! 사도천하! 사도천하! 말로만 떠들지 말고 그만한 자격이 있음을 이 자리에서 입증해 봐라! 나 흑수라에게 달려들 용기조차 없으면서 무슨 사도천하란 말이냐! 못하겠다면 모조리 꺼져라!"

철혼의 오만한 말이 일천에 달하는 사도천 무인의 자존심을 건드렸다.

불난 집에 기름을 들이부은 꼴이라 막상 철혼이 나서자 조금은 당황하던 사도천의 무리가 활화산처럼 폭발해 버렸다.

"이, 이놈! 그 주둥이를 찢어버리겠다!"

성질 급한 혈영이 와락 신형을 날렸다. 그 뒤를 혈광, 혈혼이 따랐고, 세 사람이 움직이자 일천에 달하는 사도천의 무인들이 성난 파도처럼 몰려왔다.

철혼은 그 광경을 바라보며 천둥 같은 일갈을 질렀다.

"나 흑수라, 오늘 이 자리에서 삼존, 십주와 어깨를 나란히 한다는 걸 증명해 보이겠다!"

사도천의 삼존과 천하영웅맹의 십주.

천하최강의 고수들과 동격임을 스스로 선언했다.

광오했다.

그러나 옆에 있는 혈마룡조차 아무런 표정을 짓지 않았다.

"무인이면 무인답게 강함에 맞설 줄 알아야지, 돈과 권력을 탐하는 자들은 이미 무인이 아니다."

의미심장한 말을 내뱉은 철혼은 꽂아두었던 대도를 뽑아 들더니 단숨에 땅을 박차고 나아갔다.

이때 혈영, 혈광, 혈혼이 마치 세 마리의 혈룡처럼 허공을 찢어발기듯 사납게 달려들고 있었다.

그들을 향해 튀어 나간 철혼은 주저없이 대도를 휘둘렀다.

부아아아악!

허공을 가르는 굉음이 천둥처럼 폭발했고, 뒤이어 새파란 청광을 머금은 대도가 세 마리의 혈룡을 한꺼번에 덮쳤다.

쾅쾅쾅!

세 번의 충돌음.

그리고 세 사람이 쪼개진 장작처럼 날아갔다.

혈각의 수장인 세 사람이 일격조차 감당 못한 것이다.

이 믿지 못할 광경에 멀리서 지켜보던 사도천의 원로고수들이 두 눈을 흠칫 치뜨는 사이 땅을 박차고 허공으로 솟구친 철혼이 몰려오는 사도천의 일천 무인 한복판으로 뚝 떨어졌다.

그리고 휘둘러진 일도.

부아아아아악!

섬뜩한 파공음과 동시에 반경 칠 장 공간을 깨끗하게 가르는 대도의 칼날에서 새파란 빛줄기 십여 가닥이 쏟아졌다.

놀랍게도 십여 가닥의 빛줄기에 휩쓸린 사도천의 무인 수백 명이 벼락에 맞은 사람처럼 전신을 굳히며 사방팔방으로 날아갔다.

개중 일부는 견고하게 쌓아올린 돌담을 와르르 무너뜨렸다.

"천뢰장!"

혈마룡의 입에서 억눌린 신음 같은 소리가 흘러나왔다.

철혼이 천뢰의 신공을 자신의 칼에 완벽히 융합시켰다는 것을 알아보았다.

철혼에게 천뢰장을 가르친 백학무군은 천뢰장 하나로도 십주들과 어깨를 나란히 했다.

하물며 천뢰의 신공을 무적패왕의 칼에 융합시켰으니 십주들과 어깨를 나란히 하지 못할 이유가 없다.

철혼은 우뚝 서 있었다.

사도천의 무인들 절반 이상이 무기력하게 널브러져 있었다.

나머지 두 발로 선 자들도 이미 전의를 상실한 모습이었다.

혈영과 혈광 그리고 혈혼 역시 마찬가지였다.

세 사람은 자신이 무슨 일을 겪은 것인지 혼란스러워하고 있었다.

철혼은 그 모두를 둘러보며 쩌렁 일갈을 터뜨렸다.

"당신들은 사도인(邪道人)이기 전에 무인이다. 돈과 권력을 탐하지 말고 무(武)와 강함을 좇아라. 그리한다면 사도천하를 부르짖을 자격이 있음을 인정하겠다!"

＊　　　＊　　　＊

궁초아는 적잖이 흥분했다.

정확히는 자신과 함께하고 있는 흑영대 선배들이 자랑스러웠고, 흑영대를 이끌고 있는 대주가 존경스러워 보였다.

자신이 흑영대 소속이 된 것이 뿌듯했다.

그럴 수밖에 없었다.

사도천 내에서 수백의 숫자가 자신들을 에워쌌지만, 선배들은 추호도 흔들리지 않았다.

되레 당황해하는 자신들을 다독거려 주었다.

—겁먹지 말고 앞을 똑바로 봐. 혹여 싸움이 벌어지면 눈앞의 한 놈만 죽여라. 그리하면 나머지는 우리가 맡겠다.

—어차피 죽는 건 마찬가지다. 사도천에 제대로 한 방 먹이고 죽는 것도 멋진 일이지 않냐!

—대주님을 믿어라. 너희들이 흘린 피 한 방울까지 모조리 이자 쳐서 받아주겠다고 하셨다!

사도천의 무리가 듣든지 말든지 개의치 않고 그렇게 외쳐댔다.

그리고 갑작스런 격돌이 벌어지자 정말이지 철벽처럼 자리를 지켜내는 놀라운 신위를 보여주었다.

선배들이 견고하게 자리를 지킨 때문인지 일다경 정도의 격돌 후 저들 스스로 물러나더니 지루한 대치 상황이 벌어졌다.

그리고 시간이 얼마나 흘렀을까.

기다리고 기다리던 대주의 목소리가 사도천을 쩌렁 울렸다.

하지만 그리 좋은 상황은 아니었다.

─흑수라를 이대로 보낼 수 없습니다!

살기에 찬 일성.

돌담 너머에서 들려온 대화로 보아 사도천의 무리가 대주를 죽이려고 하는 것이 역력했다.

궁초아는 섭위문과 탁일도를 돌아봤다.

하나 그들은 태연했다. 눈 한 번 깜박이지 않았다.

대주를 믿는 것이다.

다른 선배들을 돌아보았다. 모두들 마찬가지였다.

당황하는 건 자신을 포함한 신입들뿐이었다.

궁초아는 한 차례 심호흡하며 조원들을 향해 말했다.

"여기가 지옥이라도 두려워할 필요 없어. 대주님은 흑수라다. 그것으로 충분하잖아?"

맞는 말이다.

흑수라는 이름에 모든 게 들어 있다.

대주의 강함과 적들의 두려움 그리고 자신들의 믿음까지.

섭위문이 처음으로 시선을 돌려 눈을 마주치며 미소를 지어주었다.

궁초아는 부쩍 힘이 나는 것을 느꼈고, 바로 이때 돌담 너머에서 싸움이 벌어지더니 돌담이 와르르 무너졌다.

장관이었다.

수백의 적이 쓰러진 한가운데에 대주가 우뚝 서 있었다.

그리고 모두를 굽어보는 일침.

—당신들은 사도인(邪道人)이기 전에 무인이다. 돈과 권력을 탐하지 말고 무(武)와 강함을 좇아라. 그리한다면 사도천하를 부르짖을 자격이 있음을 인정하겠다!

궁초아는 이루 형언할 수 없는 전율이 이는 것을 느꼈다.
'그래, 저분이야! 저분이 우리 대주님이시다!'
지옥이라도 당당히 쳐들어갈 기개가 폭발하고 있는 모습에 궁초아는 잔뜩 고무되었다.
이윽고 철혼이 움직였다.
흑영대를 향해 다가가는 철혼을 바라보며 혈영이 혈마룡을 향해 외쳤다.
"그를 살려 보내서는 안 됩니다. 그는 장차 소천주님과 본 천을 위협할 강적이……."
"닥쳐! 대체 얼마나 더 비참해지려고 그래? 그의 말 못 들었어? 무인이면 무인답게 굴어!"
혈마룡의 분노에 찬 일갈에 사도천의 무인들은 쥐고 있던 병장기를 힘없이 내려놓았다.
이윽고 철혼이 당도하자 섭위문과 탁일도가 선두에서 절도있게 포권하며 맞았다.
철혼은 고개를 끄덕이더니 흑영대 대원들을 쓱 훑어본 후 짧게 말했다.
"가지."

"대주님께서 돌아가자고 하신다! 길을 열어라!"

탁일도의 우렁찬 고함에 대원들이 절도 있는 모습으로 뒤를 돌아 성큼성큼 걷기 시작했다.

8장

그래. 무작정 쳐들어갈 거야

"대주님과 흑영대 모두 무사히 빠져나왔다고 합니다."

상기된 얼굴로 말하는 이한청의 얼굴을 보며 공손비연은 안도로 가슴을 쓸어내렸다.

"다행입니다. 정말 다행이에요."

"신입대원들의 조 편성도 마쳤으니 이제 대주를 만나러 가야겠지요?"

이한청이 웃으며 물었다.

공손비연 역시 빙그레 웃었다.

"그래야지요. 앞으로는 흑영대로서 끝까지 함께해야지요."

과거를 잊어서는 안 되겠지만, 그것 때문에 머뭇거릴 수는 없다.

한시바삐 합류해서 그가 짊어지고 있는 짐을 조금이라도 덜어주어야 한다.

덜어줄 수 없다면 곁에서 함께해 주기라도 해야 한다.

그것이 동료이지 않겠는가.

공손비연과 이한청이 같은 종류의 미소를 지었다.

기대에 찬 들뜬 미소였다.

자신들의 앞길에 지옥이 펼쳐져 있을지도 모르는데, 동료와 함께 갈 것이니 개의치 않는 것처럼 보였다.

이때 옆에서 두 사람을 지켜보는 이가 있었다.

적도룡 구양무린이었다.

구양무린은 날뛰고 싶어 하는 가슴을 떠안고 무작정 흑수라를 찾아왔다.

흑수라로 인해 뛰기 시작한 가슴이니 그를 만나보면 날뛰고 싶어 하는 가슴으로 무엇을 할 수 있을지 알 것 같았다.

그런데 이곳에 와서 또 다른 이유로 가슴이 뛰기 시작했다.

여인.

화장도 하지 않은 수수한 차림의 여인을 본 순간 구양무린은 심장의 두근거림이 무엇인지 처음으로 느꼈다.

하지만 그녀는 곁에 있지도 않은 다른 남자를 생각하느라 비집고 들어갈 틈이라고는 눈곱만큼도 보이지 않았다.

구양무린은 가슴이 답답했다.

'흑수라가 부럽군.'

*   *   *

"삼존을 만난 일은 잘 된 겁니까?"

지장명이 물었다.

대충 넘어갈 표정이 아니다. 꼬치꼬치 캐물어서라도 무슨 생각을 하고 있는지 알아내고 싶은 모양이다.

철혼은 그 마음을 이해한다는 듯 고개를 끄덕이며 조장들을 둘러보았다.

모두들 궁금한 눈치다.

탁일도는 뭘 궁금해야 하는지도 모르면서 무작정 궁금해하고 있다.

철혼은 어디서부터 말을 꺼낼까 고민하다 가장 핵심이 되는 말부터 무작정 던져주었다.

"작금의 천하는 숭검제의 것이다."

모두들 어안이 벙벙한 표정을 짓는다.

하긴 난데없이 천하가 숭검제의 것이라니, 의아하고 어이가 없을 것이다.

하지만 거기에 한 가지 말을 덧붙이면 달라질 것이다.

"삼존은 이미 오래전에 숭검제에게 패했다."

이번엔 경악이다.

자신들이 무슨 말을 들은 것인지 당황과 놀람 사이에서 갈팡질팡한다.

철혼은 자신이 무슨 생각을 하고 있는지 마지막 말을 던졌다.

"숭검제만 쓰러뜨리면 모든 것이 끝난다."

"북도제도 있잖습니까?"

"그는 자신의 길을 갔다."

자신의 길을 갔다는 의미는 무인으로서의 길을 간다는 뜻일 터, 이제는 천하영웅맹과는 무관하다는 말이다.

"나머지 십주와 원로봉공들이 있습니다."

지장명이 당황한 가슴을 진정시키며 말했다.

철혼은 고개를 끄덕이며 지장명이 말한 부분에 관해 이야기했다.

"난 지금부터 숭검제에게 갈 생각이다. 아마도 반검존(半劍尊)과 금강철패를 먼저 만나지 않을까 싶다."

"두 사람과 싸워야 한다는 겁니까?"

"글쎄, 두 사람이 자존심을 포기한다면 그런 일이 벌어지겠지."

"대주님!"

"염려 마. 나에게도 비장의 수가 있으니까."

"그게 뭡니까?"

"여기서 쉽게 말할 거면 비장의 수가 아니겠지?"

철혼이 빙그레 웃었다.

지장명은 더 캐내고 싶었지만 표정으로 보아 말해줄 철혼이 아니었다.

"확실히 있는 거지요?"

"그래."

"정말이지요?"

"내가 무모하다는 말을 듣긴 하지만, 멍청이는 아니잖아?"

"가끔은 그리 보일 때도 있습니다."

"음, 대주의 권위를 무시하다니, 그거 위험한 발언인데?"

"물론 그 반대로 너무 뛰어나 보여 이 사람이 정말 우리 대주가 맞나 싶을 때도 있지만."

모르겠다는 듯 고개를 젓는 지장명을 향해 철혼은 부드럽게 웃어주었다.

"지 조장의 염려를 알아. 다른 조장들도 마찬가지고. 하나 모두들 생각해 두어야 할 게 있어. 상대가 바위라면 우리는 계란이라는 거야. 계란은 제아무리 많아도 바위를 이길 수 없어."

단정적으로 말하는 철혼의 말에 모두들 무거운 표정을 지었다.

"하면 그걸 알면서도 부딪치려는 이유가 뭡니까?"

"부딪치지 않으면?"

"지금까지 해왔던 대로……."

"그렇게 늙어죽자는 건가?"

"그게 아니잖습니까?"

"지 조장, 지금 이길 수 없는 숭검제를 시간이 지난다고 이길 수 있을까?"

"대주님은 젊습니다."

"백검룡도 젊어."

"예?"

"숭검제의 뒤를 이을 백검룡이잖아. 그가 언제까지 그대로 있을 것 같아? 원래 검공은 다른 무공보다 성취가 더디다는 걸 알고 있잖아? 그럼에도 그 나이에 원로들에 육박한 실력을 쌓고 있는 백검룡이야. 이대로라면 틀림없이 몇 년 안에 지금의 날 능가하게 될 건데, 그때가 되면 숭검제가 모든 일에서 손을 뗄

거야. 지 조장은 그게 무슨 의미인지 알아?'

철혼의 말에 지장명의 안색이 딱딱하게 굳었다.

워낙 심각하게 굳어버리자 다른 조장들은 철혼이 말한 의미가 무엇을 말하는 것인지 알아내고자 애를 썼다.

"뭔데? 뭡니까?"

탁일도가 당최 모르겠다는 얼굴로 소리쳐 물었다.

지장명은 돌처럼 굳은 얼굴로 모두가 알아듣게 이야기했다.

"백검룡이 홀로서기가 가능해지면 숭검제가 모든 일에서 손을 뗄 거라는 뜻이고, 그건 다시 말해… 숭검제가 대주님을 직접 잡으러 올 수도 있다는 말입니다."

모두들 충격을 받았다.

잠정적으로 철혼이 숭검제와 싸워야 한다는 걸 알고 있었지만, 막상 숭검제가 철혼을 잡으러 올 수도 있다는 말을 듣자 두려움이 엄습했다.

그만큼 숭검제는 엄청난 고수였다.

삼존이 이미 그에게 패했다는 말이 다시금 머리를 강타할 정도로 두려웠다.

"언제부터 그런 생각을 하셨습니까?"

지장명이 물었다.

자신이 이런 생각을 하지 못했다는 자괴감과 철혼이 이런 생각을 했다면 그에 대한 대비책을 세웠을지도 모르겠다는 기대감으로 뒤범벅인 얼굴이었다.

"소면검에게서 삼존이 숭검제에게 패했다는 말을 들었을 때부터."

"소면검에게 들었단 말입니까?"

"그래."

"혹시 살려주셨습니까?"

"그게 대가였으니까."

"그렇군요. 아니, 그게 아니라 삼존이 패했다는 말만 듣고 거기까지 생각했단 말입니까?"

"숭검제가 맹주가 된 소면검을 쫓아냈다더군."

"그걸로 어떻게……?"

"숭검제는 누구의 눈치도 보지 않는다는 생각이 퍼뜩 떠오르더군. 정확히는 천하의 이목 따위는 아무것도 아니라고 여기는 사람이니, 자신이 이룩한 천하를 사손인 백검룡이 대를 이어갈 준비가 되면 장애물이 될 존재를 모조리 제거하지 않을까, 그런 생각이 들더군."

"하아! 그렇군요. 그게 답인 것 같습니다."

지장명이 졌다는 듯 한숨을 내쉬며 말했다.

그리 간단한 이치를 자신은 어찌 생각하지 못했는지 어찌 보면 한심하기 짝이 없는 일이었다.

지장명은 자신의 어리석음을 자책했다. 겨우 이 정도도 생각해 내지 못하면서 흑영대의 머리라는 소리를 듣고 있었다는 사실이 부끄러웠다.

"그래서 이제 어떡합니까? 이대로 무작정 찾아갈 겁니까?"

"그래. 무작정 쳐들어갈 거야."

"예에?"

놀란 눈을 치뜨는 지장명.

자신이 잘못 들은 건 아닌지 자신의 귀를 의심했다.

지장명뿐만이 아니라 다른 조장들 역시 비슷한 얼굴로 철혼을 쳐다봤다.

"뭘 그리 놀라? 사도천도 무작정 쳐들어갔는데, 한때 집이었던 곳을 못 쳐들어갈까?"

철혼이 피식 웃으며 말했다.

*　　　*　　　*

철혼과 흑영대는 섬서성을 가로질러 곧장 호북성으로 움직였다.

천하영웅맹이 있는 무한으로 향하고 있었던 것이다.

제법 긴 여정이었고, 이제는 정말 마지막 결전만을 남겨둔 셈이었다.

지금까지와는 다른 정말 마지막다운 불가능에 가까운 싸움을 남겨두었다.

숭검제!

천하제일고수!

적도제(赤刀帝) 구양무휘가 자신의 길을 갔다고 하였으니 숭검제 외에는 반검존과 흑뢰신 그리고 금강철패가 남았다고 보아도 무방할 것이다.

적도제 계파인 거령신(巨靈神) 반고후도 있으나 군이 그가 나설 이유는 없다.

그러니 철혼이 상대해야 할 자들은 반검존과 흑뢰신 그리고 금강철패다.

그들 세 사람을 쓰러뜨리고 나면 숭검제를 만날 수 있을 것이다.

하나 말이 세 사람이지 모두들 천하제일을 다투는 절대의 고수이지 않은가.

혹여 그들이 한꺼번에 나서기라도 한다면 철혼이 아니라 적도제라도 힘겨울 터였다.

그리고 철혼이 쓰러지면 그를 따르던 흑영대 역시 끝이다.

대원들은 모두들 그런 사실을 잘 알고 있었다.

그럼에도 누구 한 사람 두려워하는 이가 없었다.

모두들 결의에 차 있었다.

마치 지옥을 향해 출정을 떠나는 영웅들 같았다.

영웅!

어쩌면 이번 싸움을 승리한다면 영웅이라는 거창한 칭호를 들을지도 모른다.

세상이 달라질 것이기 때문이다.

물론 그 반대로 사도천과 천하영웅맹 어느 쪽에도 끼지 못한 회색분자이자 반골세력이라는 오명만을 남길 수도 있다.

상관없다.

그런 시도가 있었다는 것만으로도 역사에 큰 발자취를 남기는 셈이 될 테니까.

'정말 상관없을까? 이들은 정말 그것만으로도 충분할까?'

철혼은 마상에 앉아 혼자 생각하는 시간이 많아졌다.

더 이상 무공에 대한 고민은 하지 않았다.

완전히 자신의 길로 들어서게 되자 더 이상의 고민은 필요 없게 되었다.

들어선 길을 따라 똑바로 가기만 하면 되니까.

"오늘은 이곳에서 쉬도록 하지."

해가 지려면 아직 반 시진은 더 남았다.

그럼에도 이렇게 빨리 이동을 멈춘 건 대원들과 시간을 함께 보내고 싶어서다.

"오늘은 누구랑 할 생각입니까?"

섭위문이 물었다.

지난 며칠 동안 철혼이 조장들의 무공을 손봐주었다.

정확히는 비무를 하고, 부족한 부분을 조언해 주는 정도였다.

하지만 나름대로 자신의 길을 찾아가고 있는 이들이었기에 그것만으로도 큰 도움이 되었다.

"오늘은 모두 한자리로 모이도록 해."

"알겠습니다."

철혼의 말에 섭위문은 대원들을 한자리로 모았다.

일백에 가까운 숫자가 들판을 꽉 채웠다.

철혼은 둥글게 원을 그리고 앉아 있는 한가운데에 섰다.

그리고 자신을 똑바로 쳐다보고 있는 대원들을 하나하나 둘러보았다.

"소귀!"

"예."

"요즘은 덜 웃는군?"

"사도천에서 하도 오금이 저려서인지 웃는 걸 잊어버렸습니다."

"지리지는 않았고?"

"쬐끔 축축하던데, 그랬을지도 모르겠습니다."

"천하영웅맹에 가면 더 심할지도 모르니까 미리 오줌보를 비워놓도록 해."

"그러지요, 뭐."

"진평, 일비, 이건, 위걸, 막여립, 염동한, 정대동, 위소총, 전립……."

철혼은 눈을 마주치며 대원들의 이름을 하나하나 불러주었다.

모두들 자신들의 이름이 불릴 때마다 자신의 가슴을 두들기는 것으로 대답했다.

"사홍!"

"예."

"능 조장은 조만간 볼 수 있을 거야."

"알고 있습니다."

"다시 보면 어떻게 할 거야?"

"예?"

"지금까지 그랬던 것처럼 계속 마음에 담아둘 건가?"

"전……."

"조금만 용기를 내면 능 조장을 잡을 수 있을 거야."

"알겠습니다."

"여령."

"왜?"

"소귀와 탁 조장이 군침 흘리는 걸 알고 있지?"

"알아."

"나도 흘리고 있다."

"……?"

"네가 선택해."

"알았다."

"궁초아."

"예!"

"일조장은 어린 여인을 좋아하는 것 같더군."

"예?"

"마음에 둔 사내가 없다면 한 번쯤 살펴봐."

궁초아는 당황하여 대답을 못했고, 철혼은 이미 시선을 돌리고 있었다.

"탁 조장!"

"예!"

"이젠 경쟁 상대로군."

"상대가 되겠습니까?"

"뭘 모르는군. 여령은 강한 상대에게 끌리는 여자야."

"그야……."

"지금 포기한다면 상실감이 덜할 건데, 소귀도 마찬가지야."

"싫습니다!"

"절대 안 됩니다!"

탁일도와 소귀가 동시에 외치자 철혼이 피식 웃었다.

"그럼 무한 경쟁이로군. 근데 말이야. 내게 여동생이 있다는 걸 깨닫지 못하는 모양이군. 광동에서 몇 손가락에 꼽히는 미인인데……."

다른 대원들은 몰라도 광주에서 작전을 펼쳤던 일조와 이조 원들은 철화옥을 본 적이 있다.

특히 소귀는 섭위문과 함께 낭인으로 가장하여 철화옥을 납치한 자들과 함께 지낸 적이 있어 그녀를 가까이서 봤다.

'맞다, 철 소저가 있었지? 이런 멍청한!'

소귀가 두 눈을 번쩍 뜬 순간 탁일도가 대뜸 소리쳤다.

"처남! 저런 쭉정이 같은 놈보다는 내가 더 든든하지 않겠어?"

"누가 쭉정이입니까?"

"거기 웃지도 못하는 놈이 쭉정이지."

"그런다고 화옥 소저가 산돼지 같은 탁 조장님을 좋아할 것 같습니까? 넘볼 걸 넘보십시오. 외모로 보나 나이로 보나 탁 조 장님보다는 제가 더 어울리지요. 처남, 안 그렇습니까?"

"뭐 산돼지?"

"저보고 쭉정이라며요?"

옥신각신하는 두 사람을 보며 철혼이 피식 웃었다.

"여령!"

"왜?"

"난 천하제일미녀를 데려다놔도 너밖에 없다."

순간 아차 하는 얼굴로 하여령을 돌아보는 탁일도와 소귀.

두 사람은 인상을 쓰고 있는 하여령의 모습을 확인하고는 슬그머니 꼬리를 내리는 강아지처럼 고개를 떨어뜨렸다.

"섭 조장!"

"예."

"내가 말한 게 틀렸나?"

"아닙니다."

"그럼, 확인시켜 줄 수 있나?"

"궁초아!"

"예. 예?"

"난 지금까지 대주님만 보고 살아왔다. 하지만 지금은 너도 지켜보고 있다."

갑작스런 섭위문의 고백에 얼굴이 붉어지는 궁초아.

철혼은 잠깐의 시간을 둔 후 모두가 들으라는 듯 크게 말했다.

"이제 긴장이 좀 풀렸나?"

"너무 풀려서 오줌이 마렵습니다!"

소귀가 크게 대답했다.

철혼은 피식 웃어주었다.

"급한 사람은 편할 대로 다녀와."

물론 자리에서 일어난 사람은 없었다.

"사는 게 별거 있나? 마음이 가는 사람이 있으면 그 마음을 전하는 것이고, 마음에 들지 않으면 한바탕 싸우기도 하는 것이지. 너무 싸우기만 하다 보니 세상천지가 적들로 바글거리게 되었지만, 빈손으로 태어나서 흑영대원이었다는 흔적은 남기게 되었으니 우린 성공한 삶 아닌가?"

무슨 말을 하려고 그러는 것일까?

모두들 철혼의 말에 귀를 기울였다.

"어린 나이에 대주가 되어 이토록 훌륭한 선배들을 이끌려다 보니 참 버거웠다. 일조장과 이조장이 내 부족함을 채워주지 않았다면 여기까지 오지 못했을 거야."

철혼은 강해져야 한다는 사명에만 매달렸던 게 사실이다.

물론 전장에서 흑영대를 이끌기는 했지만, 그 외의 것에서는 손을 놓았다.

그걸 대신 해준 게 섭위문과 탁일도였다.

"두 사람을 비롯한 조장들한테 고맙다는 말을 하고 싶다. 물론 부족한 날 지금까지 따라준 모든 대원들에게도 고맙다는 말을 해주고 싶고."

웃어야 할지 울어야 할지.

뭔가 숙연해진 분위기라 모두들 눈만 멀뚱멀뚱했다.

철혼은 그런 대원들을 다시 한 번 둘러본 후 말을 이었다.

"이제 마지막 싸움을 앞두고 있다. 누가 살아남고, 누가 죽음을 맞이하게 될지 상상조차 하기 싫지만, 피할 수 없는 현실이다. 하여 모두가 있는 자리에서 고맙다는 말을 미리 하고 싶었다. 정말 고마웠다."

철혼이 정중히 포권했다.

진심이 담긴 모습이라 모두들 어색해하거나 머쓱한 표정을 지었다.

"분위기가 엉망이군."

"대주가 쓸데없는 말을 해서 그렇잖습니까."

탁일도가 핀잔을 주었다.

철혼은 고개를 끄덕이며 허리춤에서 칼을 뽑았다.

"지금의 시점에서 이게 무슨 도움이 될지는 모르지만, 마지막 숨을 토하는 순간에도 무공을 버리지 못하는 게 우리 무인들이니까, 구경이라도 해."

그리 말한 철혼은 천천히 칼을 휘두르기 시작했다.

어려서 서문 노야에게 배웠던 패왕굉뢰도의 기본 초식부터 하나하나 펼쳤다.

절도 있으면서도 어딘가 들뜬 도초였다.

칼끝이 어디로 튈지 모를 정도로 잔뜩 흥분한 소년의 마음가짐이 고스란히 느껴졌다.

그게 달라진 건 마지막 초식까지 펼친 후였다.

다시 처음부터 쏟아내는 초식에 살기가 어렸다.

눈앞의 상대를 난도질해 버리겠다는 살심이 칼끝에서 요동쳤다.

복수심에 사로잡힌 소년의 칼.

철혼이 흑영대에 막 들어왔을 때의 모습이었다.

마지막 초식까지 살기를 휘몰아친 철혼은 칼을 집어넣었다.

그리고 두 자루의 철곤을 뽑았다.

흑영대에 들어온 철혼은 분쇄곤을 배웠다.

전임 대주가 칼을 쓰지 말라고 엄명했다.

철혼은 묵묵히 따라야 했다.

하지만 반발심이 두 자루의 철곤에서 요동쳤다. 살기와 어우러져 상대를 무참히 박살을 내겠다는 폭력적인 심리상태가 고스란히 드러났다.

거의 대부분의 대원이 익히고 있는 분쇄곤이었다.

하지만 철혼이 펼치는 분쇄곤은 달랐다.

앞만 보고 달려드는 광인의 분노 같았다.

마지막 초식까지 보여준 철혼은 처음부터 다시 분쇄곤을 펼쳤다.

역시 달라졌다.

분노가 절제되었다.

동료가 죽는 걸 겪고, 자신보다 동료를 지켜야 한다는 걸 깨달았을 때다.

이때부터 살기와 분노를 다스리기 시작했다.

섬뢰보의 재빠른 움직임으로 적과 동료의 간극을 오갔다.

대원들은 고개를 끄덕였다.

자신들이 익히 아는 분쇄곤의 모습이었기 때문이다.

이윽고 철혼은 다시 한 번 분쇄곤을 펼쳤다.

대주가 된 후의 분쇄곤이었다.

두 자루의 철곤에 굉장한 힘이 실렸다.

공간을 마구 때리는 철곤에 눈앞의 모든 것이 부수어지는 상상이 될 정도로 대단한 파괴력이 느껴졌다.

하지만 조급했다.

어서 빨리 눈앞의 대적을 쓰러뜨려야 한다는 일념이 강하게 풍겼다.

파괴력은 커졌으나 어딘가 모르게 안정적이지가 않았다.

차라리 대주가 되기 전의 분쇄곤이 더 나아 보였다.

철혼은 철곤들을 하나로 결합했다.

거기에 칼마저 결합하여 대도를 만든 다음 기본 초식부터 천천히 휘두르기 시작했다.

패왕의 굉뢰도가 진짜 모습을 드러낸 순간이었다.

서문 노야의 가르침과 맹주의 가르침, 그리고 전임 대주의 가르침에 푹 빠졌을 때다.

무공이 무엇인지, 그 근원부터 고민하고 자신만의 무공을 완성해야 한다는 목표를 세웠다.

이때부터 대원들이 상상도 할 수 없는 신위를 보여주기 시작했다.

하지만 자신만의 무공을 완성해야 한다는 마음과 대원들이 피해를 보기 전에 적을 하나라도 더 쓰러뜨려야 한다는 조급함이 끊임없이 충돌하던 시기였다.

맹주에게 배운 천뢰장이 어느 정도 강해지자 눈앞의 적은 단호히 응징해 버리는 과감함을 내보일 때다.

그 상대가 설혹 십주라 하더라도 추호도 망설이지 않을 정도로 자신감이 넘치던 시기다.

그 자신감과 맹주가 당한 굴욕에 대한 분노로 벽력광도를 일장에 날려 버리기도 했다.

폭발할 것 같던 살기가 벽력도패와 부딪치면서 한풀 꺾였다.

자신의 모자람을 깨달았다.

이때부터 천뢰의 심공에 매진했고, 패왕굉뢰도를 남긴 무적패왕과 서문 노야의 가르침을 곱씹고 곱씹었다.

자신의 길을 찾고자 무던히도 고민했다.

그러다 와룡부와 주산군도에서의 수련으로 결국 길을 찾아내는 데 성공했다.

패왕굉뢰도와 천뢰신공의 융합, 바로 그것이었다.

대도를 휘두를 때마다 뇌기가 칼끝에 요동쳤다.

시퍼런 뇌기가 금방이라도 튀어나와 빙 둘러앉은 대원들을 휩쓸어 버릴 것 같았다.

겨우 일 성의 천뢰신공임에도 이 정도이니 극성으로 펼치면 어떻겠는가.

그러나 철혼의 무공은 이게 다가 아니다.

근래에 너무나 갑작스레 찾아온 무아지경!

철혼은 그 안에서 자신이 그토록 찾아 헤매던 자신만의 무공을 완성해 냈다.

콰― 학!

철혼은 대기를 일순간 사방으로 밀어내며 허공으로 솟구쳤다.

대원들의 머리 위 상당한 높이로 치솟은 철혼은 패왕굉뢰도의 절초들을 무차별적으로 펼쳤다.

공간을 가르는 대도의 칼날을 따라 새파란 빛을 쏟아내는 뇌기가 줄기줄기 튀어 나가 천지사방을 무참히 유린했다.

어둠이 힘을 잃고 새파란 광명의 공간이 되었다.

흑영대원들은 푸른 섬광이 수놓은 하늘을 넋 놓고 감상했다.

잠시 후, 한참 만에 신형을 멈춘 철혼이 하늘을 찌를 듯 대도를 치켜들었다.

파지지지직!

놀랍게도 뇌기가 마구 튀기고 있는 새파란 빛의 기둥이 천중으로 끝없이 솟구치더니 까마득한 높이에서 '쾅!' 하는 굉음과 함께 폭발했다.

번쩍! 번쩍! 번쩍! 번쩍!

뇌기의 파편들이 천지사방에 섬광을 일으키며 장관을 연출했다.

이게 인간의 무공인지.

흑영대원들은 놀라움을 감추지 못하고 철혼이 지상으로 내려올 때까지 자신들의 넋을 내려놓을 수밖에 없었다.

"놀랍군! 정말… 정말 대단해!"

적도룡 구양무린이 연방 감탄사를 쏟아내자 공손비연은 흐뭇해지는 감정을 감추지 못했다.

"그는… 정말 대단한 남자예요. 정말……!"

구양무린은 인정하지 않을 수 없다는 듯 고개를 끄덕이며 앞으로 걸어 나갔다.

철혼이 보여준 신위에 감응한 것인가? 구양무린의 걸음을 따라 폭발할 것 같은 패도가 요동쳤다.

그의 등장에 흑영대원들이 화들짝 놀라 경계태세를 갖추었다.

"적도룡이 어떻게… 와룡부주?"

탁일도가 놀라움을 감추지 못하고 내뱉었다.

그제야 구양무린에게서 적의가 없음을 깨달았다. 도전적인 투지만이 가득했다.

그 기세가 철혼을 향한 것임은 당연한 일이었다.

대원들은 철혼을 돌아보며 길을 열어주었다.

그 사이를 공손비연과 이한청 그리고 구양무린 세 사람이 지나갔다.

신입대원들은 정연한 모습으로 뒤에 도열한 채 사도천의 소굴까지 들어갔다 온 선배들을 존경 가득한 얼굴로 바라보았다.

"준비가 된 건지는 아직 잘 모르겠어요. 다만 대주가 선택한 길을 조금은 이해할 수 있게 된 것 같아요."

"마지막 여정이나마 함께할 수 있게 되어 다행이군."

철혼이 부드럽게 웃어주자 공손비연은 안도하였다.

"오는 길에 살펴보니 호북과 하남성의 무인들이 대거 몰려오는 게 확인됐어요. 주축은 만금종가와 철궁공야가(鐵弓公冶家)인데 아무래도 숭검제의 명령이 있었던 모양이에요. 삼천 가까이 되는 숫자이니, 조심해야 할 것 같아요."

"두렵나?"

"아니요."

"그럼?"

"대원들의 희생을 줄여야지요."

"방법은 있고?"

"오는 도중에 강전들을 최대한 구입해 왔어요. 그리고 날 믿어준다면 이번 싸움에 대한 전략은 내가 세워보고 싶어요."

"그렇게 해."

"감사해요."

공손비연이 고개를 숙이자 철혼은 고개를 끄덕이며 구양무린에게로 시선을 돌렸다.

"흑수라……."

"날 만나려고 온 건가?"

두 사람이 마주섰다.

십 장의 간격을 두고 패도적인 기질의 두 사람이 첨예하게 대치하자 공기가 팽팽해 졌다.

시선과 시선이 얽히고, 기운과 기운이 충돌했다.

지독한 대치가 반각이라는 시간을 침묵하게 만들었다. 그리고 먼저 입을 연 건 구양무린이었다.

"흑수라가 내 우위임을 인정한다."

구양무린은 수치스럽게 여기지 않는 모양이었다.

하긴 철혼을 찾아온 건 자신의 강함을 입증하기 위해서가 아니었다.

지금 한발 앞서 나가는 상대를 시기 질투할 정도로 편협한 성격이 아니었다.

적어도 인정할 건 인정할 줄 아는 것이야말로 사내답다고 생각하는 구양가의 핏줄이었다.

"싸우고 싶다."

"누군가는 죽을 수도 있다."

"안다. 아마 내가 죽겠지. 그런데 여기가, 이 가슴이 꼭 한번 싸워보라고 날뛴다. 부탁이다. 내 칼을 받아주었으면 좋겠다."

구양무린이 비무를 청했다.

도전자의 자세로 포권까지 했다.

철혼은 예전의 구양무린이 아님을 알 수 있었다.

구양무린은 온실을 뛰쳐나와 잡초가 되기를 갈망하고 있다.

금력과 권력을 탐하는 천하영웅·맹이라는 우리를 벗어나 부서지더라도 맘껏 날뛰고 싶은 맹수가 되고 싶어 한다는 걸 알아보았다.

"좋군."

철혼이 고개를 끄덕였다.

비무를 받아들였음을 알 수 있었다.

"고맙다."

구양무린은 진심으로 그리 말한 후 적인가의 독문병기인 붉은 언월도를 하늘을 향해 찌를 듯 치켜세우는 기수식을 취했다.

철혼은 그 모습을 보며 대도를 뒤로 늘어뜨린 다음 구양무린을 응시했다.

'이격은 없다. 일격으로 부딪쳐 본다.'

구양무린은 한걸음에 도약했다.

어른 키 높이로 도약한 구양무린은 붉은 언월도에 전력을 쏟아부으며 단숨에 휘둘렀다.

초식이랄 것도 없는 단순한 일도였지만, 거기엔 구양무린의 모든 것이 담겨 있었다.

부악!

붉은 칼날이 공간을 쩍 갈랐다.

과연 적도제의 후인이라 할 만큼 가공할 파괴력이 느껴졌다.

철혼은 대단하다는 표정을 지었다.

천하를 군림하고 있는 십주들의 무위에 비하기에는 부족하지만, 기초부터 차곡차곡 제대로 날을 갈아놓았음을 충분히 알 수 있었다.

철혼은 상대의 진지함에 진심으로 상대해 주리라 마음먹었
다.

하여 천뢰의 신공을 극성으로 폭발시킴과 동시에 대도를 단
숨에 휘둘렀다.

부아아악!

공기가 터져 나가는 굉음.

공간을 가르는 대도에서 짙푸른 벼락이 섬전같이 튀어나왔
다.

'이 정도였단 말인가?'

부딪치기도 전에 경악하는 구양무린.

좀 전에 멀찍이서 지켜보던 것과는 너무나 다른 무지막지한
파괴력이 뇌전 줄기 속에 도사리고 있어 부딪치기도 전에 전신
의 신경이 잔뜩 위축되어 버렸다.

구양무린은 이를 악물고 부딪쳤다.

심장이 터질 것 같은 흥분 속에서 무지막지한 파괴력이 자신
의 온몸을 단숨에 우그러뜨리는 경험을 하며 모든 것을 놓쳐 버
렸다.

'이거였어! 바로… 이런 거였다!'

"크윽!"

구양무린이 정신을 차린 건 반 시진이 지난 후였다.

그가 눈을 뜨자 심통 난 얼굴이 그를 바라보고 있었다.

"죽지 않은 건가?"

"요즘 대주의 마음이 약해진 걸 다행으로 아시오."

말투도 못마땅해 한다는 기색이 역력했다.

"얼굴이 눈에 익군."

"흑영대 소귀요."

"구양무린."

"지금 나랑 통성명하는 거요?"

"안 되나?"

"나야 상관없지만, 잘나신 분께서는……."

"난 구양무린이다. 보다시피 흑수라의 일도도 받아내지 못한
다. 그러니 잘난 놈은 아니다."

"그럼 반말이나 하지 말든가."

"아직 말투까지 바꾸진 못했다. 이해하든가 아니면 같이 반
말해라."

"쑵! 됐소. 구양가 사람들에게 보였다간 무슨 꼴을 당하라
고?"

"그럴 수도 있겠군. 그나저나 다 간 건가?"

"보다시피."

"날 지키느라 그렇게 짜증이 났군?"

"이젠 괜찮소."

"괜찮아?"

"대주가 그쪽을 살려준 이유를 알 것 같아서요."

"물어도 될까?"

"그전에 나부터 물어봅시다. 마지막 순간에 웃은 이유가 뭐
요?"

"내가 웃었나?"

"미친놈처럼 헤실거리며 웃고 있었소."

"그랬군."

"대체 이유가 뭐요?"

"좋아서."

"좋아?"

"흑수라 같은 남자와 겨룰 수 있다는 게 그렇게 기쁜 것인지 처음 알았다. 좋았어. 정말 좋더군. 내 심장이 왜 그리 그를 원했는지 절실히 깨달을 수 있었다."

"좋긴… 개구리처럼 꼴사납게 패대기쳐진 주제에."

"그렇게 흉했나?"

"흉하진 않았소."

"다행이군."

"움직일 순 있겠소?"

"글쎄… 크윽!'

몸을 일으키려던 구양무린은 신음을 흘리며 주저앉았다.

소귀는 못마땅한 듯 손을 뻗어 부축해 일으켜 주었다.

"좋은 구경 놓치고 싶지 않으면 꾹 참으시오."

"그러지. 근데 내 물음에 대답해 주지 않은 것으로 아는데?"

"생각보다 말이 많은 것 같소?"

"궁금한 건 못 참지."

"쳇! 뭐가 사내답다는 건지?"

"사내?"

"대주가 그쪽을 살려준 이유요."

"내가 사내답다는 건가?"

"그러게 말이요. 이리 말 많고……."

"말 많고?"

"아, 짜증 나! 구양가만 아니라면 한 대 패주고 싶네."

"나 적도룡이다. 상처가 다 나은 다음에 내 얼굴을 어떻게 보려고 그래?"

"한마디만 더 하면 들쳐 업고 뛰어버릴 거요."

"입 다물지."

두 사람은 이따금씩 입씨름을 하며 앞서 간 흑영대의 뒤를 부지런히 쫓아갔다.

9장

천뢰신공 앞에 흑뢰공은 아무것도 아님을 보여주겠소

천하영웅맹을 하루 둔 거리의 평원 한쪽에 각양각색의 무인이 가득했다.

이천오백은 넘는 것 같고, 삼천은 조금 못 되어 보이는 숫자다.

반대편 입구로 진입한 흑영대는 자신들의 열 배가 넘는 숫자에도 당황하지 않았다.

공손비연의 지휘 아래 처음의 속도 그대로 움직였다.

선두에는 철혼이 위치했고, 바로 뒤로 세 대의 마차가 자리 잡았다.

마차들의 좌우로는 전마를 탄 흑영대가 맹금의 날개처럼 횡으로 늘어섰다.

공손비연이 진세를 구축한 모양인데, 그래봐야 백오십에 불과한 숫자였다.

대략 삼천 대 백오십의 격전인 셈이었다.

"그럼 계책대로 저희가 먼저 움직이겠습니다."

만금종가의 무인들을 이끌고 온 적염의 중년인이 철궁공야가의 가주인 무적철궁(無敵鐵弓) 공야천에게 읍한 뒤 전진할 것을 명했다.

철궁공야가의 궁수 삼백을 제외한 이천오백 가량의 무인이 일제히 전진하기 시작했다.

그중 기마대는 오백 정도였다.

양측은 서서히 접근했다.

각기 자리 잡은 고수들이 투기를 일으키자 그에 영향을 받은 하급의 무인들이 덩달아 흥분하기 시작했다.

그러나 흑영대는 처음의 기세 그대로 아무런 변화가 없었다.

백여 장이던 간격이 칠십여 장으로 줄어들었다.

거리는 계속 좁혀져 오십여 장이 되었다.

바로 이때 철혼의 뒤를 따르던 세 대의 마차가 방향을 틀더니 작은 원을 그리며 뒤로 돌아섰다.

그러나 나머지 흑영대원들은 전마를 탄 채 계속 이동했다.

적들은 마차에 무공을 모르는 이들이 타고 있는 것으로 넘겨 짚었다.

심지어 철궁공야가의 가주인 무적철궁 공야천조차 신경 쓰지 않는 우를 범하고 말았다.

공야천은 흑영대가 철궁의 사정거리인 사십여 장까지 다가오자 기다리고 기다렸던 명을 내렸다.

"쏴라!"

쏴아아아아아!

오백 발 가량의 철시가 무더기로 날아올랐다.

순간 흑영대원들이 갑자기 말을 멈추고 철립을 들어 앞을 막았다.

따다다다다다당! 따다다다당!

요란한 쇳소리가 쉴 새 없이 터졌다.

그리고 구슬픈 전마의 울음소리가 쏟아졌다. 그러나 그 숫자는 채 열이 되지 않았다.

만족스럽지 못한 결과에 재차 명을 내리려는 순간이었다.

세 대의 마차 중 중앙에 위치한 마차의 뒷문이 왈칵 열리더니 무수한 숫자의 강전이 수십 개의 구멍을 통해 빗발치듯 날아갔다.

"강전이다!"

"속도를 올려라! 이대로 밀어버리는 거다!"

만금종가를 비롯한 적들이 속도를 올려 노도처럼 돌진했다.

그러나 마차에 장치된 기관이 수백 발의 강전을 연사로 퍼부으니, 빗발치듯 날아드는 강전 세례에 몰려오던 적들의 좌측 진영이 거의 절반에 가까운 숫자가 쓸려 버렸다.

"지금이에요!"

공손비연이 외쳤다.

순간 좌측에 포진한 일백 가량의 흑영대가 우왕좌왕하는 적들의 좌측 진영을 향해 일제히 돌진했다.

철궁공야가의 궁수들이 그들을 향해 철시들을 거푸 날렸다.

그러나 일반 궁수들이 날린 철시로는 철립을 뚫지 못했고, 그나마 고수들이 날린 철시가 대여섯 명을 말에서 떨어뜨렸다.

그리고 더 이상은 없었다.

흑영대가 막 진영을 갖추려고 드는 적들을 향해 뛰어들어 철곤 두 자루를 하나로 결합한 철봉을 무차별적으로 휘둘러대며 지옥 아수라장 같은 접전이 벌어졌다.

이때 철혼은 말 등을 박차고 날아올라 몰려오는 적들의 우측 진영의 선두를 향해 무지막지한 일도를 그었다.

부가아아아악!

섬뜩한 일도가 천지간을 수평으로 가르며 날아갔다.

기함한 적진의 고수들이 앞다퉈 튀어나와 동시에 막아보지만 소용없었다.

단 일격을 감당 못하고 피를 뿜으며 나가떨어졌고, 곧바로 이어진 철혼의 이격에 선두에서 몰려오던 적들이 탄 전마들이 위아래로 분리되는 참혹한 모습으로 나뒹굴었다.

수십 마리의 전마가 앞으로 고꾸라지자 그 뒤에서 몰려오던 자들이 거기에 걸려 와르르 쓰러졌다.

마차에서 쏘아대는 강전으로 인한 피해를 줄이고자 전속력으로 말을 달린 결과였다.

말들의 울음소리와 적들의 비명이 마구 터져 나와 흡사 아비규환을 방불케 했다.

그러나 그게 끝이 아니었다.

철혼의 뒤를 곧장 따라온 우측의 흑영대가 당황하는 적들을 향해 저돌적으로 밀고 들어갔다.

퍼버버버벅!

"이놈들! 고금천하제일 탁일도님이 여기 계신다!"

탁일도와 하여령이 선두에서 광폭하게 철곤들을 휘둘러 대자 머리통이 부서지고 얼굴의 반쪽이 날아가 버린 자가 속출하여 적들의 투기가 확 꺾여 버렸다.

"……!"

공야천은 이를 갈았다.

철궁공야가의 궁수들로 하여금 흑영대를 향해 강전을 날리려는 순간 이미 계산했던 바라는 듯 마차에서 무더기로 발사한 강전들이 철궁공야가로 날아들었다.

그 시기적절함에 공야천은 이를 갈며 궁수들을 서둘러 전진시켰다. 그러나 궁수들이 강전을 피하고 자리를 잡았을 때는 우측마저 혼전으로 치달아 더 이상 철시를 날릴 수 없게 되었다.

공야천은 자신이 당했다는 생각을 떨칠 수가 없었다.

하여 폭발할 것 같은 분노를 담아 철시를 날렸다.

쾌애애애애애액!

공간을 찢어발기며 날아가는 철시에 엄청난 경력이 소용돌이 쳤다.

철궁왕이 천붕시(天崩矢)라 명명한 가공할 파괴력을 가진 철시가 철혼을 향해 빛살처럼 뻗어갔다.

전율이 일 정도로 엄청난 철시였으나 이미 철혼이 견식한 바가 있었다.

철혼은 신형을 한 바퀴 휘돌며 대도를 크게 그었다.

일도양단의 기세.

천뢰의 신공을 잔뜩 머금은 대도가 시퍼런 뇌기를 작렬시키며 천붕시를 뺐다.

천붕시는 다른 십주들도 감당하기가 힘들 정도로 가공할 파괴력을 지녔다고 한다. 사도천의 광존(狂尊)조차 철궁왕의 천붕시만큼은 상대하고 싶지 않다고 말할 정도다.

하지만 지금 천붕시를 날린 이는 철궁왕이 아니었다.

콰— 아아앙!

거대한 폭음이 터지며 천붕시가 흔적도 없이 사라졌다.

철혼은 눈가의 혈루처럼 보이는 상흔을 씰룩거리며 수중의 대도를 일직선으로 뻗어 공야천을 겨누었다.

공야천의 얼굴이 있는 대로 일그러졌다.

바로 이때였다.

공야천이 전혀 예상치 못한 일이 터졌다.

돌연 좌우의 숲에서 튀어나온 삼십 가량의 흑영대원이 철궁공야가의 궁수들을 덮쳤다.

두 발로 달리는 속도가 어찌나 빠른지 철궁공야가의 궁수들이 철시를 날려보지만 단 한 사람도 맞추지 못했다.

그럴 수밖에 없었다.

공야천 정도로 뛰어난 실력이 아니라면 사홍이 이끄는 삼조와 신입 중 능영보의 진전이 특히 빠른 이들의 속도를 붙잡을 수가 없었다.

이는 철혼이 철궁왕 공야도를 쓰러뜨릴 때 이미 입증이 된 바

있었다.

그걸 알았기에 공손비연이 이와 같은 계책을 세울 수가 있었던 것이다.

전장은 공손비연의 예측에서 한 치의 오차도 없이 진행되었다.

만금종가를 비롯한 적 중에도 무서운 실력자가 상당수 포함되어 있었다.

그러나 지근거리에서 느닷없이 쏘아대는 귀궁노의 위력에 맥없이 고꾸라질 수밖에 없었다.

고수들이 쓰러지니 숫자는 더 이상 위협이 되지 못했다.

전장을 무수히 겪어본 흑영대원들은 어떻게 하면 적들의 전의를 떨어뜨릴 수 있는지 잘 알았다.

가장 간단하면서도 가장 잔혹한 살수로 적들을 휩쓸어 버렸다.

이는 사홍이 이끄는 삼조원들 역시 마찬가지였다.

섬전을 능가한다는 능영보를 펼쳐 궁수들의 지척까지 파고든 후 섬혼도로 팔다리를 자르거나 목을 그어버렸다.

"이, 이놈들이!"

분노한 공야천이 사홍을 향해 철시를 걸었다.

하지만 그는 철시를 날리지 못했다.

"당신의 상대는 나요!"

철혼이 먹이를 노리는 맹수처럼 무서운 속도로 덮쳐오고 있었다.

"이, 이렇게……!"

무슨 말을 하려던 것일까?

강하다고? 아니면 허망하다고?

철궁왕의 죽음이 실력이 아닌 다른 이유 때문이라고 믿었던 것일까?

공야천은 흑수라의 강함을 인정하지 않았다.

더불어 흑수라의 죽음 역시 믿어 의심치 않았다.

"가자, 지옥으로……!"

자신의 가슴을 꿰뚫고 있는 대도의 칼날을 붙잡은 공야천이 일그러진 미소를 지었다.

그때였다.

공야천의 그림자 속에서 시커먼 두 손이 튀어나와 공야천 앞에 서 있는 철혼의 발목을 움켜잡았고, 그와 동시에 공야천의 아랫배를 뚫고 나온 협봉검이 철혼의 하단전을 찔렀다.

"……!"

공야천의 눈빛이 흔들렸다.

철혼이 아무런 반응을 보이지 않고 있었기 때문이다.

천천히 고개를 떨구는 공야천의 시선에 협봉검의 날을 움켜쥐고 있는 철혼의 왼손이 보였다.

새파란 뇌기를 머금고 있었다.

"이마저도 안 된단 말이냐!"

"잘 가시오."

철혼이 입을 연 순간 새파란 뇌기가 일순간에 폭발했다.

쾅!

공야천의 몸이 터져 버렸다.

그의 뒤에 숨어 있던 백면의 살수가 쪼개진 장작 날아가듯 뒤로 날아갔다.

철혼의 발목을 움켜잡고 있던 흑의 복면인은 몸이 반쯤 땅에 묻힌 채 시커먼 연기를 피워 올리고 있었다.

즉사였다.

"오, 오라버니……!"

저만큼 나가떨어졌던 백면살수가 비척거리며 다가왔다.

두 팔이 시커멓게 타버렸고, 상의 자락의 대부분이 재가 되어 사라져 절반쯤 타버린 알몸이 적나라하게 드러나 있었다.

주르르륵!

눈가로 흘러내리는 눈물.

철혼은 의식을 놓은 채 다가오는 백면여인을 빤히 바라보다 대도를 휘둘렀다.

수급이 둥실 떠올랐다가 땅으로 떨어졌다.

백면여인의 몸은 두 걸음 더 다가오다 풀썩 쓰러졌다.

"그대들을 내게로 보낸 이를 원망하시오."

철혼은 그 말을 남기고 전장을 돌아봤다.

싸움은 흑영대의 일방적인 승리로 끝나가고 있었다. 그러나 전혀 피해가 없지는 않았다.

이삼십 정도가 당한 것 같았다.

"다음 생애에는 칼이 아닌 술잔을 들고 어울려 봅시다."

철혼은 그리 말하며 동쪽을 바라봤다.

두 눈에 가득한 폭풍 같은 기운이 점점 더 강해졌다.

*   *   *

천하에 소문이 나돌았다.

흑수라와 흑영대의 행보와 관련한 소문이었는데, 마치 가을 벌판에 번진 들불 같았다.

─흑수라가 천하영웅맹과 싸우는 건 새로운 세상을 열기 위해서다. 무림과 상계를 구분하여 거대방파가 힘으로 상계를 짓밟는 일이 없어야 한다. 상계는 힘이 아닌 인간의 도리와 시장의 원칙에 의해 돌아가야 하고, 무림은 무(武)와 약육강식의 원칙에 의해 굴러가야 한다. 거기에 정(正)과 사(邪)의 구분은 무의미하다. 자신의 칼이 정당하면 정(正)이고, 그렇지 못하면 사(邪)다.

흑수라와 흑영대가 광동성에서 흑도의 무리를 깨끗하게 쓸어버렸다는 소문이 함께 나돌았다.

흑도의 무리가 양민들의 고혈을 쥐어짜 거둬들인 막대한 금액이 결국엔 양산철혈문 같은 거대 문파로 흘러갔다는 말과 그런 이유로 흑수라가 철혈문을 멸문시켜 버렸다는 것도 급속도로 번졌다.

그와 관련하여 광동성의 상인들이 모두 사실임을 이야기했다.

흑도가 사라진 덕분에 저자의 시장이 활력을 되찾았고, 누구의 눈치도 보지 않는 살 만한 나날이 되었다고 여기저기서 목청을 돋우었다.

양민들과 상인들이 꿈에도 그리던 세상이 광동 땅에서 시작되고 있다는 말에 천하의 이목이 크게 집중되었는데, 또 하나의 충격적인 벽보가 나돌았다.

천하는 누구의 것도 아니다.

천하는 지금 이 시대를 살고 있는 우리 모두의 것이다.

그러나 천하영웅맹은 그걸 인정하지 않고 있다.

천하영웅맹은 십주와 원로들의 탐욕으로 변질되었다.

거기에는 협도 없고 대의도 없다. 천하를 자신들 마음대로 하겠다는 늙은 탐욕만 가득할 뿐이다.

나 창천비룡은 천하영웅맹에 회의를 느껴 맹주직을 걷어찼다.

흑수라와 흑영대의 행보에 지지를 보내는 바이며, 그들의 행보에 적극 가담하고자 한다.

신임맹주가 또다시 하야했다는 소문이 소리 없이 나돌고 있었는데, 그게 사실이었고 그 이유가 이와 같다고 하니 사람들은 경악하여 의구심 가득한 시선으로 천하영웅맹을 바라보게 되었다.

"그래서? 그따위 버러지 같은 종자들의 이목이 두려워 감히 날 찾아왔다는 것인가? 이렇게 떼거리로 몰려와 무얼 따지겠다는 건가?"

숭검제의 말투는 담담했으나 갑자기 몰려온 원로들을 바라보는 시선에는 분노가 가득했다.

이제가 주축인 십주에 반발하여 양교초를 밀어주던 일양검절(日陽劍切)과 진천패장(震天覇掌) 그리고 조양팔비(朝陽八飛) 등이었기에 더더욱 분노했다.

"검제께선 사태의 심각성을 깨닫지 못한 모양입니다."

"심각성? 흑수라만 죽여 버리면 몇 달이 가지 않아 조용히 사라질 일을 가지고 본 맹의 원로라는 사람들이 이토록 벌벌 떤단 말인가?"

"흑수라를 죽여야 하는 이유가 무엇입니까?"

"그걸 지금 말이라고 하는 겐가? 벽력도패와 철혈무검, 철궁왕이 누구에게 죽었는가? 그들의 가문을 쑥대밭으로 만들어버린 놈이 누구인지 몰라서 묻는 말인가?"

"맹을 떠나는 흑수라를 먼저 공격한 건 벽력광도였습니다. 그가 죽자 도패께서 나선 것이고, 양산철혈문이 흑도의 뒤를 봐주고 있었다는 건 이미 명명백백한 사실로 드러났습니다. 흑수라가 철궁왕을 찾아갔습니까? 검제께서 철궁왕을 흑수라에게 보낸 것이잖습니까."

흑수라를 공격한 건 이쪽이었고, 되레 당했을 뿐이라는 말이다.

조양팔비의 말에 숭검제는 피가 거꾸로 솟구칠 정도로 분노했다.

하지만 이곳에서마저도 힘으로 해결할 수는 없는 노릇이라 꾹 눌러 참았다.

"돌아들가게. 흑수라는 죽을 것이고, 조만간 조용해질 것이니 술렁이는 맹의 식구들이나 단속하도록 하게."

"반검존과 흑뢰신 그리고 금강철패께서 부재중이더군요. 흑수라에게 보낸 겁니까?"

"그만 돌아가라는 말 못 들었나!"

더는 참지 않겠다는 듯 숭검제가 자리에서 벌떡 일어나 추상같이 호통을 질렀다.

조양팔비는 지지 않고 맞서려고 했지만, 일양검절이 잡아끌었다.

"천하영웅맹의 최고 어른은 검제이시지만, 검제께서 맹의 주인은 아닙니다. 그 사실을 절대 간과하지 마시기 바랍니다."

마지막까지 숭검제의 속을 뒤집어버리는 조양팔비.

숭검제는 두 주먹을 으스러져라 움켜쥐었다.

'이놈들! 모든 게 정리되면 모조리 벽촌으로 처박아버리겠다!'

*   *   *

"이십 년은 된 것 같군."

황룡포를 펄럭이고 있는 반검존 사마덕조가 문득 중얼거렸다.

이십 년 만에 검을 들고 밖으로 나왔다.

십 년이면 강산도 변한다고 하지만, 그의 얼굴은 이십 년 전이나 매한가지다.

보기 좋게 주름진 노안에 평화로움이 가득했다.

당시에도 이 얼굴 그대로였다.

다른 게 있다면 옆에 있는 사람들이다.

'그때는 백학과 이제가 함께 있었지.'

이십여 년 전에는 사마외도를 척결하고 천하의 정의를 굳건히 하기 위해서 모두가 함께 움직이던 시기였다.

하지만 지금은 함께할 수 없는 처지가 되고 말았다.

백학은 맹주 자리에서 강제로 내려와야 했고, 적도제는 자신의 길을 가버렸다.

숭검제는 모두의 위에 홀로 앉아 자신들을 이렇듯 부리고 있다.

—세상에는 격(格)이라는 게 있다. 각자의 격에 맞는 분수가 있거늘 어찌 공평 운운한단 말인가? 사마외도를 척결하고 천하를 바로 잡는 검과 짐승의 살을 가르는 백정의 칼이 어찌 같을 수가 있단 말인가. 격(格)과 격(格)이 다르고, 분수와 분수가 다른 법. 각자의 격(格)에 맞게 사는 것이야말로 분수를 지키는 것이니 그것이야말로 공평하고 무사한 것이리라.

숭검제가 늘 주장하는 바다.

그런 숭검제가 자신들을 이렇게 밖으로 내보냈다.

흑수라를 죽이라는 것이다.

물론 그는 밖으로 나오지 않았다. 이제인 그와 다른 십주들의 격이 다르다고 여기고 있음이 아니겠는가.

자신은 물론이고 흑뢰신 악사무와 금강철패 적무교가 함께 있었지만, 누구도 거부하지 못했다.

말없이 수긍하고 받아들인 것이다.

'하긴 지금까지 숭검제와 정면으로 맞선 이는 백학뿐이었지.'

─예로부터 천무사복(天無私覆), 지무사재(地無私載), 일월무사조(日月無私照)라 하였소. 하늘은 사사로이 덮지 아니하고, 땅은 사사로이 싣지 아니하며, 해와 달은 사사로이 비추지 아니하니 이 얼마나 공평무사(公平無私)한 일이오?

백학이 원로들을 향해 열변을 토하던 말이다.

'정말 탐욕인건가?'

─소탐대실(小貪大失)! 백학무군은 그 출생 배경만큼이나 초라하여 작은 것에 연연하니 큰일을 도모할 수 없는 사람이다. 그릇이 그것밖에 안 되는 자이니 대사를 함께할 수 없다.

숭검제의 주장이었고, 모두가 받아들였던 바다.

하지만 지금은 모든 게 혼란스럽다.

엉망이다.

어디서부터 다시 생각해 보아야 할지 갈피조차 잡지 못하겠다.

"오는 모양이오."

좀 전부터 기세를 일으키고 있던 흑뢰신이 말했다.

흑수라가 정말 자신들과 비등한 경지인지 자신이 직접 확인해 보아야겠다고 잔뜩 벼르고 있었다.

─수단 방법을 가리지 말고 놈을 처단하게.

숭검제가 마지막으로 한 말이다.

천하영웅맹의 십주인 자신들로 하여금 합격을 하라는 뜻이다.

그의 면전에서는 그러마 하고 나왔지만, 막상 나와보니 한숨뿐이다.

"응? 벌써 싸움이 있었던 모양이네?"

"그렇군. 대체 누가?"

흑뢰신과 금강철패의 말대로였다.

짙게 풍겨온 피 냄새와 흐트러진 복장이 치열한 격전을 치렀음을 알려주었다.

'조금이라도 놈의 힘을 빼놓으려고 한 조치인가?'

누구인지는 중요치 않다.

누군가를 보낸 이유가 중요하다.

숭검제는 일이 틀어질 것을 염려하고 있단 말인가?

자신들 세 사람을 보내고서도?

실망이 크다.

"시작하세."

실망은 실망이고, 일은 일이다.

이번 일을 마치고 자신과 반검문(半劍門)의 앞날에 대해 진지하게 고민해 보아야겠다.

반검존 사마덕조는 천천히 걷기 시작했다.

흑뢰신과 금강철패가 나란히 걸었고, 곧이어 지축을 흔드는 말발굽 소리가 범람하는 해일처럼 세 사람을 지나쳐 전방으로 몰려갔다.

반검각과 흑룡각 그리고 철인각의 정예들이다.

흑영대가 천하영웅맹 최강이었다고는 하나 삼 각의 정예들 또한 처질 정도는 아니다. 숫자는 세 배가 더 많으니 흑영대라는 이름은 이곳에서 사라질 것이다.

흑영대주 흑수라와 함께.

쏴아아아아!

마차에서 발사한 강전 다발이 빗발치듯 날아갔다.

오백 가량의 천하영웅맹 삼 각의 정예는 마차와 강전에 대해 몰랐던 듯 아무런 방비도 없이 막으려다 상당한 숫자가 피해를 입고 말았다.

그래 봐야 숫자가 일이십에 불과한지라 전황에 영향을 끼칠 정도는 아니었다.

"역시 천하영웅맹은 다르군요."

공손비연은 마차에서 발사한 강전으로는 큰 피해를 줄 수 없다는 걸 깨달았다.

하여 십전철가에서 제작해준 마차의 기관 작동을 멈추게 한 후 부상자들을 비롯한 이십 가량의 숫자를 마차 주위로 모이도록 했다.

"이제 지켜보는 수밖에……."

"십주 중 세 사람이나 되는데, 괜찮겠습니까?"

이한청이 물었다.

공손비연은 무거운 얼굴로 철혼의 뒷모습만 응시했다.

"그는 혼자가 아니에요."

철혼은 뒤를 돌아보지 않았다.

흑영대를 믿고 자신을 덮쳐오고 있는 세 고수를 맞이하여 대도를 크게 휘둘렀다.

콰과과과광!

요란한 굉음이 잇달아 터진 후 삼 각의 각주들이 동시에 튕겼다.

십주의 반열에 완전히 올라서 버린 흑수라의 강함이 확인된 순간이었다.

그러나 삼 각의 각주들은 놀랄지언정 염려하지는 않았다.

자신들이 할 일은 흑수라를 상대하는 게 아니었기 때문이다.

슈— 악!

흑수라를 향해 빛살처럼 날아가는 것이 있었다.

뇌격십팔창(雷擊十八槍)의 절초 흑섬(黑閃)이다.

뇌공(雷公)이라고도 불리는 흑뢰신의 명성이 있게 한 비기다.

쾅!

과연 흑뢰신이다.

흑수라의 걸음이 완전히 멈추어졌다.

삼 각의 각주들은 곧장 신형을 날렸다.

흑수라는 뒤에 계시는 분들께 맡겨두고 자신들은 흑영대를 쓸어버리면 된다.

삼 각의 각주들은 흑수라를 지나쳐 흑영대를 향해 날아갔다.

하지만 흑수라는 세 사람을 보지도 않았다.

자신들 세 사람만으로도 흑영대에 큰 위협이 될 거라는 모르지 않을 터인데도, 수수방관하고 있었다.

'신경 쓸 겨를조차 없다는 거겠지.'

세 명의 십주가 눈앞에 있거늘 감히 어디다 한눈을 팔 수 있겠는가?

흑룡각주 십절창(十絶槍)은 비릿하게 웃으며 흑영대와 삼 각의 정예들이 막 충돌하고 있는 곳으로 빠르게 날아갔다.

"백학의 천뢰장과 노부의 흑뢰신공(黑雷神功) 중 어느 게 더 뇌기의 정점인지 우열을 가려야겠으니 어서 준비하거라."

흑뢰신 악사무가 호통을 치듯 말하며 성큼 나섰다.

그의 손에는 흑빛의 장창이 들려 있었다.

흑뢰신의 상징과도 같은 흑창이다.

하지만 철혼은 비릿하게 웃었다.

무인의 긍지를 잊어버리고, 더럽고 추악한 탐욕에 젖어 세월이나 축내고 있는 노귀 따위는 아무것도 아니다.

무(武)라는 것은 결국 스스로를 갈고 닦아 한계에 도전하는 것. 그걸 잊어버린 자는 이미 스스로의 한계에 갇혀 있는 셈이니 더 이상 무서울 게 없다.

철혼은 대도를 뒤로 늘어뜨리며 흑뢰신을 직시했다.

"천뢰신공 앞에 흑뢰공은 아무것도 아님을 보여주겠소."

철혼의 도발이었다.

흑뢰신은 도발임을 알면서도 참지 않았다.

섬전 같은 움직임으로 철혼을 향해 일직선으로 다가가더니 손에 쥔 흑창을 빛살처럼 뻗었다.

쾅!

코앞에서 펼친 흑뢰의 일초가 단숨에 막혀 버렸다.

위에서 아래로 크게 내리긋는 일도에 흑뢰에 실려 있는 가경할 기운들이 모조리 소멸되어 버렸다.

'실수다!'

흑뢰신은 이맛살을 찌푸렸다.

흑뢰의 일초에 실린 경력은 놈을 향해 직선으로 뻗어간 데 반해 놈의 일도는 위에서 아래로 내려꽂혔다.

힘의 방향에서 이미 손해를 보고 들어갔으니, 결과가 이리 수치스러운 것이다.

"놈!"

스스로에게 화가 난 흑뢰신은 거둬들인 흑창을 번개같이 뻗었다.

묵빛의 기운을 잔뜩 머금은 묵창의 창두가 철혼의 상체를 곧장 꿰뚫을 기세였다.

하나 이번엔 좀 전과는 다른 싸움 양상이 벌어졌다.

철혼이 대도를 곧장 뻗어온 것이다.

'어리석은 놈! 감히 노부와 정면대결을 하자는 것이냐!'

같은 경지라 하더라도 수십 년 동안 적공한 흑뢰신의 공력을 이제 약관에 불과한 이가 감당한다는 건 있을 수 없다.

흑뢰신은 이번의 격돌로 놈을 날려 버릴 것임을 믿어 의심치 않았다.

아는지 모르는지 철혼은 곧장 대도를 뻗었고, 대도의 칼끝과 흑창의 창두가 섬전처럼 부딪쳤다.

쾅!

굉음과 함께 두 사람을 중심으로 대지가 풀썩 주저앉아 버렸다.

땅거죽을 밀어낸 충격파가 사방으로 뻗어가는 가운데 흑뢰신의 얼굴에는 놀람이 가득 떠올랐다.

부딪친 순간 철혼의 공력이 자신에 못지않음을 단박에 깨달은 것이다.

'백학무군!'

철혼이 백학무군의 공력을 오래전에 전수받았다는 걸 뒤늦게 상기한 흑뢰신이었다.

"나서지 마시오. 놈은 내가 끝장낼 것이오."

두 번의 격돌로도 아무런 이득을 보지 못하게 되자 자신의 명성에 흠집이 갔다고 여긴 흑뢰신은 공력을 극성으로 끌어 올렸다.

웅웅웅웅우우우웅!

철혼을 똑바로 가리키고 있는 흑창에 묵빛의 기운이 잔뜩 응집하였다.

흑뢰강!

흑뢰의 강기라 명명한 흑뢰신이 완성한 흑뢰창의 정점이었다.

츄— 아아아아악!

공간을 완벽히 꿰뚫으며 섬전처럼 뻗어오는 흑뢰창.

철혼은 이제 자신만의 무공을 드러낼 때라는 걸 깨달았다.

'지공꽹참! 꽹뢰도는 모든 것을 벤다. 그리고 천뢰의 신공은 천지간의 뇌전, 그 자체다!'

부악!

대도가 공간을 둘로 쪼갰다.

칼날에 잔뜩 응집한 시퍼런 천뢰의 기운이 흑뢰강과 격돌했다.

콰— 앙!

무지막지한 충돌이었다.

두 사람은 동시에 신형을 크게 휘청였다.

누가 손해를 보고, 누가 이득을 보았는지 알 수가 없었다.

그러나 두 사람의 표정이 상이하게 달랐다.

철혼의 얼굴은 담담했고, 흑뢰신의 표정은 확 일그러졌다.

물론 그것만으로 흑뢰신이 손해를 보았다고 할 수는 없다. 하지만 적어도 흑뢰신의 예상을 능가할 정도로 철혼이 강하다는 것쯤은 예상할 수 있었다.

"흑뢰신의 무공은 과연 명불허전입니다. 인정하지 않을 수가 없습니다. 하지만 탐욕에 찌든 흑뢰신은 인정할 수가 없습니다."

그렇게 내뱉은 철혼은 곧장 섬뢰보를 펼쳤다.

흑뢰신을 향해 쏟아지는 모습이 흡사 뇌전줄기가 공간을 가르는 것 같았다.

"섬전비공보(閃電飛空步)!"

반검존 사마덕조가 자신도 모르게 중얼거렸다.

섬뢰보를 펼치는 철혼의 모습은 이십여 년 전에 백학무군이 펼쳤던 섬전비공보와 무척 흡사했다.

섬뢰보가 섬전비공보를 분쇄곤에 어울리도록 간략하게 변형시킨 것이라는 걸 감안하면 상당히 놀라운 일이었다.

섬뢰보만 익힌 철혼이 섬전비공보의 정수를 스스로 터득해 버린 것이다.

이는 백학무군조차 예상치 못했던 바이지만, 세상의 모든 흐름은 결국 하나로 귀일한다는 만류귀종을 생각해 보면 충분히 납득할 수 있는 일이었다.

"어림없다!"

흑뢰신이 분노를 터뜨리며 흑창을 휘둘렀다.

흑뢰강을 잔뜩 응집한 흑창이 바람을 가르고 허공을 우그러뜨리며 철혼의 측면을 노렸다.

태산을 허물어뜨리고, 바다를 가른다는 십주의 명성에 걸맞게 무지막지한 강격이었다.

그러나 철혼은 그에 아랑곳 않고 애초 노렸던 대로 흑뢰신의 몸을 좌우로 갈라 버리려는 일도를 단호히 내리 그었다.

자신의 몸이 박살이 나더라도 흑뢰신의 몸을 쪼개 버리겠다는 기세였다.

결국 당황한 건 흑뢰신이었다.

'이런 버러지 같은 놈에게 부상을 입는 것조차 수치다!'

그는 흑창의 궤적을 급격히 틀어 철혼의 일도를 쳐올렸다.

쾅!

흑뢰신의 신형이 주르륵 밀려 버렸다.

흑창의 궤적을 일부러 틀기는 했지만, 그 때문에 이런 결과가 벌어질 것이라고는 상상도 하지 못한 흑뢰신의 얼굴이 벌겋게 달아올랐다.

"조심하게!"

번검존 사마덕조가 경고성을 터뜨렸다.

금강철패 적무교는 신형을 날리고 있었다.

흑뢰신은 한 걸음 뒤로 물림과 동시에 흑창을 벼락같이 휘둘렀다.

'이번엔 다를 것이다!'

놈이 동패구사를 노린다면 마다하지 않겠다며 전력을 다한 일창을 휘둘렀다.

순간 전광같이 쇄도해온 철혼이 짙푸른 뇌기가 불꽃을 튀기고 있는 패왕굉뢰도의 이초 패왕뢰(霸王雷)를 펼쳤다.

쫘― 앙!

흑뢰신의 흑뢰와 흑수라의 패왕뢰가 두 사람의 결의를 담은 채 정면으로 부딪치자 묵빛의 흑뢰와 새파란 천뢰가 불꽃을 튀기는 가운데 흑뢰신의 답답한 신음이 터져 나왔다.

천뢰의 기운과 패왕의 굉뢰도를 융합시킨 파괴력이 흑뢰신의 파괴력을 능가한 것이다.

이때 금강철패 적무교의 가공할 권강이 땅거죽을 터뜨리며 유성처럼 뻗어왔다.

막 격돌을 마친 철혼을 노린 것이다.

하지만 철혼은 적무교의 권강을 아랑곳 않고 패왕겁(覇王劫), 패왕굉천, 패왕도로 이어지는 패왕굉뢰도의 절초를 잇달아 쏟아냈다.

천지사방이 대도에서 쏟아져 나온 새파란 천뢰의 기운으로 가득찼다.

흑뢰신 역시 지지 않고 흑창을 풍차처럼 정신없이 휘둘렀다.

금강철패 적무교 역시 권강을 쏟아내며 철혼을 압박했다.

콰콰콰콰콰콰쾅!

세 명의 절대고수가 엄청난 강격을 쏟아내자 천지가 개벽이라도 하려는 것처럼 마구 요동쳤다.

천신과 지신이 정면으로 부딪치기라도 한 듯 엄청난 광경이 연출되었다.

반검존 사마덕조는 자신도 모르게 검병을 움켜잡았다.

십주의 이 인을 한꺼번에 상대하고 있는 철혼의 모습에 이루 형용할 수 없는 놀라움이 느껴졌다.

칠백 년 전의 무적패왕도 저 정도의 신위는 아니었을 것이다.

"절대 살려두어서는 안 되겠군."

사마덕조는 살의를 내비쳤다.

그때였다.

"자네가 움직인다면 우리 역시 가만히 있지 않겠네."

갑자기 들려온 말에 사마덕조는 얼굴을 찌푸리며 시선을 돌렸다.

　세 사람이 옷자락을 펄럭이며 내려섰다.

　놀랍게도 그들의 정체는 유명혈존과 파륜사신 백무상, 그리
고 혈마룡 척군명이었다.

10장

우리의 천하는 더불어 살아가는 세상이오

"사도천이 움직인 것인가?"

사마덕조가 분노를 담아 소리쳤다.

"우리만 왔으니 오해는 마시게. 그보다 저 싸움에 관여하지 말았으면 하네."

"지금 그걸⋯⋯."

"그뿐이 아니네. 저 두 사람을 물리친 흑수라가 천하영웅맹으로 가는 것도 막지 말게."

"뭐라?"

"지금의 천하는 누구의 것인가?"

"혈존!"

"흑수라가 내게 던졌던 물음이네. 내가 그 물음에 한 답이 뭔지 아는가?"

"······!"

"'지금의 천하는 숭검제의 것이다' 였다네."

"······?"

놀란 눈을 치뜨는 사마덕조.

"놀란 것을 보니 역시 그만 알고 있었던 것이로군."

"지금 무슨 말을······."

"우린 이미 오래전에 숭검제에게 패했네. 지금껏 사도천과 천하영웅맹 간의 소모성 전투는 모두 숭검제의 지시하에 이루어진 것이네."

사마덕조는 자신이 무슨 말을 들은 것인지 쉬이 납득하지 못했다.

그러거나 말거나 혈존은 철혼이 벌이고 있는 격전장으로 시선을 돌렸다.

"숭검제는 욕심이 너무 과했어. 자신이 만들어놓은 천하를 그의 혈손에게 고스란히 물려줄 생각을 하고 있으니······. 우린 저 아이로 하여금 그 터무니없는 탐욕이 부서지기를 바라네. 그러니 더 이상 막지 말게."

"믿을 수 없네."

"믿지 않아도 상관없네. 우린 자넬 막을 것이고, 저 아이와 여기 내 제자 놈은 숭검제를 찾아갈 것이네."

"혈존!"

"자네가 신경 써야 할 건 우리가 아니라 저쪽일 것이네."

혈존의 말에 사마덕조가 시선을 돌려보았다.

흑영대와 삼 각의 정예들 간의 격전이 끝을 향해 달려가고 있었다.

그러나 결과는 사마덕조가 예상했던 것과는 다른 모습이었다.

이 할 가량이 쓰러진 흑영대에 반해 삼 각의 정예는 거의 절반이 넘게 타격을 입고 있었다.

귀궁노와 비폭총의 위력 때문이었다.

창천비룡 양교초는 비폭총의 위험함을 알고 있었지만, 천하영웅맹에 알려주지 않았다.

이미 천하영웅맹에서 쫓겨난 후이거늘 무엇 때문에 알려주겠는가.

그로 인해 비폭총의 존재를 알지 못한 삼 각의 정예들은 일제히 쏟아지는 오십여 개의 쇠구슬에 무참히 쓰러졌다.

그리고 귀궁노.

귀궁노의 존재만 알았지, 그것이 전장에서 얼마나 무서운 위력을 발휘하는지 겪어보지 못한 점 역시 치명적으로 작용했다.

"어찌……!"

"이제 천하영웅맹에는 숭의각과 쌍검각 그리고 거신각만 남은 셈이겠군. 적도제와 적도룡이 제 길을 찾아 떠났으니 적인각은 자신들의 가문으로 돌아갈 것이고, 숭검제가 원하던 대로 된 셈이로군."

대체 무슨 말을 하는 것인지?

사마덕조는 혼란한 눈길을 던졌다.

"뭘 그리 놀라고 그러는가? 반검존 자네가 원래는 적도제의 사람이었듯 거령신 역시 숭검제의 사람이었네. 하니 숭검제의 혈손이 어렵지 않게 천하를 이을 수 있는 환경이 마련된 셈이지 않겠는가?"

충격의 연속이다.

얼마나 놀랐던지 흑수라와 흑뢰신 그리고 금강철패의 격전이 끝났다는 걸 뒤늦게 알아차렸다.

"정말이지 놀라운 놈이로군."

혈존이 고개를 저었다.

핏물을 연신 게워내고 있는 흑뢰신과 금강철패 와는 달리 철혼은 낯빛만 창백해져 있을 뿐이었다.

"보고 있느냐? 자신의 무공을 완성한 흑수라가 얼마나 강한지? 네놈이 불패만강과 유명혈마기 그리고 혼천광마력을 완전히 익힌 연후에 거기서 네놈만의 길을 찾아내야만 저놈과 자웅을 결할 수 있을 게다. 어떻느냐? 지금이라도 저놈을 죽여주랴?"

"사부님들께서는 지금 이곳에 무적패왕이 있는데도 지는 게 두렵다고 싸우지 않을 겁니까?"

"당연히 아니지."

"하면 무적패왕에 몇 걸음 미치지 못한다 하여 자존심이 고 뭐고 간에 죄다 내팽개칠 겁니까?"

"지금 앞선다 하여 계속 앞서는 건 아니지."

"맞습니다. 제 길만 찾아내면 되니, 오래 걸리지도 않을 겁니다. 그리고 땅 따먹기 같은 건 저랑 체질적으로 맞지 않습니다."

"일 났군. 네놈이 있는 한 사도천은 결코 감숙성을 벗어나지 못 하겠구나."

"이름만은 천하를 아우를 텐데, 뭐 어떻습니까?"

"천하에 숨은 인재가 한둘인 줄 아느냐?"

"철패룡(鐵覇龍), 소흑룡(小黑龍), 폭룡(暴龍), 적도룡 그리고 반검룡(半劍龍)이 있다는 걸 압니다. 저야 많으면 많을수록 좋습니다."

"사신! 이놈의 혈기를 어떻게 받아들여야 할까요?"

"젊잖습니까."

혈존의 물음에 파륜사신 백무상이 흐뭇하게 웃으며 대답했다.

이때 사마덕조는 세 사람의 대화를 들으며 이들이 자신에게 말하고자 하는 바가 무엇인지 깨달았다.

"반검존, 다음 세상은 그 시대를 이끌어갈 놈들에게 맡겨두세. 숭검제처럼 천하를 주물러 혈손에게 맡기는 짓만큼은 하지 말자는 것이네. 어찌 생각하는가?"

사마덕조는 선뜻 대답을 못했다.

가장 적대적인 관계인 혈존에게서 이와 같은 말을 들으니 쉬이 수긍할 수가 없었다.

이때 철혼이 다가왔다.

아직 투기를 가라앉히지 않고 있었다.

반검존 사마덕조에게 나설 테면 나서라는 뜻이 역력했다.

기이한 건 그런 철혼의 모습을 보자 싸우고 싶다는 생각이 사라져 버렸다.

'이놈의 상대는 내가 아니다. 강추, 그 아이가 이놈의 상대다. 지금은 미치지 못하더라도 본 문의 반검(半劍)은 결코 약하

지 않다.'

강추는 반검룡 사마강추를 일컬은 것이다.

훗날 사마강추가 반검을 완성한다면 결코 흑수라에게 밀리지만은 않을 것이다.

혈존의 말대로 지금 앞선다 하여 언제나 앞서는 건 아니다.

사마덕조는 검병을 놓았다.

"흑뢰신과 금강철패의 상세가 가볍지 않은 것 같소. 도와주시겠소?"

"늙은 몸은 늙은이들이 잘 아는 법이지. 가세나."

혈존과 사마덕조는 움직이지 못하고 있는 흑뢰신과 금강철패를 향해 가버렸다.

"숭검제는 다를 것이다."

파륜사신 백무상이 철혼에게 한 말이다.

"알고 있습니다."

"방법이 있는 게냐?"

"죽지만 않을 생각입니다."

"죽이지 못한다는 말이냐?"

"나름 비장의 수가 있긴 합니다만, 아마도 그럴 겁니다."

대책 없는 철혼의 말에 백무상은 인상을 썼다.

그는 곧 혈마룡 척군명을 돌아봤다.

"가볼 생각이겠지?"

"새 세상을 여는 일인데, 이 친구에게만 맡겨둘 수는 없지 않겠습니까?"

"새로운 세상은 이미 열렸다. 천하영웅맹이 반 토막이 났고,

본 천은 감숙에서 나오지 못할 거다. 상계는 거대 문파의 전횡에 맞설 것이고, 양민들은 흑도에 휘둘리지 않으려 들 테니, 이미 새로운 세상이 열린 것이지 않겠느냐."

"천하영웅맹이 가만히 있겠습니까?"

"천하의 숭검제라 하더라도 할 수 없는 게 있다."

"뭡니까?"

"흐름을 막는 것이다."

"흐름?"

"천하는 새로운 물결을 타기 시작했다. 광동성이 이미 그렇게 되었으니 인접한 성으로 들불 번지듯 퍼질 게다. 숭검제가 그걸 막기 위해서는 천하영웅맹을 버리고 패도의 길을 가야 하는데, 그건 지금껏 그가 걸어온 걸음을 스스로 부인하는 것이니, 결단코 그리하지는 못할 게다."

"흠."

"죽지만 마라. 하면 내 말이 맞다는 걸 알게 될 게다. 흑수라, 네놈은 예상하고 있었지 않느냐? 그래서 그렇게 광동성의 흑도를 깨끗이 쓸어버린 게 아니더냐?"

"그러길 바랐습니다만, 그렇게 될지는 모르겠습니다."

"그렇게 될 게다. 받아라."

백무상이 무언가를 내밀었다.

철혼이 받아보니 작은 철함이었다.

"가는 길에 복용하거라. 내상을 치료하는 데는 그만한 것이 없다."

"감사합니다."

철혼은 사양하지 않았다.

천하제일인을 찾아가는 길이거늘 어찌 자존심만 세우겠는가. 이 정도 호사는 누려도 된다.

"낯짝이 제법이구나."

"자존심을 버리고 이곳까지 오신 분들도 계시는데, 이런 호의조차 받아들이지 못할 정도로 속 좁지는 않습니다."

"쳐 죽일 놈, 언제고 노부의 후인이 네놈을 찾아갈 것이니 그리 알 거라."

"기다리도록 하겠습니다."

그 대화를 끝으로 백무상은 혈존과 사마덕조가 흑뇌신과 금강철패의 내상을 치유해 주고 있는 곳으로 가버렸다.

"우리도 가볼까?"

혈마룡이 무척 고무된 얼굴로 말했다.

철혼은 뒤를 돌아봤다.

"난 혼자가 아니네."

피에 절은 흑영대가 다가오고 있었다.

철혼이 대주가 된 이후로 가장 많은 희생자가 나왔다.

하지만 누구도 보고하지 않았다. 철혼도 묻지 않았다.

동료들의 주검은 빈 마차에 실어 돌려보냈고, 중상자들 역시 돌려보냈다.

그리고 나머지 대원들은 철혼과 함께 천하영웅맹으로 향했다.

일백이 조금 넘는 숫자였다.

철혼은 선두에서 말없이 걸었다.

흔들리는 모습을 보이지 않기 위해 뒤도 돌아보지 않았다.

지옥을 향해 다가가듯 성큼성큼 걸었다.

대원들은 철혼이 조금이라도 신경 쓰지 않도록 평상시처럼 소곤거리며 움직였다.

아무렇지도 않은 듯, 늘 있어왔던 전투였고, 또 그런 전투를 목전에 두고 있는 것처럼 행동했다.

신입대원들은 그 모습이 처음엔 낯설었으나 걸음이 계속될수록 무거웠던 자신들의 마음이 조금씩 안정되자 선배들의 행동을 이해하게 되었다.

"슬퍼한다고 동료들이 돌아오는 건 아니다. 우리가 할 일은 그들을 잊지 말고, 그들 몫까지 싸우는 거다. 내가 죽더라도 그렇게만 해주면 돼. 그럼 난 지옥에서도 웃을 수 있다. 이런 멋진 후배들이 내가 했던 일을 계속 해주는데 얼마나 기쁘겠어, 안 그래?"

소귀가 웃는 낯으로 말했다.

신입들 역시 웃었다.

탁일도와 섭위문은 흐뭇한 눈길을 주었다.

삼 각의 각주들을 상대하느라 탁일도는 왼팔에 깊은 자상을 입었고, 섭위문은 옆구리 뼈가 부서졌다.

하지만 두 사람은 표정 한 번 찡그리지 않았다.

"마지막일 것 같군."

"자네도 그런 느낌인가?"

섭위문이 문득 말하자 탁일도가 흠칫 쳐다봤다.

"대주가 끝을 보려고 하니··· 그리될 것 같네."

"성급한 건 아니겠지?"

"성급하고, 무모하긴 해. 그런데 한편으로는 이게 답일 것 같기도 하니··· 잘 모르겠네."

섭위문이 머리를 저었다.

방법의 옳고 그름을 떠나 철혼이 숭검제를 감당할 수 있을지.

나무가 부러지지만 않는다면 얼마든지 강철을 상대할 수 있다고 하지만 보통의 경우 부러지게 마련이다.

섭위문이 염려하는 바는 바로 그거다.

철혼 역시 일반론을 벗어나지 못하는 건 아닌지.

철혼은 지금 자신만의 무경에 완전히 들어섰다.

말하기 좋아하는 호사가들이 분류한 무공의 경지 따위는 이제 철혼에게 의미가 없다.

그들의 분류 속에 포함이 될 수도 있지만, 그렇지 않을 수도 있다.

중요한 건 자신만의 길로 들어섰다는 것이고, 그 길은 외부의 시선으로는 알 수 없다는 것이다.

그 길을 걷고 있는 당사자만이 자신의 상태를 정확히 아는 법이다.

나무가 부러지지만 않는다면 얼마든지 강철을 상대할 수 있다는 말은 철혼이 한 말이다.

섭위문은 그 말이 사실이기를 바랐다.

지금으로서는 그것만이 그가 할 수 있는 유일한 것이었다.

"웅? 천하영웅맹은 아닌 것 같은데?"

탁일도가 의아한 목소리로 중얼거렸다.

섭위문이 안력을 돋우어 살펴보니 수백의 무리가 몰려오고 있는 가운데에 천하영웅맹의 깃발은 단 하나도 보이지 않았다.

"현 시국에 저 정도의 숫자를 끌어모아 천하영웅맹 앞에 나타날 수 있는 자는 그리 많지 않네."

"그래?"

"무공도 무공이지만, 천하영웅맹을 향해 목소리를 높일 명분이 있어야 하거든."

"그럼 누가?"

"우리가 잘 아는 놈."

"놈?"

"그래."

섭위문이 인상을 썼다.

저들의 등장이 도움이 될지 방해가 될지 언뜻 파악이 되지 않았기 때문이다

'걸림돌이 된다면 내 목을 걸고라도 죽여 버리겠다!'

섭위문의 살기가 안으로 차갑게 가라앉았다.

철혼은 걸음을 멈추었다.

전방에 나타난 수백의 숫자를 무심한 시선으로 응시했다.

그러자 그들을 이끌고 온 한 사람이 천천히 다가왔다.

입가에서 미소가 떠날 것 같지 않은 사내.

소면검 양교초.

지금은 창천비룡이라 불리는 바로 그였다.

"내가 나타난 게 의아한가?"

"조금은 그렇군."

"내가 말했지. 넌 사고방식이 조금 고루하다고. 생각해 봐. 흑수라가 너무 영웅이 되어버리면 내 입지가 얼마나 좁아지겠어?"

양교초가 씩 웃었다.

"날개가 꺾여 버린 놈이 너였군?"

혈마룡이 탐탁지 않다는 시선으로 바라보고 있었다.

양교초는 입가의 미소를 지웠다.

"여기 고루한 놈은 정사의 구분을 제멋대로 떠벌리고 있지만, 사람들은 그딴 말에 현혹되지 않는다. 시간이 지나면 결국 정(正)은 정이고, 사(邪)는 사일 뿐이라는 걸 알게 될 거다."

"그런 날이 오면 대화가 무의미해진다는 걸 아나?"

"아쉽게도 그렇군. 이렇게 보니 지금의 난 네놈에게 모자라다는 것도 알겠어."

"호오! 나중엔 그렇지 않을 거라는 것처럼 들리는군."

"당연하지. 난 무엇이든 해내고야 마는 놈이거든."

두 사람의 눈빛이 불꽃을 튀겼다.

철혼은 잠시 바라보다 먼저 걸음을 옮겨 버렸다.

"저놈은 우릴 안중에도 두지 않는 모양이군."

"머릿속에 숭검제만 들어 있으니… 적도룡은 언제 합류한 거지?"

"적도룡? 누가?"

"저기 비쩍 마른 놈의 부축을 받고 있는 놈이 적도룡이다."

"그래?"

혈마룡은 소귀의 부축을 받고 있는 구양무린을 눈에 담았다.

"재밌군."

"뭐가?"

"피아를 가리지 않고 흑수라 한 놈에게 모여들고 있잖나."

"어쩔 수 없잖아. 지금은 저놈이 영웅이 되는 형세니까."

"영웅? 영웅은 무슨… 무모한 거 빼면 멋이라고는 눈곱만큼도 찾아볼 수가 없는 놈이던데."

"그래, 어쩌면 내가 틀렸을지도 모르겠다. 멍청한 불나방일 수도 있는데……."

어느새 서로를 인정하기 시작한 두 사람은 철혼의 뒤를 따라 걷기 시작했다.

양교초가 끌어모아 온 수백의 무인이 좌우로 길을 열었고, 철혼은 그 사이로 묵묵히 지나갔다.

철그럭! 철그럭!

철혼이 걸을 때마다 쇳소리가 울렸다.

흑수라의 걸음을 알리는 소리였다.

*　　　*　　　*

천하영웅맹으로 곧게 뻗어 있는 대로.

대로 초입부터 구름 같은 인파가 몰려나와 있었다.

대부분 상계에 몸담고 있는 사람이거나 힘없는 양민들었다.

간간히 별 볼 일 없어 보이는 무인들이 보이기도 하더니 대로

를 따라 계속 이동하다 보니 군소문파가 단체로 모여 있는 광경
이 심심찮게 보였다.

군중들의 시선은 선두의 철혼에게 집중되었다.

이런 경우 열화와 같은 함성이 있거나 돌아가라는 야유가 나
와야 하지만 거리는 온통 적막에 짓눌린 듯 조용하기만 했다.

철혼에게 박수갈채를 보내자니 천하영웅맹의 앞마당이라는
사실이 두려웠고, 반대로 야유를 보내려는 자들에게는 흑수라
의 흉명이 너무 무서웠으리라.

철그럭! 철그럭!

흑수라의 걸음을 알리는 쇳소리만이 거리를 울렸다.

그 소리가 군중의 심장박동을 자극했다.

사람들은 숨을 죽이고 철혼의 걸음을 지켜보았다.

영웅인지 악마인지 모를 흑수라의 걸음에 수천 쌍의 눈길이
모아졌다.

거리는 침묵했고, 철혼은 계속 걸었다.

흑영대와 양교초가 모아온 무인들 역시 입을 다물고 철혼의
뒤를 따랐다.

천하영웅맹!

거대한 정문이 보였다.

철혼이 벽력광도 화벽강을 천뢰장으로 쳐 죽일 때 부서졌던
정문은 새로운 모습으로 거대한 위용을 과시하고 있었다.

철혼은 걸음을 멈추었다.

굳게 닫혀 있는 천하영웅맹의 정문을 물끄러미 응시했다.

철혼이 걸음을 멈추자 더욱 지독한 고요가 거리를 짓눌렀다.

철혼은 이제 세상을 일깨울 시간이 되었음을 알았다.

광주 사람들에게 행동으로 보여주었다면 이곳 사람들에게는 말로써 알려줄 생각이었다.

철혼은 내력을 실어 큰 소리로 외쳤다.

"천하는 숭검제, 당신의 것이 아니오!"

굳게 닫힌 정문이 웅웅거릴 정도로 웅혼한 목소리가 천하영웅맹을 뒤흔들었다.

"천하는 이 시대를 살아가는 우리 모두의 것이오!"

"가지지 못한 자는 끝없이 빼앗고, 힘이 없는 자는 한없이 짓밟히는 그런 세상은 우리들의 천하가 아니오!"

연이어지는 철혼의 말에 군중들이 소란스러워지기 시작했다.

근자에 갑자기 떠돌았던 풍문이 사실임이 드러났기 때문이다.

―흑도가 사라진 광동성은 새로운 세상을 열었다.

―흑도의 뒤에는 천하에 명성이 자자한 거대 문파들이 있다.

―흑수라와 흑영대는 무력으로 상계와 양민들 위에 군림하는 세력들을 몰아내고자 한다.

―천하영웅맹이야 말로 세상 모든 탐욕의 근원지다.

군중들의 소란이 점점 커졌다.

사람들은 자신들이 당했던 억울한 일들을 떠들기 시작했다.

흑도에 당하고, 거대 문파의 무력에 아무 말도 못하던 일들을 성토했다.

이때 철혼의 입에서 군중들을 통째로 뒤흔드는 일갈이 터져 나왔다.

"우리의 천하는 더불어 살아가는 세상이오!"

이 말이 도화선이 되었다.

군중들이 철혼의 말을 따라 외쳤다.

"우리의 천하는 더불어 살아가는 세상이오!"

"우리의 천하는 더불어 살아가는 세상이오!"

목청껏 외치던 군중들이 거리로 쏟아져 나왔다.

수천에 달하는 숫자가 흑영대와 양교초가 모아온 무인들 뒤로 몰려들었다.

수백에 달하는 일부는 대로 양쪽에 늘어서서 함성을 질러댔다.

곳곳에서 지켜보는 천하영웅맹 소속의 인물들로서는 당황스런 일이었다.

그들이 보기에는 말도 안 되는 일이 벌어지고 있었기 때문이다.

하나 한 번이라도 약자의 입장에 서 보았던 이들이라면 모를 수가 없다.

힘이 없으면 어떤 일을 당하는지.

그 억울함으로 인해 얼마나 많은 사람이 피눈물을 흘려야 했는지.

수십, 수백 년 동안 대를 이어온 억울함이 이제야 폭발하고 있었다.

　평화로워 보이는 겉모습 안쪽에 돌덩이처럼 굳어 있던 한이 활화산처럼 터져 나온 것이다.

　이것이야말로 군중심리다.

　철혼의 마지막 걸음을 깨달은 공손비연이 암암리에 손을 쓴 결과이기도 했다.

　창기들의 버팀목이라는 화화문(和花門).

　그곳의 진짜 주인이 바로 공손비연이었다.

　공손비연은 화화문을 통해 사람들의 억울한 이야기들을 모아 두었다.

　그 억울한 사연들이 언제고 크게 쓰일 날이 있을 거라고 여긴 것이다.

　상계와 양민들 세상에 만연한 억울한 사연들.

　공손비연은 그들에게 흑수라와 흑영대가 천하영웅맹으로 향하고 있음을 퍼뜨렸다.

　한이 쌓인 사람들이 몰려온 건 어쩌면 당연한 일이었다.

　이렇게 활화산처럼 한꺼번에 폭발한 것도 피할 수 없는 수순이었을 터.

　군중들 사이에서 철혼의 외침을 먼저 따라한 건 화화문 사람들이었다.

　'내가 할 수 있는 건 여기까지예요. 미안해요. 겨우 이 정도밖에 할 수 없으면서 그대 위에 서려고 했어요. 정말 미안해요.'

　공손비연은 멀리 보이는 철혼의 뒷모습을 안타까이 바라보았다.

이때였다.

콰앙!

갑작스런 굉음이 천지를 뒤흔드는 가운데 천하영웅맹의 거대한 철문이 폭발하듯 통째로 날아왔다.

엄청난 기세로 철혼을 날려 버리고 거리로 모여든 군중들을 모조리 깔아뭉개 버릴 것 같았다.

쿠웅!

철문은 대로 한복판에 깊숙이 박혔다.

철혼이 두 손으로 잡아 땅에다 꽂아버린 것이다.

기함하여 심장이 멎어버리는 줄 알았던 군중들은 철혼이 철문을 막아버리자 열화와 같은 함성을 질렀다.

"닥쳐라!"

천둥 같은 폭갈이 대로를 뒤흔들자 함성을 지르던 군중들이 혼비백산하여 입을 다물었다.

철혼은 신경질적으로 철문을 날려 버린 후 막 모습을 드러낸 한 사람을 주시했다.

철탑 같은 체구.

보통 어른들의 두 배 가까이 될 정도로 거대한 주먹.

거령신 반고후였다.

그의 등장으로 거리는 쥐 죽은 듯이 조용해졌다.

"천둥벌거숭이처럼 날뛰더니 기어코 천하를 도탄에 빠뜨리는구나."

"당신들이 탐욕을 부리지만 않았어도 세상은 훨씬 살기 좋았을 것이오!"

"닥쳐라, 이놈! 천하영웅맹이 있기에 사마외도의 발호를 막을 수 있었고, 그로 인해 민초들의 목숨이 지켜지고 있는 것이 아니냐!"

"삶의 터전이 망가졌거늘 살아서 무엇 하겠소?"

"이놈! 인명은 재천이거늘……."

"인명은 재천일지 모르나 삶의 터전은 각자의 것이오. 그들이 피땀 흘려 만든 터전을 힘으로 빼앗고, 짓밟아 죽음으로 내몬 것이 당신들의 탐욕이오! 그 더러운 탐욕이 사람들의 희망을 짓밟고 죽음으로 내몰았소!"

"이놈! 어디서 망발을!"

거령신이 한 걸음 크게 내디디며 호통을 쳤다.

폭풍 같은 기운이 확 휘몰아쳤다.

이제에 근접했다는 거령신의 무위가 얼마나 가공한 것인지 여실히 드러났다.

하나 철혼 역시 자신의 길에 들어선 완성된 무인이다.

쿵!

한 걸음 나서며 진각을 밟자 거리의 전각들이 들썩일 정도로 거대한 울림이 일어났다.

폭풍같이 휘몰아치던 거령신의 기운은 벽에 부딪친 듯 요동을 치다 대로를 사납게 할퀴더니 허공으로 사라졌다.

"이, 이놈이!"

화가 난 거령신이 지옥야차처럼 험악한 인상을 쓰며 거대한 주먹을 뻗었다.

놀랍게도 거대한 주먹 형상을 한 강기가 탄환처럼 날아왔다.

철혼은 급히 철곤을 휘둘렀다.

쾅!

격돌과 동시에 철혼의 신형이 주르륵 미끄러졌다.

거령신이 장대한 체구를 이끌고 두 걸음 성큼 움직이며 다시 한 번 권격을 뻗었다.

그사이 나머지 철곤과 칼을 뽑아 대도로 결합한 철혼은 패왕 굉뢰도의 이초 패왕뢰를 휘둘렀다.

쾅!

이전과 같은 굉음.

하나 결과는 달랐다.

철혼은 자신의 자리에 우뚝 선 채 거령신을 노려보고 있었다.

그런데 무지막지한 일격을 가할 것 같던 거령신이 갑자기 옆으로 물러났다.

철혼의 눈빛이 스산하게 가라앉았다.

언제 나타났는지 단아한 기품을 뽐내고 있는 순백의 노인이 그림처럼 서 있었다.

신태비범(神態非凡)이라는 말로도 설명할 수 없는 절대의 존재감.

바로 숭검제 하후천도였다.

"안으로 들이라 일렀거늘, 어찌 이러고 있단 말인가?"

"저놈이 너무 방자하게 굴기에… 죄송합니다."

하후천도의 말에 공손히 구는 거령신.

철혼은 그 모습이 몹시 의아했다.

그가 알기로 거령신은 적도제 계파였기 때문이다.

'원래는 그 반대였단 말인가?'

철혼의 의문은 오래가지 못했다.

숭검제 하후천도가 허락하지 않았기 때문이다.

"안에서 단죄하려 했다만, 이렇게 되었으니 이곳에서 해야겠구나."

마치 극악죄인을 벌하려는 모습 같았다.

철혼은 스승이 수치를 당하던 모습이 떠올라 분노가 폭발했다.

"단죄는 더러운 탐욕을 채우고자 천하인들의 희망을 짓밟은 당신이 받아야 할 것이오!"

대도를 뒤로 늘어뜨린 철혼은 섬전같이 질주했다.

태연한 척하는 숭검제의 코앞까지 질주한 철혼은 오른발로 땅을 찍어 질주를 멈춤과 동시에 뒤로 늘어뜨렸던 대도를 크게 휘둘렀다.

부아악!

공간을 완벽히 갈라 버린 대도.

그러나 짧은 폭음과 함께 철혼의 신형이 뒤로 튕겨났다.

쿠쿵!

두 발을 거푸 움직여 균형을 잡은 철혼.

검이 아닌 육장만으로 패왕의 도초를 막아버린 숭검제.

두 사람의 시선이 얽히는 가운데 숭검제가 허공으로 손을 뻗었다.

그러자 천하영웅맹 안쪽에서 새하얀 장검이 허공을 날아와 숭검제의 손에 잡혔다.

스― 릉!

숭검제가 검을 뽑자 경쾌한 기음이 흘러나왔다.

"노부의 천하가 아니라고 했더냐? 틀렸다. 무림의 질서를 바로 세웠으니 노부의 천하다. 천하는 이 시대를 살아가는 모두의 것이라고 했더냐? 그것도 틀렸다. 질서 없이 혼란에 빠져 있던 세상에 질서를 세워준 게 노부다. 그러니 노부의 질서 안에서만 모두의 것이라고 말할 수 있다. 가지지 못한 자는 끝없이 빼앗기고, 힘이 없는 자는 한 없이 짓밟히는 그런 세상은 너희들의 천하가 아니라고 했더냐? 하면 너희들의 세상으로 꺼져라. 이곳은 내가 질서를 세운 세상이니, 노부를 따르지 않는 자들에게는 단 한 걸음도 내줄 수가 없다!"

그 어떤 것도 용납하지 않겠다는 단호한 얼굴로 뽑아 든 검을 철혼을 향해 겨누었다.

철혼의 뒤에는 흑영대는 물론이고 수천 명의 군중이 있었다.

그 때문인가?

지금 숭검제의 기도는 천 명의 군중이 몰려오면 천 명을 베어버릴 것이고, 만 명의 군중이 몰려오면 만 명을 베어버릴 것 같았다.

철혼은 뭔가 일이 터질 것 같은 직감에 대도를 움켜쥐었다.

순간 숭검제가 뻗고 있는 새하얀 검신 위로 더욱 크고 길쭉한 유백색의 검강이 완전한 검의 형태를 만들었다.

하나가 아니었다.

좌우로 분열하여 열두 개로 불어났다.

십이검강(十二劍罡)!

검공의 궁극이라는 십이검강이 분명했다.

숭검제가 이룩한 무공의 정화이리라.

철혼은 십이검강이 숭검제의 실체인 것처럼 여겨졌다.

비인의 경지를 이뤄 십이검강과 하나가 되어버린 건 아닌지.

'괜찮아. 난 나만의 정화를 얻었어!'

―자신이 가진 한계에 연연하면 그 한계를 넘지 못한다. 더 큰 세상이 있음을 깨닫고 큰 걸음을 내딛다 보면 언젠가는 그곳에 다다라 있는 자신을 보게 될 게다.

무아지경에 들어 자신만의 길을 찾았던 순간을 떠올린 철혼은 대도를 들어 올렸다.

천뢰의 기운을 잔뜩 머금은 대도로 허공을 향해 힘차게 뻗었다.

파아아악!

공간이 우그러드는 듯한 기현상과 함께 대도의 칼날에 뇌기가 튀겼다.

벼락이 치는 듯 주위의 공기가 뜨겁게 이글거렸다.

'내 안에는 법(法)과 길(道)만이 존재한다. 신공은 원래부터 대자연의 것이다.'

철혼은 전신의 팔만사천 모공을 활짝 열었다.

자신의 하단전에 가득한 천뢰의 신공을 모조리 개방했다.

우르르르릉!

갑자기 쏟아져 나온 천뢰의 신공이 대기를 마구 두들기며 천둥을 일으켰다.

마른날에 날벼락이 마구 울렸다.

번쩍번쩍 새파랗게 빛나는 뇌전이 천지사방을 때렸다.

순간 숭검제의 노안에 놀람이 번졌다.

철혼이 이미 자신만의 무공을 완성했음을 알아보았다.

어중이떠중이들이 떠들어대는 무공의 완성과는 격이 다르다.

누구도 가보지 못한 자신만의 경지다.

숭검제가 이룩한 십이검강도 마찬가지다.

외형은 흔히 검공의 궁극이라는 십이검강이나 그 실체는 숭검제만의 것이다.

"이것이 노부의 검공이다."

숭검제가 검을 뺐었다.

순간 열두 개의 검강이 철혼을 향해 섬전처럼 날아갔다.

"패왕(覇王)의 굉천(宏天)이오."

철혼이 맞서 외치며 패왕굉뢰도의 절초 패왕굉천을 펼쳤다.

초식은 패왕굉천이었으나 그 안에 가득한 건 무적패왕의 것과는 완전히 달랐다.

새파랗게 빛나는 뇌전이 사납게 튀기고 있는 대도가 천지간을 마구 난도질하자 빛살처럼 날아들던 숭검제의 십이검강이 모조리 막혀 버렸다.

"무적패왕이 언제적 사람이냐! 그런 케케묵은 무공으로 노부의 검공을 상대할 수 있을 것 같으냐!"

숭검제는 철혼이 무적패왕의 그늘에서 완전히 벗어나지 못했다고 생각했다.

'차라리 잘됐구나! 조금만 더 지체되었어도 놈을 어쩌지 못할 뻔했어.'

숭검제는 살의를 일으켰다.

그의 살기를 머금은 십이비검강이 갑자기 천중으로 끝없이 솟구치더니 이내 지상의 철혼을 향해 일직선으로 뚝 떨어졌다.

더 놀라운 건 검강들이 하나로 합쳐지고 있다는 것이었다.

뒤에서부터 하나씩 합쳐져 몸집을 불리더니 열두 개의 검강이 모두 하나가 되었을 때는 흡사 천신이 내려꽂는 거대한 순백의 검 같았다.

그야말로 전인미답의 검공을 보여주고 있었다.

사람들은 이대로 철혼의 몸이 저 순백의 검에 의해 흔적도 없이 사라져 버릴 것 같은 착각에 빠졌다.

그러나 철혼은 사람들의 착각을 내버려 두지 않았다.

콰르릉!

거대한 울음이 돌연 폭발했다.

대도의 칼날에서 뇌기가 거대한 줄기가 되어 빛살처럼 튀어나갔다.

천신의 칼날에 맞서는 뇌룡 같았다.

사람들은 전무후무한 광경에 넋을 잃었다.

콰— 앙!

허공에서 거대한 격돌이 벌어졌다.

좌우로 뻗어가는 엄청난 충격파가 반경 수십 장 공간을 완전히 밀어내 버렸다.

다행히 지상에서는 아무 일도 일어나지 않았으나 허공에서는 어마어마한 후폭풍이 밀어닥쳐 천지간을 휩쓸었다.

그로 인해 삼 층 이상의 전각들만 초토화되는 기현상이 벌어졌다.

"이놈! 결코 살려두어서는 안 될 놈이로다!"

숭검제가 단호히 외치며 두 발을 떼었다.

순간 그의 신형이 엿가락처럼 쭉 늘어나며 철혼을 향해 새하얀 장검을 뻗었다.

격돌의 여파에서 완전히 벗어나지 못해 기진맥진하고 있던 철혼은 크게 심호흡하며 상체를 일으켰다.

그제야 천지간의 뇌기가 물밀듯이 밀려들어 왔다.

하나 늦었다.

왼손을 뻗어 천뢰장을 펼쳤으나 숭검제의 검을 완전히 밀어내지 못했다.

푹!

가슴을 파고든 숭검제의 새하얀 검.

철혼의 오른손이 가까스로 검날을 움켜잡았다.

천뢰의 공력을 잔뜩 머금은 채였다.

콰과과과과과과광!

두 사람의 내력이 충돌했다.

범람하는 해일처럼 쏟아져 거침없이 충돌했다.

이때였다.

"무슨 짓이냐!"

숭검제가 갑자기 소리쳤다.

그와 동시에 집채만큼 거대한 권격이 두 사람의 머리 위에서 내리찍었다.

콰— 왕!

대로가 폭삭 주저앉을 정도로 엄청난 폭발이 일어났다.

하나 그것이 끝이 아니었다.

다시 한 번 집채만큼 거대한 권격이 숭검제와 철혼이 있던 곳을 내리찍었다.

콰— 왕!

충격의 여파만으로도 대로변의 전각들이 폭삭 무너졌다.

대로는 쩍 갈라졌고, 폭발로 인한 충격파가 천지사방을 휩쓸었다.

흑영대는 물론이고, 수천의 군중까지 엄청난 폭발에 휩쓸렸다.

"크핫하하하!"

거령신이 앙천광소를 터뜨렸다.

그는 마지막 남은 화탄, 경천뇌정구(驚天雷霆球)를 쥐고 거령신권을 펼쳤다.

권의 형상을 한 강기가 경천뇌정구를 쥔 채 숭검제와 철혼이 있던 곳으로 날아가 무서운 힘으로 내려꽂혔다.

콰— 왕!

다시 한 번 가공할 폭발이 일어났다.

거령신권의 강격과 경천뇌정구의 폭발력이 무지막지한 파괴력을 일으켰다.

천하의 숭검제라 하더라도 피륙으로 만들어진 인간인 이상

도리가 없을 정도로 가공할 파괴력이었다.

대로 한복판에 집채만 한 구덩이가 파였다.

하지만 거령신은 거기서 멈추지 않았다.

쾅! 쾅! 쾅! 쾅! 쾅!

쉬지 않고 강권을 퍼부었다.

땅이 쉴 새 없이 흔들렸다. 반경 이십여 장 이내의 전각들이 반파되거나 폭삭 주저앉아 버렸다.

"그만한 힘을 가지고도 꾸물거리기나 하니 그리되는 거요. 패도(霸道)! 패도만이 천하를 쥘 수 있다는 걸 누구이 말했지 않소? 그리고 천하를 쥐었으면 군림해야지. 어설프게 혈손에게 넘겨줄 생각이나 하다니, 내가 그 어린놈을 상전으로 모실 것 같소? 아니면 때가 되면 날 죽일 생각이었소? 흑수라 말이 맞소. 당신은 너무 탐욕스럽소. 나누어 가질 줄도 알았어야지!"

거령신이 성큼 걸었다.

그는 천지간을 짓누르는 파괴적인 기도를 내뿜으며 구덩이 앞으로 다가갔다.

구덩이 안에는 두 사람이 널브러져 있었다.

숭검제와 흑수라였다.

두 사람은 처참한 모습으로 널브러져 있었다.

씩 웃은 거령신은 마지막 일격을 가했다.

거령신권의 엄청난 강격이 유성처럼 내려꽂혔다. 한데 엉겨 있는 두 사람을 어육처럼 짓이겨 버릴 심산이었다.

그런데 거령신의 권강이 막 두 사람을 강타하려는 순간이었다.

번쩍!

새하얀 섬광이 눈부신 속도로 솟구쳤다.

숭검제의 새하얀 검이 빛줄기처럼 튀어나와 거령신의 권강과 부딪쳤다.

쾅!

아직도 죽지 않고 자신의 일격을 막아내는 숭검제의 가공할 무위에 거령신이 흠칫한 순간이었다.

시커먼 인영이 거령신의 코앞으로 불쑥 솟구쳐 올랐다.

새파란 천뢰의 기운이 와락 뻗어왔다.

"이놈도?"

거령신이 급히 뒤로 물러나며 거령신권을 뻗었다.

쾅!

시커먼 인영의 정체는 철혼이었다.

철혼은 다시 구덩이 속으로 처박혔다. 그러나 거령신이라고 멀쩡하지는 못했다.

"크윽!"

신음과 함께 주르륵 물러나는 거령신.

그가 채 몸의 균형을 잡기도 전이었다.

시뻘건 기류가 거령신의 몸뚱이를 휘감아 무서운 속도로 소용돌이쳤다.

혈마룡 척군명의 혈마기였다.

"어림없다!"

거령신이 폭갈을 터뜨리며 자신의 몸을 찢어발기려 드는 혈마기의 족쇄를 단숨에 떨쳐냈다.

바로 그 순간이었다.

핏물을 한 됫박 토해낸 철혼이 전신에 새파란 천뢰의 뇌기를 마구 튀기며 눈부신 속도로 돌진했다.

무아지경 속에서 얻은 뇌공이 가진 극한의 파괴력을 전신에 두른 채 온몸으로 부딪쳤다.

순간적으로 위기를 직감한 거령신이 팔 성의 공력으로 거령신권을 펼쳤다.

극성으로 쏟아내기에는 혈마룡의 혈마기가 염려되었다.

거령신의 입장에서는 당연한 일일 수도 있었으나 다음의 격돌을 염두에 둔 그 계산이 그의 치명적인 실수가 되고 말았다.

콰— 앙!

뇌공이 가진 극한의 파괴력이 거령신권의 강격을 부수고 거령신의 가슴팍에 격중했다.

콰직!

거령신의 가슴뼈가 박살이 났다.

철혼은 자신의 공격이 통했음을 알아차리고 다시 한 번 온몸으로 부딪쳤다.

콰악!

거령신이 가까스로 돌진하는 철혼의 어깨를 움켜잡았다.

바로 그 순간 철혼의 두 손이 거령신의 하단전에 닿았다.

콰앙!

거령신의 하단전과 아랫배를 파고든 뇌공의 힘이 뱃속의 내용물들과 함께 허리 뒤쪽을 뚫고 나갔다.

"크헉!"

단말마를 토한 거령신의 육중한 몸이 돌처럼 굳었다.

숭검제를 죽일 수 있는 일생일대의 기회라 여겼던 건 거령신의 착각이었다.

'왜?'

거령신은 천천히 고개를 돌렸다.

자신과 함께하기로 한 쌍검왕이 보였다.

그리고 그 옆에 태산처럼 서 있는 한 사람.

"적도제……!"

쌍검왕이 나서지 못한 이유를 깨달은 거령신은 피식 웃었다.

저벅저벅!

숭검제가 다가왔다.

숭검제의 손에는 여전히 유백색의 강기를 머금고 있는 새하얀 장검이 들려 있었다.

"그렇게… 했는데도 죽지… 않는단 말이오?"

거령신이 힘겹게 물었다.

숭검제는 말없이 검을 휘둘렀다.

스칵!

거령신의 머리통이 목에서 분리되어 땅으로 나뒹굴었다.

"노부의 몸은 이미 비인(非人)의 것이다."

차갑게 말한 숭검제는 철혼을 바라봤다.

철혼은 한 번의 호흡으로 뇌공의 힘을 가득 채우며 허리를 곧추 세웠다.

비인의 몸이라고 하는 숭검제의 전신에서는 새하얀 안개와 같은 기운이 넘실거리고 있었다.

이제 막 절대고수의 반열에 오른 이들이나 보여줄 법한 현상이었다.

'의식을 못하는 건가? 아니면 조절을 못하는 건가? 어떤 이유가 되었든 저건 균형이 깨진 거다. 기회다!'

철혼은 대도를 움켜잡고 패왕굉뢰도의 극의를 떠올렸다.

―지공굉참(至功宏斬)! 굉뢰도는 모든 것을 베어야 한다.

비인이든 뭐든 베지 못할 이유가 없다.

숭검제를 향한 철혼의 기세가 확 솟구쳤다.

이때였다.

[그의 공(功)이 무너진 건 사실이나 널 제외한 모두를 죽일 힘은 충분히 남아 있다. 그리고 네 스승 백학이 그러더구나. 세상을 이렇게 만든 원흉은 숭검제와 나 그리고 백학 자신을 포함한 늙은이 모두라고.]

적도제 구양무휘의 전음이 철혼의 귓속을 파고들었다.

흠칫하는 철혼.

[우릴 원망해도 좋다. 하나 그 원망 때문에 너희들의 세상을 망치지는 말거라.]

다시 들려온 적도제의 전음.

누가 한 말일까?

스승? 아니면 적도제?

혼란스런 시선으로 숭검제를 응시했다.

숭검제 역시 뭔가를 망설이는 듯 철혼을 쏘아보고 있었다.

이때 혈마룡이 철혼의 옆으로 다가와 섰다.

그뿐이 아니다.

청천비룡 양교초가 날아왔고, 이어서 적도룡 구양무린이 힘겨운 모습으로 어깨를 나란히 했다.

"네놈도냐?"

숭검제의 시선이 구양무린에게로 향했다.

"제 옆의 한 자리는 백검룡의 자리이길 바랍니다."

백검룡은 숭검제의 혈손인 하후천강을 일컫는다.

숭검제는 구양무린의 뜻을 알았다.

하나 탐탁지는 않았다.

"네놈들은……"

"백검룡은 온실 속의 화초처럼 보호받는 걸 더 이상 좋아하지 않습니다."

숭검제의 미간이 꿈틀거렸다.

그 표정에 짜증과 분노 그리고 회한이 복잡하게 나타났다 사라지기를 반복하더니 어느 순간 천하영웅맹의 정문 앞에서 쌍검왕과 나란히 서 있는 적도제에게로 향했다.

숭검제의 눈빛이 절대무심으로 변한 건 바로 그때였다.

번쩍!

숭검제의 손을 떠난 백색의 장검이 스스로 허공을 날아가 왔던 곳으로 사라졌다.

숭검제는 걸었다.

결코 흔들리지 않을 절대거인의 걸음이었다.

숭검제는 다시는 밖으로 나오지 않을 사람처럼 천하영웅맹 안으로 들어가 버렸다.

적도제와 쌍검왕이 그 뒤를 따라 사라졌다.

철혼은 대도를 움켜쥔 채 말없이 서 있었다.

"끝났군."

숭검제의 모습이 완전히 사라지자 혈마룡이 중얼거렸다.

"끝나긴. 이 몸의 야망은 이제 시작인데."

양교초가 비릿하게 말했다.

"천하 따위는 관심 없으니 이 심장이 멈출 때까지 널 따라다녀야겠다."

적도룡 구양무린이 철혼에게 얼굴을 내밀며 말했다.

그제야 정신을 차린 철혼은 구양무린을 빤히 바라보았다.

자신의 길을 찾아서인지 평화로움이 느껴지는 얼굴이었다.

'끝난 건가? 가슴은 아직 답답한데 이렇게 끝나는 것인가?'

숭검제를 죽였어야 하는가?

스스로에게 물었다.

그의 죽음만이 제대로 된 결말일지 물었다.

모르겠다.

하지만 숭검제를 죽이지는 못했으나 그의 탐욕을 베었다. 그리고 숭검제를 포함하여 전대의 거인이 모조리 사라질 것이니 새로운 세상이 열릴 것이다.

그것으로 충분하지 않을까?

틀렸다.

충분하지 않다.

새로운 세상은 이전의 세상이 끝나야 비로소 시작된다.

전대의 거인들이 남아 있는 한 조금 달라질 뿐, 새로운 세상일 수가 없다.

어설프게 유야무야 넘어가는 건 두려움의 소치다.

"지옥문을 열었으면 지옥으로 들어가야지."

철혼이 내뱉었다.

순간 눈가의 붉은 상흔이 꿈틀거렸다.

피와 죽음을 아귀처럼 씹어 먹는 괴물, 흑수라가 본모습을 드러냈다.

우우우우우웅!

천하영웅맹의 정문을 향해 걸어가는 철혼의 주위로 대기가 거센 울음을 터뜨렸다.

거리낌 없이 내딛는 걸음마다 거대한 살기가 휘몰아쳤다.

그 기세가 어찌나 대단했는지 구양무린과 혈마룡 등이 흠칫 놀라는 반응을 보였다.

─지공굉참(至功宏斬)! 굉뢰도는 모든 것을 베어야 한다.

천하를 베어버릴 기세.

흑수라는 천하영웅맹 안으로 거침없이 들어갔다.

『패도무혼』 7권완결

용병귀환

유왕 판타지 장편 소설

**수십 년 전, 용병왕의 등장으로 생겨난
왕국과 용병의 세계.
평소엔 한없이 가볍지만 화나면 누구보다 무서운,
놀고먹고 싶은 그가 돌아왔다!**

하지만 바람과는 달리 과거 그의 앙숙과 대륙의 판도는
도저히 그를 놓아주질 않는데……

"용병은 그냥, 돈 받고 칼을 빌려주는 놈들이니까."

그의 용병 철학은 단순했다.

"물론, 누구에게 빌려주느냐가 문제겠지?"

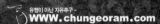

도시의 주인

말리브 장편 소설

FUSION FANTASTIC STORY

말리브 작가의 신작 현대 판타지!

죽기 위해 오른 히말라야.
그러나, 죽음의 끝에 기연을 만나다!

『도시의 주인』

다시 한 번 주어진 운명.
이제까지의 과거는 없다!

소중한 이를 위해! 정의를 외친다!